鬥芳華 5

目次

壹之章 桃源比翼尋歡

「娘子……」

「嗯？」

「剛剛我問的話，妳還沒回答呢，妳可願嫁我？」

「討厭啦！人家都和你定親了，難道還能再嫁給別人不成？」

「不行，我就是想聽妳親口告訴我一次！」

「不說！」

「不行！快說，妳可願意我？」

滿山的桃花、翠綠的水，小小的一葉扁舟，蕭洛辰與安清悠兩個人靜靜地依偎著，便如這世間無數的男女一樣，偶爾的眼光相交，甚是傻氣。

「你這人真霸道，非得逼人家！」

安清悠的臉紅得像個熟透了的蘋果，可蕭洛辰卻還不肯甘休地緊緊盯著她。

說就說，誰怕誰？

安清悠儘管心裡在給自己打氣，可說起來依舊有些難以出口，吃吃地笑著輕聲道：「我……我……我……」

便在此時，岸邊的桃花林一陣晃動，一個體型雄偉的男人鑽了出來。

這男人赤裸著上身，肌肉結實，只是卻一臉的憨樣。

瞧見船上的二人，一臉驚喜，聲音略微沙啞地放聲叫道：「阿蕭！阿蕭！大木知道你會來，大木知道你會來！」

船上的兩人正濃情蜜意，被這叫聲劈頭一喊，掃興之餘，竟是異口同聲嘖了一聲。

這一噴，兩人都是噗哧笑了出來。

「這裡怎麼還有其他人？」安清悠有些詫異，按說他們進來此地可是耗費了一番周折的。

蕭洛辰答道：「當初我發現這裡的時候，這裡就是有人居住的。我也不知道這些人是怎麼來到這裡的，他們好像很久很久以前就住在這裡一樣。乃不知有漢，無論魏晉，更不知道什麼大梁朝廷，對外面的事情一無所知。」

蕭洛辰撓了撓頭，忽然微微一笑，「也罷，反正我原本就準備帶妳見見這些人的。既有桃花滿山，焉能沒有桃花村？這聘既是下了，若不擺上一桌訂聘酒，豈不是不圓滿？」

說話之間，蕭洛辰站起了身來，衝著那男人高聲喊道：「大木，不用叫了，阿蕭來找你過年來啦！接著……」

蕭洛辰伸手一抓，早已把那船尾的鐵錨拎了起來，連著纜繩一把扔向了岸邊。

郝大木毫不費力地伸手接住了鐵錨，卻不往河岸上插，而是雙手交替用力，一下一下將那小船拉向了岸邊。

安清悠剛剛下船，卻聽著身後「嗨」的一聲悶喝。

心中詫異之際，回頭一看，郝大木竟是一隻手便將那小小的烏篷船拖上了岸來。

「這人好大的力氣！」安清悠不由得一驚，卻聽蕭洛辰指了指腦袋，笑著說道：「郝大木腦筋有點問題，不過這雙臂的神力卻是天生的，若是單論手勁，只怕我也不是他的對手。不過，他為人和善，不用害怕。」

「大木是好人！」郝大木點點頭，甕聲甕氣地說了一句，拖著烏篷船看了看蕭洛辰，又看了看安清悠，忽然咧嘴一笑，露出了一口白牙道：「阿蕭也是好人，這個是阿蕭的女人？」

蕭洛辰點了點頭，「這是我媳婦兒！」

郝大木似懂非懂地點點頭，媳婦這個概念他馬馬虎虎地倒還明白。

安清悠心道，這地方的人說話習慣真怪，對著蕭洛辰不叫阿洛、阿辰，而叫阿蕭。

看著郝大木對自己頗友善，安清悠也對他微微一笑。

郝大木從來沒見過山外的女人，見安清悠的樣子，不禁一呆，卻是又嘿嘿地傻笑了幾聲，忽然伸手在口中做哨呼嘯一聲，桃花深處一陣響動，一個巨大的黑影猛地竄了出來。

「……熊？」

安清悠嚇了一跳，連連後退，吃驚地瞪大了雙眼，眼前竟是一隻碩大無比的大棕熊。獠牙鋒利，往面前一站，快有那半條烏篷船大了。

「別怕，聽村裡人說，棕頭是大木還在熊崽子的時候撿回來的，從小在村裡長大，很溫馴。」蕭洛辰伸手扶住了安清悠。

安清悠略微放鬆，只是再看那大熊前掌上那排鋒利的爪子，還是忍不住有些害怕。

郝大木卻似不知道什麼是怕一樣，抱著那大棕熊親熱無比，看見安清悠的臉上猶有懼色，不禁撓了撓頭，有些不知所措。苦思冥想了一陣子，忽然在大熊的脖子上一拍，大叫道：「棕頭，你又讓人害怕了！裝死，裝死！」

棕頭是郝大木為大熊取的名字，牠聽話地往地上一趴，眼睛緊緊閉了起來，兩隻巨大的熊掌還蓋在了自己頭上，好像一座肉山一樣的不動，只是兩隻耳朵兀自活動，裝死裝得極是熟練。

安清悠見這大棕熊憨態可掬，不由得噗哧笑了出來。

郝大木很開心，就像個小孩子在大人面前炫耀自己最心愛的玩具一般，興高采烈地叫道：「棕頭，打滾，打滾！」

棕頭一下子坐了起來，慢慢把腦袋向下壓，把自己團成了一個球，做了一個前滾翻的動作。

安清悠忍俊不禁地說道：「誰說這阿木腦子有問題？能把一頭這麼大的棕熊調教成這般模樣，聰明人也不見得都能做得到！」

「阿木腦子笨，可是心裡明白。比起人來，他更喜歡和這桃源谷中的飛禽走獸打交道！」蕭洛辰正色道：「多少人腦子活泛，卻從沒有用心看過這一片美好的世間。比起那些人來，阿木乾淨得像一張白紙。」

「好啦好啦，在這麼個乾淨的地方，提起外面那些人做什麼？莫髒了這神仙般的好地方！」既來之，則安之，安清悠看著周圍的一切，心情變得寧靜。

郝大木抱著棕頭樂呵呵地道：「阿蕭的女人笑，好看，好人！棕頭會打滾也是好人！阿蕭的女人和棕頭都是好人……」

話音未落，蕭洛辰哈哈大笑，真不知道自己的娘子和大棕熊有什麼可比性。

郝大木抬起頭來，指了指棕頭，又對安清悠打了個手勢。

「大木這是讓妳坐在棕頭身上，怎麼樣？敢不敢？」蕭洛辰問道。

安清悠看了看那大熊的樣子，還真是有點害怕，只是看蕭洛辰笑吟吟等著看自己的窘態，她心裡不忿，一揚下巴道：「坐便坐，有什麼不敢？」

「行啊！我的女人果然夠悍！」

蕭洛辰大笑，安清悠陡然覺得身子一輕，竟是被蕭洛辰抱在懷中一個縱躍，轉眼之間，兩人一起落到大熊背上。正要驚呼，卻聽見耳邊有人輕聲說道：「有我在身邊陪著妳，什麼事都不用害怕！」

「誰……誰害怕了？剛才我就說敢的！」安清悠嘴硬，卻看到蕭洛辰用手臂護著自己，顯見是怕自己會有什麼危險，心中微甜，原來這傢伙也是會關心人的。

兩個人並肩坐在棕頭的背上，郝大木卻是嘿嘿笑著跟在後面，伸手拽住了那烏篷船的纜繩，竟是把那船一路拖了來。

走得雖慢，但山中連日月都沒，何必在乎什麼時間？

就這麼一路行來，漫山的桃花之中，悠然自得。

也不知走了多久，走到一處緩坡時，棕頭忽然一聲長嗥，步子加快了許多。

郝大木放聲高叫道：「阿爺！阿爺！快吹號啊，阿蕭來啦……」

說話間，竟是連那烏篷船也不拖了，就這麼興高采烈大叫著奔往上坡去。

須臾之際，只聽一聲悠揚的牛角聲響起。

安清悠坐在棕頭背上慢慢行上了緩坡，眼前的景色豁然開朗。

「土地平曠，屋舍儼然，有良田美池桑竹之屬。阡陌交通，雞犬相聞。其中往來種作，男女衣著，悉如外人。黃髮垂髫，並怡然自樂……」

一串古人所寫的名句，不經意地在安清悠的心頭流過，眼前這景象，比那古人臆想之中的記載還要奇妙三分。

除了那一片片整整齊齊的田桑屋陌，面前的小村莊周圍遍布大大小小的地熱塘。

熱騰騰的水氣從坑中不停地飄出，整個村子籠罩在淡淡的白霧之中，陽光一照，更是映出了無數彩虹。配上滿山桃花，竟是有如夢如幻之感。

「阿蕭！」

「阿蕭！」

「阿蕭，你來啦……」

一陣叫喊聲遙遙傳來，一群男男女女從村子裡湧出，直奔而來。這些人嚷嚷著朝這裡跑著，全然沒有什麼作揖行禮之類的虛禮，只是每個人的臉上都洋溢著淳樸熱情的笑容。

「看來你在這裡人緣還不錯！」安清悠瞟了蕭洛辰一眼，微微一笑。

「這裡的人都沒什麼心機，和他們相處不用勞心費神地鬥心眼，也不用講究那些俗不可耐的狗屁規矩，坦坦蕩蕩的，沒有虛假，人緣當然好了！」

蕭洛辰嘿了一聲，猛然在棕頭身上站直了身子，揮手高叫道：「我在這，我在這……阿蕭看你們來啦！」

「阿蕭阿蕭阿蕭……」

「阿狗，你胖了！二牛還是這麼壯！四嬸，您真是越活越年輕！大麻子，你怎麼還是這麼多麻子啊……」

一群人圍著蕭洛辰七嘴八舌，蕭洛辰也嘴上不停地和所有人打招呼，末了，還回過頭來介紹安清悠給眾人。

「這是我媳婦兒……」

其實便是不用蕭洛辰介紹，安清悠身邊也早就圍了很多人。這裡從來沒有過外來的女人，大家看到安清悠都覺得新鮮。

「我說阿蕭，今年怎麼來晚了，原來是娶了媳婦兒！」

「瞧這姑娘俊得，阿蕭好福氣，娶了這麼一個漂亮媳婦兒……啥時生娃娃？」

「阿蕭福氣大，這姑娘福氣也不小啊！這麼好的一個小夥子，誰家的姑娘不想嫁？走走走，快到我家坐坐去，今兒個剛殺了一隻雞，正燉著……哎呀，不對，我一聽阿蕭來了，高興得什麼都忘了，也不知道大金、二金這兩個臭孩子幫我盯著點兒沒有？不行，我得回去看看！」

安清悠不知道「大金、二金這兩個臭孩子」指的是誰，但村裡人的熱情卻是能感覺到的。更兼這裡人說話直接，當真是想到什麼就問什麼，想到什麼就做什麼。

安清悠正有些不知道先答誰的問話好，蕭洛辰卻是從人群中擠了過來，拉起安清悠的袖子輕聲道：「先跟大夥兒打個招呼！」

安清悠登時醒悟，由蕭洛辰接著她從棕頭的身上躍下，習慣性地欠身道：「小女子安氏，自京城而來，諸位鄉親福安……」

話語說到一半，安清悠自己也覺得不對，抬眼看去，只見桃源村的村民們一個個臉上皆是露出迷茫神色，蕭洛辰卻是笑嘻嘻地道：「下里巴人尚且不懂陽春白雪，何況這桃花村乎？娘子如此精明，怎麼竟是百密一疏，忘了此間何地哉？」

蕭洛辰這話更是掉書袋，旁邊的村民們一通大眼瞪小眼，只道二人說的是外面的什麼古怪方言，異域話語。

安清悠瞪了蕭洛辰一眼，來到古代太久，自己都快被那京城的官腔同化了。心裡有些自嘲，安清悠轉而對著這些桃花村的村民們大聲說道：「我叫安清悠，外面來的，桃花村這地方漂亮，人也好，我喜歡桃花村，喜歡你們，大家好！」

「好！」村民們紛紛回應，其間更是有郝大木在高叫：「大木也喜歡！」

眾人哄然大笑，卻見人群忽地從兩邊分開，一個老者慢慢走了過來。

蕭洛辰一個箭步搶了上去，握住老者的手道：「大阿爺，您怎麼也出來了？今年來晚了已經是阿蕭的不對，怎麼還能讓人親自迎出村？」

「哎，別看我老了，身子骨可硬朗著呢！出來走動走動怎麼了？咱們這桃花村一年到頭，就你這麼個外面的客人會來，我這個做大阿爺的怎麼能不來湊湊熱鬧？頭幾天我就在想，這阿蕭怎麼還不來啊，是不是外面的水路太難走？可別錯過了豐年祭！如今這可不是明白了？原來是娶媳婦兒去啦！」

眾人又是一陣哄笑，安清悠知道這應該就是桃花村的村長或長老一類的人物了，連忙走過來說道：「大阿爺您好，我叫安清悠，是……是阿蕭的媳婦兒！」

說話間，安清悠的臉上泛起紅暈，蕭洛辰賊兮兮地一笑。

大阿爺樂呵呵地說道：「好！好！都好！來得可正是時候！走，咱們祭花神娘娘去！」

一手拉著蕭洛辰，一手拉著安清悠，大阿爺邁步便向村中走去。

身後八九個壯漢和郝大木一起奔到坡後，齊刷刷大喊，竟把那烏篷船整個抬了起來。棕頭在旁邊一聲吼叫，像是在應和一般。一群人浩浩蕩蕩，朝著桃花村內走去。

進了桃花村，滿眼所見又自不同。

一排糧倉整整齊齊排列著，有還沒蓋好屋頂的，冒尖地堆著金燦燦的糧食。

這裡四季如春，土地肥沃，顯然今年又是一個好收成。

人人臉上帶笑，渾然不知憂愁為何物。等那只烏篷船也進了村，便聽到一陣歡呼，小孩子們飛奔了過來，興高采烈高叫著：「船來啦！船來啦……」

等到眾人行到村子中央的一片空地，已是一堆又一堆的桃木搭成了不少烤肉架，整隻的牲畜早宰殺備好串在了上面。

正中的地熱泉坑冒著熱氣，周圍堆起了不少高臺，上面各有斗大的藤筐，用長長的繩索拴住，垂到地面。每條繩索旁都有兩名壯漢看守，卻不知那大筐裡面究竟裝了些什麼。

山中雖無日月，桃花村人卻有自己的信仰，這豐年祭乃是一年中最重要的日子，倒和山外的人們過年類似，時日節氣也相差彷彿。

此刻日已偏西，卻猶自未落山，玫瑰色的陽光將大地染得緋紅。全村的男女老少早就聚集到這裡，大阿爺眯著眼睛看了看太陽，笑道：「時候剛好，點火上祀，咱們祭花神娘娘啦！」

「祭花神嘍——」

沒有什麼唱禮官，而是全村人一起高喊。

四周的烤肉架上驟然火起，一陣烤肉的香氣開始瀰漫在了空氣中。

村裡的男人們把不少獵來的山豬、野雞投入那沸騰的地熱泉坑中，不多時便被這天然的大鍋燉成了上好的佳餚。

撈起來自然是先在祭臺上放了一份，剩下的分給眾人，便是棕頭也分到了一條肥得流油的豬腿，正自埋頭大快朵頤。

「花神娘娘在天上，保佑我們桃花村年年五穀豐登，風調雨順。人人有糧食吃，有衣穿，有房子住。男人們打獵莫遇上危險，女人們個個都能生一大堆兒子閨女。孩子們順利長大，所有人沒病沒災，都能開開心心地過日子……」

大阿爺雖已年邁，精神卻甚是健旺，這幾句話說得響亮至極。

雖既沒有什麼華麗的辭藻，也沒有什麼四駢八韻的祭文，可這實實在在的幾句話，卻道出了桃花村人最樸實真摯的想法。隨著大阿爺的話語聲，周圍一下子靜了下來。

每個人都低頭閉眼，雙手交叉著放在胸前，默默禱告著對未來的祝願。

安清悠入鄉隨俗，自然也在這禱告之列。

閉著眼睛許了一個願，安清悠抬起頭來時，見蕭洛辰笑嘻嘻地看著自己，「許了什麼願？」

「不告訴你！」安清悠俏皮地做了個鬼臉，卻又是反問：「那你呢？又是許了什麼願？」

「我許的願啊，誰想知道都可以！」蕭洛辰悠悠地道：「我就想啊，等有朝一日把該做的事情都做了，我就把所有的牽掛都拋了。什麼政局朝政，什麼皇室差事，全都去他娘的，就帶著妳來這桃花村隱居，做一對神仙夫妻。嗯……還要養頭比棕頭還大的熊，每天馱著咱們倆在山谷裡轉悠著看桃花。從此不問世事，埋頭苦幹地生十七八個兒子閨女！」

安清悠原本聽得嚮往，但聽到「埋頭苦幹地生十七八個兒子閨女」時，登時霞飛雙頰，啐道：「誰要和你生……生那麼多！」

蕭洛辰哈哈大笑，待要再說什麼的時候，忽聽大阿爺高聲叫道：「花神娘娘的照顧，讓咱們的老朋友阿蕭又來了桃花村，還帶來了不少的好東西，分喜嘍……」

「嘿喲、嘿喲……」吆喝聲不絕，一群壯漢把那條載著兩人來的烏篷船抬了上來。

村民們歡呼雀躍，一擁而上，逕自往那船艙裡翻去。這烏篷雖然不大，但是船內各類物事對於這些村民們而言卻是外界所來的新奇之物，船底的儲物艙中，更有蕭洛辰早已準備好的一些禮品器物。

一時之間，眾人看見什麼有趣的便拿什麼，轉瞬間，便將船中的一切瓜分了個乾淨。

便是安清悠換下來那身沾了泥的衣袍，此刻也被一個婦人穿在了身上。

「這是……」安清悠有些疑惑，蕭洛辰卻早就習以為常，笑著說道：「這桃花村裡的村民們往往無分彼此，誰有什麼好東西都是給大家分了的，沒聽剛才大阿爺說是『分喜』嗎？別著急，妳看！」

安清悠發現周遭的人紛紛向自己這方湧了過來。

村民們分光了船上的東西，齊齊奔著安清悠和蕭洛辰兩人而來。

安清悠正自吃驚，一個胖胖的大嬸忽然把厚厚的一捆生絲放到了她的面前，笑著說道：「俺家的桑樹在村裡長得最好，蠶養得最棒，絲出得最多。阿安，妳要是用絲啊，有多少算多少，儘管到俺家來拿！」

話音未落，又有一個中年漢子把一張豹皮遞了過來，憨厚地笑道：「這張豹皮還是去年和大木一起獵的呢！俺一直想做個皮襖，可又覺得捨不得，今天送給阿安吧！」

不知道從什麼時候起，村民們已經用「阿安」這個詞來稱呼安清悠了。

安清悠剛反應過來，卻見面前眾人你遞一塊臘肉，我送幾袋糧食，紛紛拿出了些物事放到自己的面前。忽然又有一聲牛叫，居然是有人直接送了一頭牛過來。

「看到了吧？既然是分喜，當然要人人沾喜氣了。這可是桃花村各家各戶村民們自覺家中最好的東西，在我眼裡，可比那一條船上些許用銀子就能買到的貨品強上太多了！」

蕭洛辰呵呵一笑，安清悠也笑著點了點頭，卻聽蕭洛辰又道：「還記得第一次到這裡的時候，外面的水路我還沒有摸熟，一個疏忽，船也翻了，人也傷了，被激流沖到這裡的時候，當真是一窮二白。可是那一次便趕上了豐年祭，村民們就是這麼一家一戶送了我好多東西，還幫我治好了傷。

從那個時候起，我每年過年的時候都要到這裡來和他們一起待上一段日子，順便送些東西來。今年妳來了，大家送的更多呢，往年可沒這麼多……」

蕭洛辰笑著說話，安清悠卻從這其中聽出了些古怪來，眉頭輕皺道：「若這麼說，那你豈不是有五六年沒在家中過年了？你家裡難道都不……」

蕭洛辰卻是含笑不語，似是不願提起蕭家的事。

安清悠見他不願說也便不問，只是看看他的樣子，又想到自己將來要嫁到蕭家去，心中卻也有些莫名擔心起來。

家家有本難念的經，他們家……估計在這個問題上也沒好到哪兒去吧？

「阿蕭、阿安，喝酒喝酒！」郝大木不知何時走到了兩人面前，這桃花村就數他力氣大，此刻便充當到處送酒的角色。

他嫌酒罈拿著麻煩，竟是抱著一個碩大無比的酒缸，走到誰面前便舀出一些酒來。等到了安清悠和蕭洛辰二人面前，更是特地照顧，各給放了滿滿一個大竹筒。

「這桃兒酒是桃花村的特產，外界無處尋覓，這才算是咱們的訂聘酒，且來小酌兩杯？」蕭洛辰笑吟吟地說道。

「這……這叫小酌？」

安清悠對著面前的一個大竹筒發呆，還是依言端起輕抿了一口，只覺得這酒沒什麼烈性，顯然是桃子加上稻米釀製而成，其間有股桃花香氣存留其中，清新回甘。

便在此時，一個少女走了出來，高聲唱到：「滿山的桃花喲，一個呀呀地開。尋花的蝴蝶喲，悄悄地來！我的那哥哥喲，你在哪？妹妹的心思喲，你猜不猜得出來……」

「嘿嘿哎喲喲，猜不猜得出來……」

少女歌聲響起，身後有更多的女孩子齊聲相和。

這便是桃花村的風俗了，這裡的女子們沒外界那些大家閨秀的矜持，愛了便是愛了。每到豐年祭的這一天，沒出嫁的少女們都會以歌聲唱出自己的心意。歌詞以發問開始，稱之為「問情郎」。

一個青年男子已是走了出來，大聲接道：「桃花開不敗喲，山上紅哎。尋花的蝴蝶喲，不肯離那個開。妹妹的心思喲，哥哥都明白。心頭那歌唱喲，妳快點兒嫁過來！」

「嘿嘿哎喲喲，快點兒嫁過來……」

情歌聲起，一對又一對的青年男女慢慢走到了一起。

村民們本就能歌善舞，巨大的火堆周圍，很多人已經開始蹦啊跳啊的圍成了個大圓圈。

那舞蹈雖然談不上什麼技巧，但貴在隨心所欲。每一下手腳的揮舞極是有力，每一記腰肢的扭動熱情奔放。或許是被這肆無忌憚的氛圍所感染，安清悠與蕭洛辰不知不覺已加入了這些舞動的人群中。

「我以前一直想，若是妳也在這豐年祭上唱首情歌給我，會是什麼樣子！」周圍的歌聲叫聲嘈雜聲中，蕭洛辰大聲喊著。

「你說什麼？」安清悠聽不清楚。

「我說我想聽妳唱情歌！」

「不唱！我唱的沒她們好聽！」

「是不唱，還是不會唱？」

「呸！誰不會了？唱就唱，只要你別嚇死！」

安清悠一張小臉紅撲撲的，或許是桃花酒的後勁發作，或許是積存了太久的某種壓抑終究尋到了釋放的出口，她大步走向舞圈的中央，放聲高唱道：「竹林的燈火，到過的沙漠，七色的國度，不斷飄逸風中。有一種神祕灰色的漩渦將我捲入了迷霧中。看不清的雙手，一朵花傳來誰經過的溫柔？穿越千年的傷痛，只為求一個結果。你留下的輪廓指引我黑夜中不寂寞！穿越千年的哀愁，是你在盡頭等我。最美麗的感動會值得，用一生守候……」

這是現代歌手唱的歌，歌名是《千年之戀》。

安清悠唱技雖然只能說是一般，但聲由心生，那酣暢淋漓的旋律更合了村民奔放的真性情胃口。村民們雖是初次聽到這種旋律，卻是紛紛出聲相和，扯開喉嚨高叫，反而又應了那歌曲固有的輕搖滾路線。

一時間，氣氛漸入高潮，大阿爺忽然高聲道：「花神保佑，來年豐登喲！」

只見場邊各高臺旁的壯漢們齊聲喊叫，各自抓住臺上大筐邊垂下來的繩纜，用力拉扯，登時將那大筐扯翻，倒下了滿滿的桃花花瓣。粉紅色的花瓣漫天飛舞，蕭洛辰不知何時走到了安清悠的身邊。

「這裡沒有材料做煙火，村民就拿花瓣來做祈求花神的吉祥物事。我倒是覺得，這花瓣比煙花炮竹美多了。」蕭洛辰輕輕將安清悠攬入懷中，話語聲似比那桃花還要溫柔。

「我喜歡這樣的焰火，很美……我們以後經常來這裡好不好……」

安清悠的聲音裡帶著一絲慵懶，今天經歷了這穿險灘、探桃源的事情，瘋狂之後漸感疲憊，桃花酒的後勁也上了來，更讓她有些站立不住，乾脆懶洋洋地倚在蕭洛辰身上，聲音越來越低，竟是不知不覺便在蕭洛辰的懷裡睡著了。

「好啊，剛才我不是說過了嗎？等諸事了了，咱們就來這裡隱居，做一對神仙夫妻。養一隻比棕頭還大的熊，每天馱著咱們倆在山谷裡轉悠著看桃花。從此不問世事，生十七八個兒子閨女……」蕭洛辰輕聲說著話，看著安清悠在自己懷裡睡了過去。

花瓣隨風飄蕩，偶有幾片落在安清悠的臉上、身上。那沉沉睡去的一張小臉，如嬰兒般純真。

蕭洛辰靜靜地看著懷中的女子，忽然溫柔一笑，「傻丫頭……」

安清悠醒來的時候，已是第二天的中午。睜開眼睛，只見周圍家具什物雖然樸素，卻打掃得一塵不染，顯見自己是睡在了一戶村民家中。

「妳醒啦？」一個頭髮花白的老婦人笑盈盈地坐到了床邊，遞過來一碗清水煮了荷包蛋，熱情地道：「咱們這裡的桃花酒看著清淡，勁頭卻不小，阿蕭那孩子第一次來的時候足足醉兩天呢！只是這孩子真怪，你們本是夫妻，偏偏他又要分開住，送妳過來的時候，還一直叮囑我要照顧好妳。來來來，醒了酒，肚子裡可要有些吃食，這才不傷身！」

「這傢伙……」

安清悠接過了那碗荷包蛋，搖頭一笑，又問道：「大嬸，阿蕭到哪裡去了？」

「他呀，昨兒晚上在隔壁睡的，今兒一大清早就跟著大木他們幾個上山砍木頭去了。臨走之前還來看了妳一次，見妳沒醒，就沒擾了妳。這孩子心細，知道疼人……」

老婦人絮絮叨叨說著，安清悠卻有些奇怪，砍木頭？砍木頭做什麼？

便在此時，一個聲音在屋外響起：「老婆子，妳在屋裡念叨些什麼？阿安醒了沒有？有沒有給人家弄點吃的啊？」

「醒了醒了，你比我還嘮叨，這麼點小事還用你來囑咐……」

老婦人出了門，安清悠想起了這屋外聲音的主人是誰，便是大阿爺。

「按照我們桃花村的規矩，年輕人若是要成婚離家單過，可以自去陪他的姑娘親親密密，全村人會一起幫他們蓋房子。阿蕭既然領了媳婦兒來，大夥兒便說要幫他蓋一間好房，可是這孩子說自己家的房子自己也要出力，今兒一大早就和大木他們幾個年輕人上山砍木頭去了。」

「阿蕭也能按這規矩來啊，看來他在村子裡人緣還不錯。」

原來自己昨夜便是借住在大阿爺家中，老人的笑容很慈祥。安清悠聊上幾句，忽然很想知道一些蕭洛辰的其他事，隨口問起，卻聽大阿爺哈哈大笑道：「豈止是人緣不錯？我們早就當他是自己人了。五年前他來這裡的時候，我們村子裡誰都沒見過外人，見到阿蕭還有些覺得古怪，誰想到，這卻是花神給我們送來了一個好小子！」

大阿爺吸著手裡的旱煙，把煙桿一舉，又說道：「看見沒有，這物事便是阿蕭那孩子帶來的，還送給我一大袋煙葉種子。遠的不說，我們桃花村裡的人原本只知道用木鋤耕地，是他給我們帶來了鐵器鋤頭，便是那各家各戶的鐵鍋菜刀，也是這孩子弄來的。還有，村子裡大大小小幾百隻雞鴨，也是阿蕭給我們送來一堆小雞崽……」

大阿爺口中不停念叨著蕭洛辰帶來的諸般好處，安清悠越聽越奇，原以為這傢伙最好權謀算計，沒想到還有這樣的一面。

正自想著蕭洛辰趕著那一大群小雞小鴨的樣子有些想笑，大阿爺的老妻卻是從外面趕了過來叫道：「阿安阿安，快來快來，妳男人和大木他們回來了，你們小倆口趕緊商量商量，蓋個什麼樣房子？」

安清悠出了門，跟著大阿爺和老婦人到了村口，見遠處幾個年輕人正興高采烈向村裡奔來。

棕頭顯然是又一次充當了運輸工具，身上用長繩拖著一個很大的平板車，上面是一堆最大最粗的木料，慢悠悠走在了前面。旁邊的郝大木扛著一根長長的木頭，邊走邊嘿喲嘿喲地喊著什麼。

至於蕭洛辰……

蕭洛辰現在的確很像一個老實巴交的樵夫，一身粗布衣服，肩上扛著砍樹用的長柄大斧，早先那副白衣飄飄的形象早不知扔到哪去了。最有趣的便是他頭上綁著一條髒兮兮的毛巾，上面汗泥斑斑，都不知道是從哪兒弄來的。

他和其他年輕人一樣唱著歌往村裡走，一臉傻笑，當真憨厚無比。

安清悠迎了上去，就如同迎接幹活回來的丈夫的普通小媳婦。一股強烈的汗味飄來，兩人相視而笑，安清悠忍不住對著蕭洛辰罵了一句：「傻樣兒……」

房子當然不可能一下子就蓋好，木材要一根根地砍，地基要一鍬鍬地挖。

安清悠伴著蕭洛辰過著日出而作，日入而息的日子，體驗到了一種從未有過的悠然自在。

而就在這等閒散日子裡，安清悠也找到了和村民們來往的方式。

「這香物呢，不一定用來打扮，也可以用在其他地方。好比這桃花的花瓣花粉先用鹽水浸了，泡一天後，和粳米同煮成粥，不但香氣能帶進粥裡，還能和粳米相互調和，散發出一種類似燉肉的香味。若是加些紅糖，效果更好，可以補氣強身、化瘀血，尤其是幹了一天活，渾身酸疼的時候更好用。只是，咱們女人懷孕或是小日子時，不能吃，否則容易身子虛……」

「哦……」滿屋子女人一臉佩服，原來粥還可以這樣做，結果當天晚上，桃花村裡勞作了一天的男人們大多喝上了香甜的花瓣粥。

「……取桃花花粉拌勻，桃子一個一起蒸熟，和半個蛋黃打碎調了敷在臉上，不光是能夠讓皮膚變白變嫩，若是有什麼面色暗黑、痤瘡雀斑之類的，也能慢慢消除。這類東西還可以用來內服，每日含上半炷香的功夫，口舌之中會有一種天然的香氣久久不散……」

「哦……」

不過，這次卻出了點小岔子，這些大腳娘們兒沒幾個在意口氣清新的。安清悠隨口多說的一句話，卻是讓女人們都直奔那花粉加蛋黃的敷面效果而去，結果男人們一回家，看到黃臉婆無數……村裡人實在啊，半個蛋黃呢，敷上去三兩下就弄下來，太糟蹋東西了。

好在沒出什麼大亂子，後來這倒成了大家茶餘飯後的閒話了。

安清悠逐漸村民打成一片，都快忘了外面還有一個世界。直到某一天清早，蕭洛辰興沖沖地來找她。

「跟我來！」蕭洛辰不由分說，拽著安清悠向屋外跑去。

等到了地方，安清悠大吃一驚，「這麼大？」

眼前的新宅子，明顯是村裡最大的一幢。

上下兩層的小樓足有十幾二十個房間，直抵得上旁邊三四家那麼多。

一個大場院周圍並沒有院牆，用樹枝籬笆粗粗地紮了一圈，占地極廣，莫說要曬糧食種菜，就是用來跑馬都夠了。雖說這桃花村裡地皮建材不要錢，可這也有點太誇張了些。

「就咱們倆住，用得著這麼大的地方嗎？光收拾就得累死……」

安清悠狐疑地看了蕭洛辰一眼，這傢伙不會是想再娶幾房吧？村裡的姑娘們可是有幾個惦記著他呢，這次見他帶了媳婦兒回來，聽說光是大阿爺的孫女就哭了半宿了。

「那個那個……我和大木他們說咱們要生十七八個兒子閨女，結果他們當真了……」蕭洛辰尷尬地撓了撓腦袋，傻笑了幾聲，忽然一把攥住了安清悠的手，賊兮兮地道：「大家都說人口多房子太小可不行，還有幾個兄弟自告奮勇說若是孩子看不過來，就讓自家的婆娘過來幫襯！為了不讓這房子空著，咱們努力吧！」

安清悠臉上一紅，啐道：「你個沒正形的……」

便在此時，周圍不知道怎麼跳出幾個男子來，大叫著要陪阿蕭和阿安喝酒暖房添人氣。桃花村人的審美觀簡單得很，大就是好。蕭洛辰為村子裡做了那麼多事，便是沒有那句生十七八個兒子閨女的玩笑話，大夥兒也早就商定，要幫阿蕭和阿安蓋一座村裡最大的宅子。

蕭洛辰卻是一副正經八百的模樣，嚴肅地道：「傳宗接代乃是香火大事，怎麼叫沒正形呢？要不，咱們今晚就入洞房……」

「呸呸呸！」安清悠嬌羞不已，正要笑鬧不依，旁邊一個男子忽然一翹大拇指，很認真地說道：「阿蕭、阿安，你們一生孩子就能生上十七八個，厲害！」

「沒錯！阿蕭和阿安的本事這麼大，生孩子肯定也很厲害的！」

「對啊對啊，教教我們唄……」

在村民的觀念裡，房子固然是越大越好，生孩子好像也是越多越強？

看著那一雙雙認真的眼睛，安清悠紅著臉猛咳，這人太實在了也不好，難不成這些人把自己二人當成了萬事通？自己黃花大閨女一個，這話題可真是……

蕭洛辰哈哈大笑，瞧了瞧安清悠那紅得像番茄一樣的臉，到底還是出來解圍道：「好啦好啦，不說生孩子的事情！各位，這個房子就讓它先空著，這段日子還要拜託大夥兒幫我們照料一二，等我們有空時，一定會回來住！」

「嗄？那什麼時候這個房子不空？」

最先反應過來的居然是憨憨的郝大木，他隱約聽出了蕭洛辰話裡的意思，卻是找不到什麼表達方式，只是一臉著急地問房子什麼時候不空。

安清悠微微嘆了一口氣，用很小很小的聲音對著蕭洛辰道：「時候到了嗎？我都忘了數日子……有點捨不得走！」

「還會回來的！」蕭洛辰愛憐地幫安清悠捋正了一縷鬢角的頭髮，聲音比安清悠還輕，卻又猛地轉身，對著周圍的所有人高叫道：「很快了！房子不會空太久，明年豐年祭的時候，我們會回來這裡生娃娃！」

阿蕭和阿安要離開的消息很快傳遍了桃花村。

村民們雖然也捨不得，但是蕭洛辰總是來來去去的，大家倒是有些習慣了。

山裡人不講究虛情假意的挽留，聽得二人要走，紛紛拿出了自家的肉食水酒。

新起的大屋第一次派上用場，卻是用來做餞行酒之地。

安清悠心中戚然，這時候話都說得少了，一個人默默地想著心事。倒是蕭洛辰，拉著村民們吆五喝六地划拳喝酒，沒什麼異狀。

「阿蕭，這就要走了嗎？出去的路不好走，可是有什麼要我們幫忙的？」大阿爺走了過來。

蕭洛辰雖然喝酒喝得滿面紅暈，卻也不敢怠慢了這位老人家，連聲道：「大阿爺，您老就不用替我們操心了，這裡我來往多次，沒什麼要麻煩諸位的。明天一早就走，大夥兒也別送。」

說話間，蕭洛辰兀自舉杯，放聲道：「咱們桃花村的人，不講那麼多虛的！阿蕭還是那句話，明年這時候，我們回這大屋來生娃娃！」

眾人轟然應諾，大阿爺呵呵笑道：「好好，多生幾個，省得這大屋住起來空得慌！不過，阿蕭啊，你這次出去，我倒是有一件事要拜託你！」

「桃花村的事情就是我的事，您只管說，別說是一件事，就是十件、百件，也包在阿蕭身上！」蕭洛辰毫不猶豫地拍了胸脯。

「行，有你這句話我就踏實了！」大阿爺點頭，可說出的話卻是在場眾人誰都沒有想到。

「咱們桃花村在這四面環山的地方雖然說吃喝不愁，可如今看了你，看了阿安，咱們也都明白了。外面還有一個比這裡大得多的世界，那裡有鐵器，有香料，有各種各樣咱們桃花村做不出來的東西，還有很多能夠做出這些東西的人！我尋思著，你能不能帶上幾個村裡的年輕人出去看看？」

原本喧鬧的大屋裡驟然靜了下來，蕭洛辰那拿著酒杯的手猛地停在了半空。

安清悠在旁邊聽了，也是吃驚地張大了嘴巴。

出去？大阿爺說他們想出去？

「之前外面那一條激流攔著，想出去也沒什麼可能，可是當初阿蕭你第一次來的時候，我心裡就有了這個念頭。後來見了你飛簷走壁的本事，便又把這求人的話放到了肚子裡。咱們滿村的年輕人啊，誰又有這能耐？」

大阿爺說到這裡頓了一頓，看了安清悠一眼，這才慢慢地道：「直到見了阿安，我才又想明白了一件事，阿蕭，你的本事大得很，不但能自己進來，還能帶人進來。如今又說要帶阿安走，那自然……也能帶別人走。」

蕭洛辰慢慢坐回了椅子，原本以他的本領，莫說要帶幾個人出村，就算要把這裡的村民們整個帶出去，也不過是去壽光帝那裡求一道聖旨的事情。自然有人逢山開路，遇水架橋，可是這桃花村對他的意義卻遠非一個小小的村子，甚至可以有些偏執地說，這是蕭洛辰心中認為世間唯一一塊還能稱為乾淨的地方。

看著大阿爺，蕭洛辰一時竟有些不知如何回答，半天才有些遲鈍地道：「大阿爺，外面的世界其實也沒那麼好，我的本事也沒您想的那麼大。外面的激流順水而行還好說，若是逆水上溯，誰也沒那本領行船。您知道，我每次出去的時候都是走那些山上的懸崖峭壁，如今已經帶了阿安，再帶其他人就太勉強了。萬一有個閃失，那可是要性命的事情，不如下次再說……」

若是外面世界的人，到這時候自然聽出了話裡的推脫之意，可蕭洛辰終究還是低估了村民們對外面世界的渴望，更低估了面前這個老人心裡的執著，大阿爺搖了搖頭道：「不用下次，這次就行。咱們桃花村的人有膽子，也不怕死，就算有什麼閃失，所有人也只會感激你。你們大家聽見了沒有，或是丟了性命，或是為了咱們桃花村出去外面的花花世界闖一闖，有誰願意和阿蕭、阿安一起走？」

這話一說，居然呼啦啦站出來幾十號後生。

他們都是血氣方剛的年輕小夥子，渾身上下充滿了使不完的勁頭和熱血，更有對外面世界的無窮嚮往和膽量。

大阿爺似乎也很激動，一張老臉漲得通紅，心潮澎湃地說著：「好好，這才是我們桃花村的好小子，出去長見識學手藝，過個一年半載回來，到時候咱們桃花村自己也能有更多的好東西，過更好的日子！咱們能夠開更多的地，打更多的糧食，還可以種更多咱們沒見過的菜，養更多的雞鴨牲畜，屋子裡能夠擺上更多咱們從來沒見過的好物事，女人們也有好多好多漂亮的花布衣服！阿蕭，你就說要帶誰……哎？」

一個外面的世界，攪得原本平靜的桃花村村民們人人的呼吸粗重，就連村裡最老成持重的大阿爺也陷入了帶著某種美好的嚮往中而難以自拔，兀自在那裡說著話，只是一低頭時，卻見蕭洛辰的腦袋趴在桌上，竟是動也不動了，推了兩下，卻聽他迷迷糊糊地回道：「酒……大阿爺，別的事一會兒再說……咱爺兒倆先乾上三杯……」

蕭洛辰嘴裡說著乾杯，身體卻彷彿不受控制般，逕自向桌子下面滑去。

有人叫道：「阿蕭醉了！」

「不應該啊！阿蕭這孩子平時挺能喝的，今兒這才多少？」

大阿爺皺眉地捋了一下下巴上的山羊鬍子，趕緊讓人扶蕭洛辰進屋，看見安清悠坐在一旁，便又追著她問道：「阿安，剛才大阿爺提的這事兒……妳說呢？」

安清悠心裡很清楚，蕭洛辰定然是裝醉，她也很能理解蕭洛辰的心情。

如果桃花村暴露在世人面前，前景未必就像大阿爺他們所想的那樣簡單美好。

若真是通了外界，固然會帶來一些新鮮東西，可是麻煩也定會隨之而來。別的不說，光是朝廷的稅吏便要來，而那些村裡的年輕人能不能在外面打出一片天先放一邊，給官府出苦工服徭役卻是少不了的。更不用說這裡風景獨特、土地肥沃、良田遍地、物產豐富，可又偏偏便在這京師左近。若是哪個高官顯貴皇親國戚看上了這片風水寶地，派人巧取豪奪的時候……大阿爺他們可是連地契都沒有。

安清悠不願去想桃花村暴露在世人眼前的結果，甚至可以說是有點不敢去想。

「大阿爺，您老先別急，這事情還得阿蕭拿主意，我一個女人家也沒法做這個主……」安清悠開始往外推，能推一時是一時，拖到明天早上出山，有什麼事情明年再說。

「我能不急嗎？」大阿爺一臉的焦急，念叨了兩句，卻是又嘆了一口氣道：「阿安，我這老頭子都是半截入土的人了，妳說我還圖個啥？還不是圖咱們桃花村的年輕人有更好的日子過？我知道阿蕭那孩子最疼妳，妳就勸勸妳男人吧，算是大阿爺求妳了！」

大阿爺這一個「求」字出口，村民們的眼睛都盯在了安清悠身上。若論頭腦智計，安清悠在京城之中不輸於人，可是那一雙雙充滿渴望的眼睛……誰能說他們所想的就是錯的？

「阿安，妳就和阿蕭說說唄？」有人已經開始勸起安清悠。

「阿安，咱們村子好了，大家也忘不了你們兩個的好！」

「就是！阿安，妳看連大阿爺都求妳了……」

桃花村裡沒有外頭那麼多規矩講究，插嘴的人越來越多，眼看著局面要失控，安清悠心念電轉之下，忽然想到了一個法子，對著眾人叫道：「大家都別說了，大夥兒的意思我明白，這帶人出村子的事情，我阿安在這裡答應下來了！」

村民們陡然爆發出了一陣歡呼，安清悠卻是微微苦笑，人的欲望從來就沒有止境，便是這世外桃源般的桃花村也不能免於這塵世間的輪迴，只是此刻卻不是感慨的時候，待那歡呼聲稍歇，便又搶先對著大阿爺道：「大阿爺，阿蕭也有阿蕭的難處，他要帶我已是不易，若是再帶著其他人，只怕是更加困難。這事兒您也知道，要我說啊，這次出去可以，只是人卻沒必要太多，就先帶一個人出去，等日後琢磨明白了出去的法子，咱們再多送些人出去，您說好不好？」

桃花村四面環山，周圍不是激流便是陡峭的懸崖，若真那麼好出去，只怕早有人到外面的世界闖蕩了。

大阿爺本是良善之人，看看站出來的那些後生，雖說是勇敢熱血不怕犧牲，可是哪一個都是村裡的好小子，哪一個折了他們也都心疼。眼瞅著安清悠既已答應了帶人出谷，到底點了點頭道：「行，咱們都聽阿安的，便只送一個人出去，妳就說帶誰走吧！」

安清悠放心了幾分，知道這事已經穩妥了一半，便繼續說道：「咱們桃花村我也是第一次來，怎麼出去可真是不知道。不過，聽剛才阿蕭所說，是要從懸崖峭壁出去的。大阿爺或是在座諸位給說說，阿蕭之前是怎麼做的？」

這一下，大阿爺可是有點懵了，苦思了半天才道：「這事可是難住我啦，每次阿蕭走的時候，也就是帶上一大捆的繩纜釘鉤，看著他往山上爬啊爬的，那些我們上不去的懸崖峭壁他居然嗖嗖幾下子就上去了，還能……還能又嗖嗖嗖幾下就沒影了！」

「對對！嗖嗖嗖的！」

「要不怎麼說阿蕭是花神送來的呢？就是厲害！」

旁人七嘴八舌跟著補充，說什麼的都有，只是這說來說去卻沒一個人能夠說在點子上。

安清悠暗暗好笑，還嗖嗖嗖的，這倒符合蕭洛辰故弄玄虛的行事風格，只是心裡這般想，卻不敢笑出來聲，反而點了點頭道：「既是如此，我倒能猜出一二。想必是要那身體硬朗，有力氣的，你們幾個誰的力氣最大？」

那些站出來的後生自然都不肯服人，一個個搶著說自己身體好力氣大。大阿爺倒是也有選人的法子，扳手腕鬥角力，一通比試雖是把屋裡的氣氛弄得熱熱鬧鬧，可是安清悠在旁指指點點不停插話，那些沒有勝出之人熱切之心倒是淡了。

不多時自然決出了一個氣力最大的後生，可是安清悠卻似想起了什麼，又道：「哎呀，不對，我怎麼忘了，咱們桃花村還有一個人，那力氣大得可是誰都知道的！」

說話間，把手往郝大木那邊一指，笑盈盈地問道：「大木，若有人和你比力氣，你能不能比他力氣大？」

郝大木奔了出來，憨憨地說道：「大木，有勁！」

那原本勝出的後生一看是郝大木，連比的心都沒了，和這怪物比力氣，壓根兒沒勝算。

大阿爺目瞪口呆，撓頭地道：「怎麼是……大木？」

安清悠對著大阿爺說道：「大阿爺，您瞧，大木雖然腦子笨點兒，可是這一身的力氣咱們村裡有誰能比得上？他平日裡又是整天和阿蕭泡在一起，彼此熟悉反而是好做事。這次主要是探清帶人出去的法子，只要把這法子搞明白了，以後還怕出不去嗎？而且，容我說一句難的，如若大木都沒能出去，其他人……也就暫時不要想這件事了！」

大阿爺皺著眉頭，吸一陣旱煙，最後才下了決心般的道：「行！就先讓大木去試試！不過，阿安，你們出去以後，可得早點兒回來啊！」

若真要說比腦子論算計，安清悠和蕭洛辰二人隨便拎出一個來，只怕把桃花村全村的人加在一塊兒也不是對手。

此刻繞來繞去，很快便把這一屋子淳樸老實沒心眼的村民們繞了進來。

安清悠長長出了一口氣，心裡卻有罪惡感。自己幫著蕭洛辰暫時抵擋住了一陣子，可也掐斷了村民們出山的心願，卻不知道她這般做究竟是對還是錯？

「我就猜妳會選大木！若是換了我，恐怕也只有這個法子！」蕭洛辰站在村口，伸手拍了拍安清悠的肩膀，輕聲安慰道。

「可我還是覺得有點對不起他們！」安清悠咬了下嘴唇，半天才吐出幾個字來。

「沒事的，我們這也是為了他們好！」蕭洛辰搖了搖頭，慢慢地道：「妳也知道外面……」

「不是這樣的，這是他們的選擇，為了他們好這不是理由，我們其實沒權利替他們做決定。」安清悠猛地打斷了蕭洛辰的話。

蕭洛辰就這麼看著她，忽然嘆了一口氣。自己一直想追求個自在，沒料想這自以為終於找到了個自在之地，到頭來居然是這樣的進退兩難，難道竟是天下何處不紅塵，世事總難全嗎？

「或許……或許我們可以有個什麼法子，讓這裡的人能夠隨著他們的心願出去，又能讓桃花村不受禍害？」安清悠猛地抬起了頭，彷彿找到了一條新的道路。

「別傻了，這件事我早就想過，若是真有這樣的法子，早幾年前我就幫著他們出去了，還用等得到大阿爺他們自己起了心思？」蕭洛辰沉吟了一陣，到底還是搖了搖頭，苦笑道。

安清悠的臉上卻是異乎尋常的堅定，緊緊攥著拳頭道：「不，一定有法子的！雖然我們現在還沒有辦法，但是我們肯定能做到！我們還有一年的時間，我們一定行！」

蕭洛辰有些驚訝地望著安清悠，好像重新認識一遍面前這個未婚妻一般。

他忽然知道自己為什麼會喜歡上這個倔脾氣的姑娘了，那種所謂看不透的特立獨行，其實是一種對愛的執著。對於她所愛的一切，她都會盡最大的力量去努力，什麼權勢富貴，什麼世俗紅塵，就算是遇上再大的困難，也絕不放棄。

蕭洛辰笑了，「對，我們還有一年的時間，我們一定能做到，我們一定行！」

陽光下，滿山的桃花還是那麼紅，只是天已大亮。

雖說蕭洛辰不讓大家送，可是桃花村的男女老少，還是跟著來到了村口。

就像安清悠隨著蕭洛辰來到此地時大家開開心心地迎接他們一樣，能來的都來了。

郝大木居然是最後才到的，大阿爺費了很大的力氣才說服他和蕭安二人同行。許多年輕後生想要出村闖闖的時候，他其實並不想走。

「棕頭，大木要走了，要好久不能和你在一起了，要好久不能給你找蜂窩了，不知道你還有沒有蜂蜜吃……」郝大木戀戀不捨地抱著棕頭的脖子，兩隻眼睛已經哭得紅腫，「可是，大阿爺說了，大木和阿蕭、阿安出去，才能讓村裡人過上更好的日子。棕頭要乖，要聽大阿爺的話，不許搗亂……」

郝大木絮絮叨叨說著，棕頭卻好像能夠聽得懂他的話一樣，脖子在郝大木身上蹭啊蹭的，猛地長嗥一聲，似乎也捨不得他。

分別的時候到底還是會來到，郝大木到底還是和蕭洛辰、安清悠來到一處絕壁之下。身後，大阿爺帶著村民們一直在一處山坡上揮手，這一次的送別，帶了太多的期待。

「我一定會回來的……」蕭洛辰對著村民們高呼。

「別說這麼不吉利的話！」安清悠翻了個白眼。

蕭洛辰明白安清悠的心情只怕比自己還糟，苦笑著搖了搖頭。

不再多言，蕭洛辰將長繩一端繫在自己身上，另一端繫在安清悠腰間。攀藤附葛，接力縱躍，幾下便到達了一處凸起的岩石上。

看這岩石能容得下三人，當即雙手用力，將安清悠用繩索拉上來，接著是郝大木。

就這麼慢慢往上爬，蕭洛辰目光極是犀利，每當尋到一片適合幾人容身的岩石，便放下繩索拉起另外兩人。只是這峭壁越往上行越是陡峭費力。蕭洛辰一人攀岩雖然輕鬆自如，加了兩人的負擔卻是大不相同。待到後來，便是本領高強如他，也不得不在一塊好不容易找到的大岩石上喘息歇息。

「不行了，歇一會兒回回氣，夫人，妳那有乾糧嗎？」

蕭洛辰喘著粗氣，抬頭望了望峭壁，只見山頂猶在雲霄之中，臉上浮現了一絲苦笑，多加了兩人果然不同，只怕連平常速度的一半都不到，照這麼走下去，麻煩還真是大了。

安清悠遞過乾糧清水，逕自幫他按摩了一下雙肩和後背。這一趟看似簡單，其實凶險無比，幾人全仗著蕭洛辰一個人出力，若是他稍有閃失，只怕所有人都要死無葬身之地了。

「夫人果然溫柔賢慧，就這麼按得兩把，為夫身上立刻就有了勁頭。區區一面絕壁，何足道哉？嗯嗯……往上往上，再多捏兩把！」

蕭洛辰笑嘻嘻地討著口頭便宜，安清悠卻出奇的沒有還嘴，而是繼續捏著他的肩膀。

兩人在桃花村裡相守的日子，感情早已越發契合，聽著他那粗重的呼吸，她極是心疼。

郝大木埋頭啃著乾糧，此刻倒是他最為心寬吃得下，可是任誰也沒想到，這個憨憨的郝大木吃完了乾糧，卻是抬頭說道：「阿蕭，你的樣子很累，要不讓大木帶你上去？」

蕭洛辰搖了搖頭道：「大木不搗亂，這裡很危險，還是阿蕭帶著大木上去好了。」

誰知郝大木歪著腦袋想了一陣，卻是說道：「不危險，很容易，大木上去過，上面有雪的。」

蕭洛辰和安清悠不約而同吃驚地看著他，郝大木會錯了意，還道二人不信，著急地道：「大木真的上去過，很多次！阿蕭、阿安不信，大木爬給你們看！」

說話間，郝大木不待二人接話，一把將那長繩掛在身上，從岩壁爬了上去。

安清悠和蕭洛辰抬頭望去，越看越奇。

如果說蕭洛辰上岩壁是以靈巧縱躍取勝，郝大木顯然就是一個力量型的高手。這爬得雖然不像蕭洛辰那樣瀟灑飄逸，卻勝在厚重扎實，一手一腳之間，抓握岩石牢靠無比，速度雖然慢，卻這麼一步一蹬地攀了上去，魁梧粗大的身軀半點都沒搖晃。

蕭洛辰看了半晌，提氣叫道：「大木，向右，向右！對，就是那裡，就在那塊大石頭上不要動了……放繩子！」

郝大木神力驚人，嫌那一個一個往上帶太麻煩，將蕭洛辰和安清悠一起拉了上來。

蕭洛辰嘆了一口氣，「這一次妳可真算是挑對了人，咱們撿到寶了……」

安清悠有些小得意，卻忽然想到一事，立刻對著蕭洛辰凶巴巴地道：「回到京城以後，不許你打大木的主意，出去以後，大木要跟著我回家！」

蕭洛辰看著安清悠像老母雞般護著郝大木，苦笑了一下，「我有那麼壞嗎？桃花村在我心裡的分量，妳怕是比我自己還清楚，便是坑了誰，也不能坑了大木啊！」

安清悠也有些發怔，不知道這話怎麼就脫口而出，難道重回俗世，自己的心境也改變了？

絕壁攀岩，蕭洛辰的眼力和郝大木的力氣配合得極佳，兩人交替而上，不一會兒便登到了絕壁頂端。回頭望去，谷中的桃花依舊紅豔，而向遠處眺望，一座巨大的城池卻是隱約可見。

那便是京城！

「大木，你既然上來過很多次，為什麼不到山外看看？」安清悠問道。

郝大木很老實地回答道：「大木不出去，看不見桃花，大木心裡不開心，而且看不見棕頭，大木會擔心……」

郝大木老實的回答讓安清悠和蕭洛辰這兩個聰明人一時不知道怎麼接口。

桃花村的前途、兩人的婚事、家族的命運、朝中的政局、皇位的激變，還有大梁與北胡即將打響的戰爭，在這一刻都盤旋在了心頭。

世外桃源的生活結束了，該來的該去的終究躲不掉，安清悠和蕭洛辰彼此對視了一眼，忽然間心意相通，緊緊抱在了一起。未來不論有什麼風雨，他們都將一起闖過去。

◉　◉　◉

太陽落下，京城籠罩在一片夜色之中。

「悠兒到底是到哪裡去了啊？」安德佑快急出病來了。

眼看著明日便要大婚，女兒卻失蹤了足足一月有餘，杳無音訊。

想要派人去找，闔府上下卻被四方樓牢牢地控制起來，莫說派手下出去找人，就是一隻蒼蠅也飛不出去。

「老爺還是不要著急，上面說了，大小姐和蕭公子該出現的時候自然會出現，還請老爺稍安勿躁，莫要讓我們這些做下人的為難！」

無論安德佑怎麼焦急，回答他的仍然是冷冰冰的這麼一句。

身邊兩個莫名其妙多出來的長隨，整日面無表情，像是兩個泥塑的守門夜叉。

安德佑又氣又急，猛然把一個茶杯狠狠摔在了地上，憤怒地道：「不急不急，那可是我的親生女兒啊，就這麼不明不白失蹤了！你們……我不管你們上面是誰，總之，要給我們安家一個交代……」

「安大人要什麼交代？」

一個尖銳的聲音響起，安德佑抬頭看去，門口不知何時多了兩個幽暗的人影。其中一個顯然是個女子，身材高挑，體型婀娜，便似安清悠。

「悠兒！」安德佑一喜，邁步上前，卻又聽先前那個尖銳的聲音道：「很好，很好，連安大人也認錯了人，這人選顯然不錯！」

安德佑愕然停步，見那兩個人慢慢走了進來。

燈火之下，其中一個老者便是壽光帝身邊最信任的皇甫公公，他身旁那個女子細細觀瞧，雖與安清悠的眉眼、身材有著八九分相似，卻不是自己的女兒。

「皇甫公公，您、您這是什麼意思？」安德佑聲音微微顫抖，皇甫公公依舊是一臉的恭謹，只是那話語卻是冷冰冰的：「沒什麼別的意思，只是安大小姐和蕭公子一去不歸，怕耽誤了皇上的大事，所以特地多做了一番準備。至於您說的交代……您往外看，這樣如何？」

皇甫公公把手一揮，只見院子裡五花大綁跪了一大片，都是四方樓第一批派駐安家之人。皇甫公公淡淡地道：「這些人怠忽值守，按照四方樓的規矩，有了錯就得死。今天便將他們都處置了如何？新婚的大喜日子不宜見血，不過，安大人放心，長房府裡一定是乾乾淨淨的。」

「遷怒枉殺有什麼用？我只要我的女兒！皇甫公公……」安德佑已是近乎哀求。

「安大人，您是大小姐的生身之父，她平日裡有什麼特別的習慣喜好，只怕沒有人比您更清楚。趁著天還沒亮，咱們趕緊演練一番。雖是臨時抱佛腳，終究比不做強上些不是？」

「我女兒……」安德佑此刻哪裡還不明白，這是皇甫公公安排了一個替身要代安清悠出嫁，可是自己的女兒，如今又在何方？

「別再說您女兒了」皇甫公公陡然間面色轉寒，冷冷地道：「我的安大人，究竟是女兒重要，還是皇上的大事重要？」

「皇上的大事固然重要，可是法理尚且不外乎人情，皇甫公公便是要替皇上多留一手準備，難道不能平和一點？如此苦苦相逼，豈不是讓我安家寒了心嗎？」

忽明忽暗的燭火之間，一個女子慢慢走了進來，不是安清悠卻又是誰？

皇甫公公卻似早有所感一般，回過身來道：「原來是大小姐回府，老奴恭迎大小姐！」

「悠兒！」安德佑大步上前，滿臉激動地拉著安清悠的手道：「悠兒，妳……妳這些時日到哪裡去了啊？」

「父親莫急，此事女兒自會向父親慢慢分說。」安清悠輕輕拍了拍父親的手，轉過身來對著皇甫公公道：「皇甫公公，小女子這幾日外出，與這些人等無涉。明兒出嫁，我還想帶著他們做娘家下人，更何況外面那些下人既是我的死契家奴，便是處置也當由我做主才是，皇甫公公說對不對？」

「大小姐說的不錯，放人！」

安清悠的一句話，救了幾十條人命。

皇甫公公依舊面無表情，「大小姐既已回府，老奴也就沒什麼可留的了。這裡先恭祝大小姐姻緣美滿，百年好合。」說完，逕自帶著那替身向外行去，邁步出了屋子。

「悠兒啊，妳這幾天究竟是到哪裡去了，讓為父擔心死了！」眼瞅著皇甫公公離開，安德佑連聲追問起女兒的去處。

安清悠微微一笑，「此事說來話長。父親放心，這段日子裡，女兒平平安安的，什麼事情也沒有。對了，先給您介紹一位女兒新認識的朋友，大木！」

郝大木大踏步走了進來，說道：「阿蕭的女人的爹，你好，我，大木！」

安德佑瞧得目瞪口呆，半天才回過神來，「真是一條好漢……」

郝大木被介紹給安德佑的時候，蕭洛辰靜靜地坐在長房府中一處屋頂上，臉上卻帶著一副奇怪的笑容。

「您等很久了吧？我猜在我們剛到府中外牆的時候，就被您就發現了。一直等到這時才處置手下，是不是就等著有人來救那些人？他們死裡逃生之後，只怕是從此對待安家，尤其是對待我那媳婦兒的心態有所不同。我沒猜錯吧，皇甫先生？」

在蕭洛辰的旁邊，赫然是剛剛從廳中離去的皇甫公公。

此刻這位老太監依舊是板著一副死人臉，淡淡地道：「四方樓有四方樓的規矩，我總得給皇上一個結果！」

「好好好，有規矩有結果！這麼一批人手，連我看了都覺得夠分量，這算是老爺子送給義女的嫁妝呢，還是您的賀禮？這一趟胡鬧妄為，只怕皇甫先生也沒少在師父面前幫忙周旋，蕭洛辰先謝過了。」

「你想的太多了，萬歲爺自有萬歲爺的決斷，我可沒幫什麼忙！」皇甫公公平淡地道：「咱家要按家法處置幾個手下，安大小姐恰好回來救下了他們，從此以後有人對她心存感激，事情就是這麼簡單，皇上的嫁妝賞賜另有安排。這姑娘不錯，蕭洛辰，希望你們能白頭偕老。」

說完，一個閃身，轉瞬便沒了蹤影。身法迅捷如同鬼魅，甚至比蕭洛辰還要快上三分。

「這老傢伙……脾氣還是這麼怪，不過……謝了！」蕭洛辰微微一笑，朝著某個方向拱手道。

明日便是出嫁之日，梳妝打扮是少不了的。安清悠安撫了父親一陣，回到自己的院子中，與青兒、芋草等人敘話不提，再看那梳妝檯前，諸般物事早已準備妥當。

安清悠緩緩坐下，身後一個聲音響起。

「小姐，奴婢們欠您一條命！」安花娘不知何時到了身後。

「花姊，妳是明白人，咱們誰也不欠誰！」安清悠隨手拿起了一支鳳釵，氣定神閒地道：「來，幫我上妝！」

青兒、芋草等幾個大丫鬟在一邊看得甚是稀奇，小姐不久前還為這婚事糾結不已，如今這失蹤了幾日，怎麼反倒喜氣盈盈起來？

不過，大小姐高興，眾人便也都跟著咧嘴樂，明兒可是大小姐出嫁的日子，眾人的精神全都提起，喜氣洋洋地等著明日的來臨。

府中下人四處忙著做事，安清悠這段時間雖然沒在家，但是拜那位萬歲爺義父「盯緊了」這三字所賜，該張羅的是一樣也沒落下。

轉過天來，太陽初升，闔府院落處處是披紅掛彩。

天空剛泛起魚肚白，兩列吹鼓手早已分列正門左右，安德佑在正堂中正襟危坐，專等蕭家的迎親隊伍上門。

安清悠拿著大紅蓋頭，靜靜地坐在床上，今日一過，自己便要為人妻了。

這一路走來波折雖多，結果終究不差，只是事到臨頭，安清悠還是有點緊張。

想著蕭洛辰那副邪氣的笑臉，安清悠在心裡噗哧一樂，昨天瀟灑少年郎，今天變成大人樣。這傢伙真扮上新郎官時，不知又會是怎生光景？

出嫁的女人是幸福的，可是，終於熬到婚禮這一天的，可不只是安清悠和蕭洛辰。

貳之章　文武智計迎親

與安家相隔兩條街的某處，一輛馬車之中，有人正陰森森地冷笑著，「臭娘們兒，害得我如此之慘，我焉能讓妳平平安安就這麼嫁了？你們安家的人，我一個都不會放過，今日便先拿妳開刀！」

車幔掀開，一個中年男人慢慢走下了車來，他的面容比一個多月前清瘦了許多，眼窩深深陷了下去，腰身也細了一圈，頭髮不知花白多少，就這麼下車的小動作，腿腳都有些發顫。

這人便是新任的大梁禮部侍郎沈從元。

安清悠和蕭洛辰在桃花村中過著田園生活的這一個月，沈從元卻是過得怎一個慘字了得。當初安清悠那個「美人陷阱」的香料，當真是讓沈從元吃足了苦頭。從胸悶、肚痛到川流不息，再到硬挺了足足三天，整個人是一條命只剩下了半條，而蕭洛辰更是把他為安、蕭兩家做媒的事情傳了個滿城皆知。

可憐這位沈大人身在病中還沒等痊癒過來，睿親王身邊早已嫉妒他的幾個官員幕僚趁機落井下石，差點將他從睿親王府那條船上踢了下去。

不過，沈從元畢竟不是一般人，安清悠既是留了他一條命，他也真有鹹魚翻身的本事。待身子剛剛好轉，沈從元便遙控起那派入睿親王府做男色的趙友仁吹起枕頭風來。隨後在睿親王心思動搖卻又急需用人之際，沈從元重返睿親王府，出謀劃策狠狠地整治了幾個太子一系的官員後，居然又憑藉著三寸不爛之舌重新獲得了睿親王的信任。

捲土重來，沈從元聲勢更勝從前，不僅又一次成了睿親王面前的第一紅人，更有許多京城官員看準了風向，投到他的身邊。在睿親王府旗下的各路人馬中，已經有人隱約流傳著所謂「沈系」的說法。

當然，沈從元這番聲勢再起也是付出了不少代價，銀錢花銷自不必說，他太過熱衷於權勢富貴，身體未等去痊癒便著急著鑽營，更兼這一個多月來嘔心瀝血地算計，身子落下了些許後遺症。此刻下了馬車冷風一吹，竟有些站立不穩。

隨侍的湯師爺連忙上前相扶，叮囑道：「大人，小心！」

「扶什麼扶？老爺我身體好得很！」沈從元狠狠一瞪眼，湯師爺登時不敢再言。

自從上次出事之後，自家大人就變得脾氣古怪，尤其是開始諱疾忌醫起來。府中下人哪個敢說老爺身體不好的，轉眼便會連人都找不到了。

沈從元咳嗽一聲，運了運氣，勉強打起精神，抖起官威，伸手招呼過一人來道：「之前吩咐你的事情都記住了？這次還是你打頭陣，去吧！」

這人正是安清悠的母家表兄，睿親王的男寵趙友仁。只是，趙友仁卻有些躊躇，小心翼翼地道：「大人，因為上次金街的那件事，安家已是和學生翻了臉，這次再去……是不是有些不妥？今日大人帶了這麼多人來，就算不用學生上去也……」

「嗯？不稱小人改稱學生了？看來這有了功名就是不一樣！」沈從元冷笑，「怎麼？你最近在王爺那邊得了寵，連大人我的話也敢推三阻四了？莫忘了你不過是一個枕頭邊上的，莫忘了我才是王爺如今最倚重的，莫忘了你家裡的老小還在江南扣著！」

趙友仁登時不敢再言，偶爾偷眼一望，卻見沈從元身後正一頂接一頂地行來了大批轎子馬車，上面下來的都是各色官員，額頭上冷汗涔涔而下，低頭躬身道：「我……我不過是怕時間拖得太久，讓大人多加勞累而已。學生早已立志為大人鞍前馬後，赴湯蹈火……」

「這些話留著跟王爺去說吧，大人我不累，看著安家倒楣，時候再久也不累！倒是好久沒聽你的掌嘴聲了，掌幾個來聽聽？」沈從元冷冷地打斷趙友仁的話。

「啪啪啪！」趙友仁二話不說地左右開弓，抽了自己幾個耳光。

「也別抽得太狠，不然一會兒帶著一臉指印上門，那可不好看！就是因為安家跟你翻了臉，這才叫你去打頭陣的，明白不明白？」

「小人明白，小人這就去！」趙友仁的自稱又從學生變成了小人。

沈從元得意地笑道：「很好！乖！滾！」

趙友仁頭也不回地走到了安家長房府所在地那條街上，臉上這才露出了陰狠的神色。

在睿親王府中待得久了，他才真正見識到了什麼是權傾天下，什麼是一人之下，萬人之上。

在王府中做男寵，在沈從元面前裝孫子，不過是一時的權宜之計罷了。

如今在趙友仁身上，已經隱隱約約有了一點沈從元的影子。

什麼扣在沈家手裡的老小，趙友仁根本不在乎。只要睿親王登基，今日沈從元的地位，他未必不可取而代之？

當然，在此之前，有些事還是不得不做。

趙友仁遙遙望著遠處安家長房那兩扇紅漆大門，冷笑道：「當初你們不願再搭理我，沒想到我趙友仁會有今天吧？」

趙友仁朝著安家走來的時候，安清悠的閨房已是擠滿了人。

「大侄女，妳今日可真是漂亮，三嬸總算盼到這一天了，真替妳高興！」三夫人趙氏昨晚便已經到了，這時候安清悠出嫁在即，那「守親」的閨房女眷，趙氏是當仁不讓做了第一個，陪著安清悠守在床頭，說著說著眼圈又是紅了。

「哎呀，大侄女今兒出嫁，那是喜事，我們這幾個做嬸娘的，誰都不許掉眼淚啊！」四夫人藍氏在一旁邊陪著說話。

不知怎地，安家從上到下的丟了官，各房之間的關係反倒更加凝聚，如今趙氏和藍氏也不是一見面就針尖對麥芒了，只是藍氏好拔尖的習慣一時半會兒改不了，又給大家下起了令來。

不過，這話倒是得到了大家的一致贊同，二夫人劉氏亦是笑著道：「就是就是，今兒個大喜的日子……」

話沒說完，卻聽門外一聲高叫：「老太爺到！」

「哈哈哈，小清悠，妳那幾個叔父正在外面陪妳爹，我這個做爺爺的耍個賴，先來看看寶貝孫女扮成新娘子的樣子！蕭洛辰這小子好福氣啊，妳說我這孫女養得這麼好，怎麼就讓這麼個無賴小子娶了去？不行不行，我得去看看還有沒有更好的，若是就這麼嫁了蕭洛辰，可真是有點不甘心啊！」

安老太爺大笑著進屋，最後幾句話卻是學著安清悠的語氣，言語之中更有些老頑童的做派，學足了當初安清悠左思右想地挑女婿的樣子。

「祖父……」安清悠有些羞怯，安老太爺眨了眨眼睛，彷彿是在說，原來在我孫女的心中，蕭洛辰那小子也沒那麼差！

眾人又是一通大笑。

安清悠見了這模樣，便知道老太爺定是已經知道蕭洛辰帶著自己失蹤之事。

看著他的白髮比月餘之前多了不少，連下巴上的那綹山羊鬍子都白了。想來長房尚且如此，老太爺這段日子裡承受的壓力定是更大。

再想到自己出嫁雖是有了歸宿，以後卻不知道還有多少日子來陪這位一直以來撐在安家前面的老祖父，心頭也不禁有些酸酸的。

「祖父，孫女就算是嫁過去，以後也會時時回來陪您的……」安清悠嘆道。

安老太爺笑道：「好好好，我這寶貝孫女果然是個有良心的，這份情祖父領了。不過，這一嫁出去，那可是做媳婦兒的人了，重要的還是把這蕭家的少奶奶做好，正所謂在家從父，出嫁從夫……不過，蕭洛辰那個混小子若是再胡鬧，這可萬萬從不得，我這孫女既聰明又有手段，把他管得緊緊的才好，讓他也明白什麼叫做我們安家的河東獅吼！」

眾人原本以為老太爺要來那套女子是地、男人是天之類的三從四德的老調重彈，沒想到最後卻聽到了「河東獅吼」這四個字。

敢情聖人禮教也有胳膊肘，老太爺還是要朝著自家的孫女拐。

幾個夫人和安清悠都忍俊不禁，趙氏更是道：「大侄女別客氣，嫁過去以後該怎麼樣就怎麼樣，誰要是想欺負妳，咱們也不當那軟柿子任人隨便捏！」

安清悠心中微微一動，發現自己似乎是漏了些東西，之前在嫁與不嫁之間猶豫，卻是忘了對蕭家好好研究一下，一時間，蕭老夫人那高深莫測的面孔浮現在了腦海中，更有一件事重新翻了起來，蕭洛辰為什麼每到過年之時都要去桃花村而不肯回家？

不過，此刻不是想這些東西的時候，安清悠笑語盈盈地陪老太爺湊趣，有個下人來報，說是第一位賀客已經登門。

「想不到我安家這般光景，還有人肯來，是哪一家的親朋好友？」安老太爺樂呵呵地道。

「是……」那僕人面露尷尬之色，半天才回道：「是大小姐的表哥……」

安清悠和安老太爺對視一眼，「趙友仁？」

◉ ◉ ◉

「晚輩趙友仁，見過安家各位前輩。」

趙友仁似模似樣地對眾人行了一禮，安德佑皺起眉頭。

這趙友仁雖是他過世夫人娘家的子弟，但人品不堪，安家看清了他的真面目後，早已不和此人來往，如今在女兒成親的日子卻找上門來，難道……是個惡客？

但心中煩歸心中煩，今天是安清悠大婚的好日子，犯不上與這等小人一般見識。

安德佑頗沉得住氣，淡淡地問道：「不知趙公子今日登門，有什麼見教？」

「嘖嘖嘖，安家可真是薄情，就這麼沒幾天不見，姑丈竟是連一句外侄也不肯叫了嗎？」趙友仁這時候倒說起親戚關係來了，還冷笑道：「安家薄情，我趙友仁既然名叫『友仁』，那情分仁義可半絲也不敢忘，表妹既是出嫁，我這做表哥的豈能不來賀喜？」

一進門就說安家薄情，這話明顯就是挑事來的了。

安家的幾房老爺登時大怒，三老爺安德成最是性烈，便要出口指著趙友仁喝罵，忽覺得手上一沉，卻是安德佑按住了他。

「安家有沒有情分仁義，倒不用趙公子來說道，天下明眼之人甚多，總是有公論的。倒是趙公子當日金街之上先扮英雄不成，又逃之夭夭撇下表妹弱弟不管，可真是十足的『友仁』。對於趙公子這情分仁義，京城大街小巷裡的老百姓可是有口皆碑。」安德佑慢斯條理地說著話：「不過，我安家一向不與那些小人計較，今日小女出嫁，來的便是客。來人，請趙公子入內奉茶。」

趙友仁潑髒水不成，反被安德佑揭了一通傷疤，臉上登時青一陣白一陣，心裡暗暗咒罵，這沈從元自詡才智無雙，怎麼安家竟是沒人當場翻臉呢？

這事其實也怪不得沈從元，他原本最瞧不起的便是安德佑，不過上一次吃癟之後卻有了防備，在此之前還專門派人探查過安德佑，可是四方樓的人早已把安家變成了鐵桶一塊，他哪裡查得明白？

趙友仁臉色陰沉，三老爺安德成哈的笑了出來，二老爺安德經重重地哼了一聲，似是不屑理他，更有四老爺安德峰在一邊悠悠地說道：「大哥說的對，我安家從來不與那些小人計較，來的便是客，那個誰誰，記得請趙公子入偏廳，排末座，莫叫人說我們安家沒了仁義！」

趙友仁心裡氣極，不過沈從元既然對安家生了戒心，派他來當然不會只安排了這一招。趙友仁臉上陰晴不定了半天，陡然大笑道：「好好好，你們安家仁義，只是這仁義來仁義去，不知道怎麼一家上下都丟了官？如今門庭冷落，嫁女也沒什麼賀客吧？我趙友仁便算是排在偏院末席又如何？就看看你們安家這慘狀也好！倒不知道如今諸位沒了官位，不知有沒有嫁女的銀子？趙某不才，寫的字卻也敢說是一字千金，不如為你們題上幾個字，賣些銀兩當嫁妝？」

「原來趙公子還有一字千金的行市？出門往右拐一直走，過了五條街便是文化胡同，那邊賣文賣字的人多，你要是趁早去，說不定還能占上個攤兒！」有個熟悉的聲音忽然響起。

趙友仁愕然回頭一看，不是安子良又是誰來？

「子良，你怎麼回來了？」安德佑脫口問道。

當初上本參奏睿親王之前，老太爺便已高瞻遠矚地將第三代的男孩子們都送到了城外的莊子，指名是安子良主事，如今他忽然從城外趕回，難道是莊子有變？

「父親和各位叔父但請放心，弟弟們正在努力讀書用心備考，大家一切都好。只是大姊出閣，我怎麼也得回來湊個熱鬧不是？更何況這次回來還是受人之託，專門要給大姊送上一份賀禮呢！」

安子良一臉笑容，他這段日子裡在城外莊子裡獨當一面，著實歷練成長了不少，個子長高了些，那張臉在鄉下也曬黑了不少，不過一身肥肉依舊豐碩，從白胖子變成了黑胖子。

安子良走過趙友仁身旁時，故意翻了個白眼兒，用字正腔圓的京腔大聲道：「孫子！」

趙友仁激將不成，自己卻差一點被激得跳腳，正要開口還嘴，安子良卻是連說話的機會都不給他，搶著對著父親道：「有父親舊友知道大姊出閣，特地命兒子送來賀禮，禮單在此！」說完，上前一步，把禮單遞了出去。

安子良在父親打開禮單時，從上而下地大聲念了起來：「京東田莊兩座，合計二百二十二畝，內有房屋二十二間，死契農丁男女共計一百零二人。白銀兩萬兩、黃金二百斤、玉璧十二對、明珠十二串、關外皮裘十二擔、老山人參十二枝、天山瑪瑙十二塊、南海沉香十二匣、江南綢緞十二車……」

禮單上的物件不僅金銀田地都有，更是囊括了天南地北的諸般珍奇特產、名貴物件。

趙友仁剛才還在以一字千金的狂生派頭問安家有沒有錢，這當口安子良一件件禮物報出來，便似有一個又一個的耳光重重抽在了他的臉上。

幾位老爺聽他說孩子們無恙，放下了心來，又聽得禮單上的東西豐厚，莫說辦一次嫁妝，就算辦上個十幾二十次，只怕也花不完。

一時間人人好奇，這安子良可是老太爺親自調教出來的，是什麼人能夠讓他放下如此重要的差事，巴巴地趕回長房來送禮？還送了如此之重、如此之多？

安子良一邊弓著身子念禮單，一邊背對著眾人在父親腿上寫下兩個字：「皇上！」

安德佑又驚又喜，雖不知兒子是怎麼與皇上搭上了關係，但皇上送來如此重的大禮，顯然是對安家的看重。有這麼一尊大佛在身後頂著，安德佑登時放寬了心，嘴也咧得更大了。

「累死我了，父親，要不，您慢慢看？後面還有好多，我念的嗓子都有些沙啞了，稍後還得送大姊出嫁，我得留點兒聲音喊喜呢……」安子良也是犯壞，好不容易念完了禮單上的東西，又偏偏加上這麼一句。

安德佑大搖大擺把禮單塞進了袖袋，轉過頭來卻是一本正經地訓斥兒子道：「咱們安家如今雖然不做官了，可也是書香門第，你讀了那麼多年書都讀到狗肚子裡去了？一點點黃白之物，還這麼大呼小叫的，成何體統？」

「是是是，兒子謹記父親的教誨！便是有朝一日真有一字千金的本事，也絕不會去和人家說什麼換銀子，簡直俗不可耐！」安子良斜瞅著趙友仁，那意思自然是，知道什麼叫讀書人的風骨了沒有？我們安家向來是不談錢的，這叫清高，就是這麼清高！

「你……這麼多財物，哪有人肯輕易送給你們，我……我要去揭發你們安家受賄！」趙友仁已經快被氣暈了，情急之下，怒不擇言。

安家的四位老爺加上安子良你看看我、我看看你，卻是一起放聲大笑。

「敢問這位趙公子，我們安家如今無人有官職在身，憑著什麼受賄？」安德經邊問邊笑。

「人家趙公子那副名士派頭看見沒有？肚子裡墨水多之又多矣，見點東西就覺得是受賄！至於趙公子自己倒是不用的，一字千金嘛！」安德成也嘲諷地附和。

安子良繼續在一旁溜縫兒：「孫子！」
安德佑忍住了笑，大聲道：「趙公子既然要去揭發，我看我們安府也容不下你了……」
旁邊自有管家高聲叫道：「送客！」
「你……你們這麼多人欺負我一個人！」趙友仁氣急敗壞，安家是明著趕他出門了。
「我們安家從不欺負『人』，頂多也就向外哄哄不開眼的王八龜孫子！」安子良啧了一聲。
「好好好，算你們狠，我走！」趙友仁面色發青，正拔腿要走，忽然想起了什麼，正是沈從元告訴自己的最後一招，「你們安家沒了官職，我趙友仁如今可是蒙睿親王看重，入了王府。看見沒有，這是什麼？」
趙友仁總算找到了一個可以拿出來顯擺的東西，袖袋中掏出一張紙來，卻是一張秀才告身。
「可別小看這張秀才告身，睿親王可是很賞識我，過不幾日春闈京府聯考，我趙友仁隨便考考便會是個舉人功名。諸位都是做過官的人，當不會不明白這舉人已有了做官資格的道理吧？不過我不著急，大家猜一猜將來睿親王登基之時，我會不會平步青雲，得個狀元榜眼之類呢？」
安家眾人皺起了眉頭，尤其是那幾位並不曾得壽光帝明示的各房老爺。
睿親王形勢越來越強，外面已經有流言說今上不日便要下詔改立太子。這趙友仁之前從未參加科舉，如今卻莫名其妙拿出一張秀才告身來，顯然是在睿親王府中混得不錯。
若是此等小人因此得志，只怕會對安家不利。
趙友仁眼見著安家眾人沉吟，登時精神一振，繼續冷笑著道：「再看看你們安家，今日嫁女喜宴，莫說是高官權貴，滿京城的大小官員們，又有哪一個敢登門道賀？古人云，莫欺少年窮，今日種種，來日必有後報！」

今日確實沒有什麼做官之人登門道賀，趙友仁瞧著安家幾人的面色，心頭大定，此時反倒不急著走了。冷笑之間，正要再說幾句的時候，門外有人高喊：「賀客到！新科榜眼沈雲衣沈公子到！」

沈雲衣走得很慢，似是很遲疑，但終究是一步一步走了進來。

「晚輩沈雲衣，今日慚愧無地，厚顏拜見諸位伯父、叔父！」

沈從元如今當紅，沈雲衣自然也是水漲船高，隱隱有了大梁第一有前途的青年才俊之勢。只是，沈家已經從世交變成安家的頭號死對頭，沈雲衣身處局中，再怎麼樣也能看明白不少東西。可這「情」字一關卻是天下最難過之事，臨到安清悠出嫁這天，沈雲衣到底還是忍不住內心的衝動，就這麼來到了安家。

「我……我只要在她出嫁前遠遠地看上那麼一眼便好！」沈雲衣心中默默念了一句。

安德佑當然明白他那句「慚愧無地」是什麼意思，面色複雜，到底嘆了一口氣，緩緩地道：「橋歸橋，路歸路，朝局歸朝局。雲衣，你這孩子是在我們家住過的，老夫自然知道你品行如何。今日不談別的，衝著你還能叫我一句世伯，一會兒多喝兩杯喜酒吧！」

「大哥有容人之量！」安德成豎起大拇指。

沈雲衣的眼圈紅了，默不作聲，一揖到地，逕自退到了一旁道：「多謝安世伯寬厚，今日上門，雲衣本就不敢多言，更沒有敬酒的資格，只求偏廳末座，一杯清茶足矣！」

「唉，沈兄你……你……我啥都不說了，以後我還叫你沈兄！」安子良和沈雲衣交情不淺，如今看他這副樣子，心裡也有些難過。正有些感慨時，眼角餘光瞥見趙友仁，便怒道：「看見沒有，這才叫當朝榜眼，比起什麼裝孫子撂狠話的強上千百倍！朝廷是大梁的朝廷，又不是你趙友仁抱條粗腿就能為所欲為的，還莫欺少年窮？好啊，你也不妨等著看看，我們安家會出什麼樣的人才！」

趙友仁一臉發傻地站在那裡，心裡已經怨天咒地的連老天爺都罵了。

剛說完自己將來未必不能當個狀元榜眼，這就來了個正牌的榜眼，人家還……還主動要求偏廳末座，老天爺這豈不是故意耍他？雖說這張臉他趙友仁早已不要了，可自己打的與別人刺的可是兩碼事！

其實臨來之前，沈從元早有囑咐，若是有官員上門道賀，就抬出睿親王將之轟走，可是眼前偏偏是沈雲衣，這沈雲衣是沈從元的親生嫡子，他怎麼能轟走沈雲衣？

趙友仁瞅著沈雲衣發傻了半天，到底還是沒有膽子。

沈雲衣發現了趙友仁，當下作揖道：「原來趙兄也在，你是來給安家大小姐賀喜的嗎？沈某適才未曾見禮，勿怪！」

趙友仁一臉尷尬地拱了拱手，這話卻不知道怎麼接了。

便在此時，門口又是一聲高喊：「賀客到！金陵金銀錢莊大掌櫃劉狗兒到！」

金陵？金銀錢莊？

安德佑茫然，金陵與京城遠隔千里，安家從來沒有和那裡的什麼票號錢莊有來往啊？

等再見到那位名叫劉狗兒的大掌櫃走進門來時，安德佑更是覺得奇怪，瞬間便肯定了這人自己從未見過。

原因無他，就是因為這位劉大掌櫃的模樣太奇特了，但凡見過一面，那是決計忘不了。

安家之中要說胖，安子良當仁不讓，可和這位劉大掌櫃比起來，那安公子簡直就是苗條得沒話說了。

這位劉大掌櫃人還沒進門，眾人先見到一個大肚子挺了進來。這個肚子已經不能用酒桶肚來形容，簡直就是酒缸，需要劉大掌櫃伸手拖扶著才不至於太累贅，且胳膊腿上全是肥肉，走起路來一抖三顫，整個人好像一座肉山般慢慢向前移動著，雖然身邊有兩個長隨服侍，那走起路來可也說辛苦無比了。

「金銀錢莊劉狗兒，今日特為恭賀大小姐而來，見過安先生。」

劉大掌櫃言語帶著濃重的江南口音，費力地拱了拱手，安德佑看得既好笑又莫名其妙，也拱手回禮，問道：「大掌櫃自金陵來，卻不知……」

那話還沒問完，旁邊一個聲音搶著叫道：「原來是個錢莊票號的商賈！我就說嘛，除了沈公子這般肯念舊情的，又有哪個官員敢到你們安家來？哎，我說姓劉的那個什麼的……啊，對，劉狗兒？瞧這破名字！安家現在已經不行了，你要找京裡的官兒攀買賣，趕緊到別的地方去，省得在這裡叫公子礙眼！」

這說話之人自然是趙友仁了，他不敢對沈雲衣如何，為難區區一個錢莊掌櫃卻是不在話下。見劉大掌櫃對著自己發愣，趙友仁更加大了聲音道：「叫你走人沒聽見嗎？再不滾蛋，封了你的錢莊！砸了你的鋪子！」

趙友仁忽然發難，便是安家眾人也有些措手不及，倒是劉大掌櫃自己回過了神來，拉著旁邊的長隨問道：「這二五小炮子是哪路的？」

「就是個腦子有問題的惡客，我們正要轟他出去。」插話的是安子良，他似是認識劉大掌櫃。

「哦，那就得搭理了，賞他一磚！」

劉大掌櫃隨口吩咐，旁邊的長隨毫不遲疑，從身上變戲法般的拿出一塊磚頭向趙友仁扔去。

眾人只覺一道亮光劃過眼前，在陽光的照射之下，甚是刺眼。

赫然是一塊金磚！

那塊金磚砸在趙友仁腹部最柔軟的部位，發出砰的一聲悶響。

那長隨出手極有分寸，知道今天是什麼日子，不欲傷人見血，刻意避開了趙友仁頭臉關節要害之處，但就這麼一點小小的懲罰，也足以令趙友仁疼痛難當。

一時間，趙友仁只覺得肚子裡翻江倒海，痛得直接趴在了地上，好一陣子才回過氣來，卻是哇哇大叫道：「反了反了！當場行兇，還有王法嗎……」

「住口！」一聲大喝陡然響起，趙友仁原本要鬧場，聽到這不怒自威的大喝聲，下意識地閉上了嘴巴。

從裡面走出來的安老太爺，看都不看趙友仁一眼，逕自迎到劉大掌櫃面前，聲音有些激動：「你是劉……」

「劉大掌櫃！」劉忠全樂呵呵地道：「二十多年沒見，你這個安鐵面也老了！」

「劉大掌櫃！」安老太爺反應極快，沒有戳破此人的真實身分，反而順著他的話說：「今天可是我這個老傢伙嫁孫女！」

劉忠全笑道：「今天我來賀喜，東家讓我這個做掌櫃的準備一份厚禮，你的孫子已經把禮單送來了吧？」

安老太爺眼角微微一跳，「東家？」

劉忠全很認真地點點頭：「東家！東家捨不得自己出銀子，還好我這個做掌櫃的有錢！」

兩人如打啞謎般的說話，還一起哈哈大笑起來。

旁邊的趙友仁聽得不明所以，也不關心這個，剛才被安老太爺的大喝所懾，這時候又蹦了起來罵道：「安老頭兒，今兒這事兒咱們沒完！還有你這個什麼掌櫃的劉狗兒，連著你那個什麼玩意兒的東家……」

趙友仁罵了兩句，忽然覺得不對，整個廳中靜悄悄的，連半個答話的人也沒有。一瞥眼，卻見安老太爺用一種極端憐憫外加看白癡的眼神看著他。

趙友仁皺眉，忽聽劉忠全哼了一聲道：「我最討厭的就是有人對我東家不敬，賞他二十磚！我第二討厭的就是這種油頭粉面的貨色，再賞他二十磚！一共四十磚，不用留手，專砸他那張臉！」

趙友仁嚇得腿腳發軟，一磚已經砸得他快內傷了，四十磚砸下來，他還不被活活砸死？更何況這次要砸的還是他的臉，他可是憑這張臉混飯吃的！

劉忠全身邊的長隨又拿出了一塊金磚，卻是沒有著急砸，先盯著趙友仁的臉打量了幾下，似是在考慮從哪裡下手更好，然後不懷好意地衝他笑了笑。

趙友仁大叫一聲，沒命似地跑了出去。

眾人哈哈大笑，安老太爺命人將沈雲衣帶下去喝茶，隨即拱手向著劉忠全道：「劉總督，幸會幸會！」

安家的幾位老爺中，有如安德佑這般熟知內情者，雖然已經猜出了這人可能是誰，但聽到老太爺這一聲劉總督，依舊是又驚又喜。

幾位老爺登時一起站起了身，齊聲行禮道：「晚輩見過劉大人！」

朝中首輔李閣老，江南忠犬劉總督。

這兩句打油詩在大梁官場流傳得極廣，安家的幾位老爺亦是耳熟能詳。他們心中甚是激動，這位劉總督向居江南，不輕易進京，幾人做了十幾年的京官也緣慳一面。今日這麼一位跺跺腳，大梁國便要震上一震的人物突然來到安家，再想想他口中所稱的「東家」云云，哪裡還能想不到那位東家是誰？這位劉總督可是號稱天下第一忠犬的！

「難道我安家要起復了？」一時之間，幾人心中都生出了這般念頭，倒是安老太爺最為冷靜，別的不提，先向幾個兒子嚴厲地吩咐道：「此間諸事，誰也不許向外人提起，對外就說這位劉大掌櫃是老夫昔日的故交，如今在江南發了跡，到京城尋訪舊友。」

安家幾位老爺齊聲應諾，尤其是安德佑心中微微一動，這時候倒顯出四方樓進駐長房並非全無好處來。安家早成了鐵桶一塊，若是上面有意把這裡變成一個謀劃調度的京城暗點，倒是不虞有消息走漏的麻煩。

眾人入內奉茶，劉忠全搖頭笑道：「安鐵面啊安鐵面，二十幾年不見，你這人做事還是這麼滴水不漏。這般凶巴巴地訓兒子，我在邊上看著都有點害怕了。這次我來不僅是為你這嫁孫女賀喜，尚有一事，不知道你安鐵面肯不肯賞臉啊！」

安老太爺笑道：「劉總督但說無妨，我安家上下如今皆是布衣，你這個督撫之首有什麼事情壓下來，草民豈能抗拒乎？」

「可別這樣，正所謂強做不是好買賣，咱們價錢公道，童叟無欺，我這個錢莊大掌櫃又出銀子又辦事，給你大孫女送了這麼一份厚禮來，如今心裡正肉疼得慌，尋你這老鐵面討上兩分利息，不算過分吧？」

安老太爺道：「無奸不商啊，我就知道你定然不肯做那虧本買賣！罷罷罷，這利息你卻是要怎生的討法？不妨先說來聽聽！」

「你安老夫子是經學泰斗，桃李滿天下，我這個大掌櫃看著也很眼饞。」劉忠全嘿嘿一笑，手向著旁邊一個人指去，「今兒一是賀喜，二是想順便收個學徒。眼瞅著京城的春闈將至，咱也想弄個關門弟子出來露露臉，不知道你這老鐵面答應不答應啊？」

眾人順著劉忠全的手指看去，只見他所要之人，赫然便是安家的小胖子安子良。

「這天殺的安家！這該死的老匹夫！這蠢貨沈從元……還有他那個兒子！」

劉忠全談起收徒之事時，趙友仁正如同喪家之犬般從安家向外奔去，一路上低聲咒罵，只覺得老天待自己不公，今日之事竟是無一順利。正低頭尋思怎麼跟沈從元回報，一不留神，和一個安府管家模樣的人撞了個滿懷。

「你這奴僕亦敢欺我！」趙友仁勃然大怒，便要發作，只是抬起頭來看那管家模樣的人時，一張嘴張得大大的。

「不敢不敢，你趙公子是沈大人千辛萬苦才尋來的，如今睿親王又正寵著你，我一個小小的管家，哪裡敢欺負你呢？欺負你髒了我的手！」

一個優哉游哉的聲音傳來，那一身管家裝束之人，赫然是今日的新郎官蕭洛辰。

「你是蕭……」

「叫管家！」

蕭洛辰面上的微笑猶在，趙友仁卻渾身抖若篩糠。

當日蕭洛辰在金街上大戰博爾大石，本領如何是他親眼所見。

更何況，這廝連沈從元都拾掇不下，還是睿親王府的死對頭。睿親王撐腰或許能讓別人不敢對他趙友仁如何，這蕭洛辰可是不會在乎。再說今日自己來他的婚禮攪局，這個混世魔王要想捏死他，當真如捏死一隻螞蟻那樣簡單。

「管家爺爺，管家祖宗，我今天也是身不由己啊，都是那沈從元……」趙友仁立刻哀求，蕭洛辰的微笑卻是不減，笑吟吟地打斷了他的求饒聲道：「我知道，剛才趙公子在兩條街外自扇嘴巴，那風采可是讓人仰慕得很呢！要不，您多扇兩個，在下也想聽聽！廢話不許亂說，老老實實跟著我向外走，一邊兒走一邊兒開始抽！」

於是，奇特的一幕在安家出現。

一個管家模樣的人很低調地「送」趙公子出府，趙友仁卻是一邊走一邊自扇嘴巴，一邊放聲高喊道：「我混蛋，我不是人，我是個忘恩負義的狗東西……」

◉ ◉ ◉

「那個那個，孫兒本是在莊子裡帶著弟弟們讀書，可是老太爺又吩咐讓孫兒們學騎馬……結果莊子裡的馬匹不夠，我想著省點銀子，就吩咐人開了個馬行。沒想到一不留神就把十里八鄉所有的馬市交易給占了。有了馬自然要草料，沒想到一不留神又把周圍的草料都給買了下來，周圍的養馬之人倒要向我買。我乾脆用草料換馬，結果沒多久又一不留神，把馬也……」

安子良紅著臉嘟嘟囔囔，眾人卻是越聽越奇。

安老太爺當初的命令大家都是知道的，什麼為了春闈備考讀書，那只不過是個幌子罷了。學騎馬更是為了不時之需，怕是將來萬一有了禍事，安家的子孫能夠逃得掉。

只是……誰也沒想到安子良這小子居然搞出這許多花樣來？

「不學無術啊！那商賈之事豈能……」

安德經恨鐵不成鋼，可看到劉總督坐在那裡，後半句話到底還是沒有說出口。

安子良一臉的誠惶誠恐，低頭道：「我知道錯了，我不學無術。後來……後來，劉大掌櫃，啊，不，劉大人不知道怎麼來了，自稱是皇商，我尋思著皇商好啊，便打了一番交道，結果又一不留神，不知道怎麼著，就變成了現在這番模樣……」

安子良這番話含含糊糊，劉忠全卻是哈哈大笑道：「你這個臭小子怕什麼？我替你說！皇商好啊，買的多油水足，花的是皇上的銀子，做的是官府的買賣，這等大肥羊或勾結謀利，或宰上一刀，總之不能輕易放過他去！老鐵面，你這個孫子有意思啊，連我這個大掌櫃都成了他的主顧，那價錢喊得叫一個狠啊……」

眾人面面相覷，劉總督善於理財之名天下皆知，安子良居然還把生意做到了他頭上？

安老太爺微一思忖，立時明白孫子的用意，其本意是怕眾孫兒採購馬匹訓練馬術太過惹人注目，索性開了個馬行。那商賈之事，還真說不定是他一不留神才做大了。

至於怎麼碰上了劉總督，只怕是安子良自己的福緣了，當下笑吟吟地道：「小孩子胡鬧，讓人見笑了！你這個理財無數的大掌櫃既是開了口要收學徒，我這老夫子豈有不遵之理？只是別跟著你鑽進了錢眼兒裡出不來，那便罷了！」

劉忠全哈哈大笑，陡然正色道：「話可不是這麼說，經世濟民，哪一件事不需要錢？這孩子文章亦是過得去，算是得了家學淵源。我更見他花樣百出，行事不拘，小小年紀便有炒買炒賣、囤積居奇、壟斷行市等等的諸般手段。行事之間，既有天馬行空的聰明，又有殺伐決斷的辣手。這等扮豬吃虎的天才，愛財如命的徒弟，天下又是上哪裡找去？我可是真的動了心，定要將這小子培養成一個左手文章、右手撈錢的絕世才子！」

安德佑忍不住咳嗽一聲，自家兒子蒙劉總督這般人物誇獎，自然是天大的好事，可是有這麼誇人的嗎？還左手文章、右手撈錢？

安老太爺卻是自家知自家事，這劉總督雖然言語頗不著調，肚子裡可是真有幾分貨色，胸中墨水只亦不在自己之下。

琢磨片刻，安老太爺對著安子良道：「傻小子，還不過來磕頭拜師？」

「師父在上，請受徒兒一拜！」安子良笑嘻嘻地奔了過來，磕了三個響頭，伸手奉上一碗敬師茶道：「師父請用茶！」

劉忠全接過茶來飲了一口，卻見安子良的手一直沒有收回去，不禁笑罵道：「臭小子，還真是跟我這愛錢的師父一個德行，這就來討收徒禮了？來人，賞他一磚！」

這一次果然又是一磚，只是卻不是那金磚砸人。旁邊的長隨從懷裡掏出了一疊厚厚的銀票，安子良接了銀票，飛快往懷裡一揣，一老一小，胖子惜胖子，不著調對不著調，惹得眾人又是大笑起來。

安家這一場婚禮還沒入正題，卻是先落了個雙喜臨門。

安家正廳喜氣洋洋，某個偏僻角落裡，蕭洛辰卻是大搖大擺學著沈從元的樣子，衝著那趙友仁冷冷地道：「交代你的都記住了？」

「記住了，絕對記住了！」趙友仁點頭如搗蒜，忙不迭回應著。

「這就對了，我看你也是個有抱負之人，可是被沈從元控制著，很難出得了頭。我和睿親王是對頭不假，不過，那沈從元更是可恨！」

蕭洛辰故意輕嘆，挑起了趙友仁的心病，只是他這時候不敢多說，兀自諂媚地笑道：「對於那沈從元，小人也是早就恨之入骨了！蕭爺，您也知道，這人著實不是個好東西……」

「這話你瞧著什麼時候合適，留跟睿親王說去吧！好好記著，今兒這事若是不按我的意思辦，蕭某一定會找機會宰了你！」蕭洛辰眼見目的達到，淡淡地道：「滾！」

過不多時，趙友仁已經站到了沈從元面前。

「這個不爭氣的東西，怎麼就對那安家的女人還是念念不忘？咳咳咳……」沈從元聽得沈雲衣去了安府，氣得七竅生煙，胸口又悶又痛，咳嗽不止。

不過，沈從元還是很快鎮定了下來，接過旁邊湯師爺遞來的手帕抹嘴，對著趙友仁皺眉道：「照你所說，那安家除了雲衣和一個什麼商人，就沒有其他賀客了？」

趙友仁點頭，蕭洛辰教他所說的，其實倒有九成是真話。

只是將那安子良送禮、劉大掌櫃賀喜等關鍵處說得甚為含糊，只說是安清悠的弟弟回來道賀，另來了一個普通的錢莊掌櫃而已。

趙友仁心裡盼著沈從元栽一個跟頭，便把安家說得門庭冷落，淒慘無比。

「他們還打我，大人，您看我這臉……」

這一句卻是趙友仁自己加上去圓話的，出安家的時候，他被蕭洛辰挾持，這自抽嘴巴的一節可萬萬漏不得。

「打得好，好得很！這差事辦得不錯，睿親王若是看了心疼，想必就更恨安家了！」沈從元冷冷一笑，趙友仁對他來說不過是個隨時可以丟棄的棋子，從來就沒有真正放在心上過，逕自對著身後那一片車馬叫道：「給本官該乘車的乘車，該上轎的上轎，一起去安家門前逛逛！這一次，本官可是和睿親王奏明了的，哪一個敢臨陣退縮，便是不敢和睿親王的對頭為敵！」

這一次沈從元有備而來，趙友仁不過是個探路的小卒，真正的殺招在後面。那些馬車轎子裡的眾人，俱是新近投靠睿親王和李家一系的大小官員。人多勢眾之下，到時候把安家門口的這條街整堵得水洩不通，看看安家和蕭家怎麼結這個親？

沈從元早已安排好了，只要蕭家的迎親隊伍一露面，這些人登時百口千言的怨毒言語罵陣過去。若是蕭洛辰一怒之下當場發作更好，只要是動了手見了血，到時候便會有無數張摺子遞了上去。

光天化日恃強行凶，毆傷朝廷命官，這可是形同謀反的大罪，又有諸多人證物證，壽光帝若是不嚴懲，滿朝的官兒都沒法管了。

管你蕭家是因為什麼又有所抬頭，一把便讓你吃不了兜著走！

這些人剛投靠過來，正愁沒什麼進身之路，此刻機會送上門來，哪裡還有不奮勇向前的？富貴險中求，更何況此行也未必是要去拚命，不過是坐車坐轎，在安家門口的街道停上一天罷了。

當下便有人急火火地一馬當先，心中倒盼著蕭洛辰打傷的是自己才好。只是誰也不知道，便在安家門口街道另一端的某個院子裡，蕭洛辰正一把撕掉身上的管家服飾，露出一身大紅喜袍。

「弟兄們，隨我蕭洛辰去迎親！」

院子裡，近百條漢子齊聲應諾，眾人早已披掛齊整，轎夫、馬侍、炮銃手、吹鼓手一應俱全。

「吉時快到了吧？」安清悠看了一眼計時沙漏，甜甜一笑，把那大紅蓋頭放在自己頭上。

「大侄女到底是要出嫁了！」趙氏眼中有一抹濕潤，像是嫁女兒般的捨不得。

安清悠感覺到三嬸聲音顫抖，未等出言安慰，安花娘悄悄走了進來，逕自到她後面低聲道：「大小姐，咱們家外面的街上，不知道怎麼來了許多人，據探查的人回報，看起來像是睿親王府那頭的官員，沈從元也在其中……」

「意料中事！」安清悠紋絲不動，淡淡地道：「這沈從元是出了名的氣量狹小，拿我安家搏富貴不成，自然是恨我安家入骨。上次雖是吃了一番苦頭，我卻不敢奢望他能有什麼悔改之心，今兒是我大婚的日子，他若是不做些什麼，那便不是沈從元了。」

安花娘見安清悠鎮定自若，放心不少，又問道：「請大小姐示下，咱們此刻該如何……」

「咱們什麼也不做！」安清悠聲聲道：「之前該安排的，蕭郎早已經跟我交了底。我今天就在這裡等著，今兒就是要高高興興地出閣。讓咱們府裡的下人一切照舊，一個個都給我把該做的做好，外面的事情自有男人處理，且看看我這位夫婿有什麼手段。」

安花娘微微詫異，大小姐和蕭公子出去這一趟，回來竟已是這般一搭一唱了。

另一邊，沈從元把手一揮，喝道：「先走車，給我上！」

幾輛馬車當先而行，後面大隊魚貫相隨，不一刻便走到了安家街口。

「到街口了？咱們跳馬，兌掉他們的車。」

蕭洛辰正在下棋，此刻一聲令下，院子裡一道煙花筆直地衝天而起。

「煙花？」沈從元瞳孔一縮，以他的精明，登時看出這道煙花有古怪。正要喝令，幾輛運貨的大馬車從另一條路上疾奔而出。

「馬驚了！馬驚了！」馬夫驚慌大喊，好似控制不住那車一般，不停地抽打馬臀。

便在這車馬行到沈從元一行人的大隊面前時，那馬像失了前蹄一般，摔了下去。

馬車陡然傾覆，車上的貨物乒乒乓乓脫離了箱子，一堆瓷器摔了出來。

後面幾輛馬車亦是裝作收不住，一輛接一輛撞了上來，瓷片橫飛，木屑亂舞，那貨物爛車瞬間將沈從元等人的前路堵了個嚴嚴實實。

「搬開！把這些東西給本官搬開，快！」

沈從元哪裡看不出這場突如其來的車禍乃是有意為之，當下大聲喝斥，讓那些官員們的馬夫長隨上前清理，可是那傷馬破車，貨物遍地，堆得如小山似的，一時半刻哪裡能搬得開？

有一個隨從試圖拉起一匹傷馬，那馬陡然厲嘶，一大灘黑色的馬血從鼻腔裡猛然噴了出來，卻是早已經被人下了毒。

那隨從被馬血噴了個滿頭滿臉，大聲驚叫之際，卻見其他拉車的馬紛紛噴血而亡。傷馬變成了死馬，這一下更難清理搬運了。

「起火了！起火了！」

「不好，是爆竹！」

最後一輛馬車上裝的是滿滿一車鞭炮，莫名其妙起了火頭，煙火瞬間紛飛，四處炸響。

沈從元這邊本是由馬車打頭，這一刻驚了馬，驚馬四處亂蹦亂踢，將清理的眾人折騰得暈頭轉向，之前那些肇事的運貨車夫卻都一個個沒了蹤影，甚至有一匹驚馬掉頭回竄，將那文官大隊攪得大亂。

「沈從元，論領兵打仗，老子一個贏你一百個，跟我玩這套？堵門也是輪不上你！」蕭洛辰冷笑，對著一干身旁的漢子們道：「咱們走！」

「鞭炮響了？」安清悠在蓋頭下微微一笑，輕聲道：「花姊，嗅子良來！」

「大姊，我早在這等著了！」安子良行完了拜師禮，自有安老太爺和安德佑等人陪著那劉總督私下商議朝中之事，安子良落了個清閒，早溜到了安清悠的閨房門口。

「果然是我弟弟，知道大姊這時候想的是什麼！」安清悠微微一笑，「如此甚好，一會兒大姊出門，你來頂喜！」

按照大梁國的慣例，新娘子出閨房要由娘家兄弟背出來，一直到大門口上花轎，腳不能落地。到了婆家那邊的大門口，再由新郎官牽出來，這便是所謂的「過門」。其中，娘家這一半稱之為「頂喜」，婆家那一半稱之為「進門」。

「大姊，您放心，這事兒就包在我身上！」

安子良興高采烈地拍胸脯的時候，沈從元卻是一臉焦急地大喊：「穩住！穩住！調頭！退回去從另一邊繞路過去！」

沈從元不停地下著令，可是這大隊亂成一團，哪裡是那麼容易想掉頭便掉頭的？沈從元急得連連咳嗽，忽見湯師爺滿頭大汗地來報：「大人，不好了，咱們所在的這條街道，來路也被堵住了！」

「啊？」沈從元這一下可是從頭涼到底，做了這麼久的準備，如今竟是卡在這裡進退不得。

「那邊可有通路的可能？」沈從元猶不死心，他就不信沒有法子，這可是他設計已久的計謀，怎能就此前功盡棄？

「那邊比這邊還麻煩，街口處足足是六輛馬車的……大糞！」湯師爺簡直快哭出來了。

「蕭洛辰，你這個不得好死的，我跟你沒完！」沈從元氣得胸肺欲炸，忽然鼻子一抽，一股熟悉至極的香味淡淡地飄了過來，不由得嚇得魂飛天外。

那先前燃起的鞭炮火頭不知何時已經熄了，正飄著一股股白煙，越冒越濃。

「毒煙！毒煙！」沈從元驚呼。那白煙中所飄來的氣味，他這輩子再也忘不了。上一次便是這種味道幾乎要了他半條命去，此刻也顧不得隊中大亂，腦子裡只有一個念頭：「走，快走！掉頭從街尾衝出去，離這白煙越遠越好！」

沈從元驚恐地大叫著，湯師爺還猶自苦著臉道：「大人，咱們要是先撤，所有人可就扔在這裡了，何況街尾那六車大糞……」

話沒說完，沈從元早已劈手搶過了馬夫的鞭子，啪的一記就抽在了湯師爺臉上，「這時候還管什麼旁人？本官在，什麼就都在！若是本官有個好歹，你們一個個還有什麼出路？莫說是六車大糞，便是六車刀子用人墊，你們也得給本官墊過去……湯師爺，你素有智計，帶人在街口這地方守著，只要這毒煙稍歇，立刻讓這些人衝過去，攪他們安家和蕭家一個天翻地覆，將來論功行賞，本官保你一個頭功！」

湯師爺聽他口中毒煙毒煙地叫個不停，肚皮裡也是破口大罵。你個做老爺的見勢不妙，想先來個明哲保身，卻讓我在這裡墊背？想想自己鞍前馬後數十年，這沈從元竟是半點情分都沒有，心中越發憤恨。

「你，前頭探路；你，守在大人身邊，莫讓人衝撞了咱們老爺！還有你……來人啊，把老爺護送出去！」

湯師爺做出一副慌張大叫的樣子，身邊那些家丁們卻被他指揮得東一個來西一個去，沈從元卻是壓根兒沒怎麼動地方，眼看著周圍越來越亂，想要自己先走，湯師爺居然還在旁邊勸道：「老爺，學生留下指揮便是，只是越到這等時候越需要鎮靜，若是有驚馬傷了老爺，怕是還沒等那毒煙來襲……」

沈從元心中一凜，知道這般慌亂場面下踐踏死人也不稀奇，登時對湯師爺所言深以為然，連誇了他幾句遇事不亂云云。湯師爺一抹唇邊鼠鬚，心裡發狠，要留下咱們都留下，要倒楣咱們都倒楣。左右逃了也是個死，待在這裡熏毒煙也是個死，你個當老爺的也別想走！

街外尖叫聲此起彼伏，安清悠卻是在自家閨房中坐得穩如泰山，耳邊聽著安花娘等人不斷報來的消息，連頭上的蓋頭也沒晃動一下。

「時辰應該差不多了吧？蕭郎那邊的鼓樂響起來沒有？該幹什麼幹什麼，別忘了那邊的鼓樂一奏，咱們府裡的樂手們也要應得上！」

安清悠忽然鎮定地下令，眾人齊齊一愣，大小姐還真是穩得住，這時候還有閒心管鼓樂？便在此時，高喝聲從府外遙遙飄來：「迎親嘍！」

蕭洛辰一身大紅喜袍，胸口別了一朵紅花，胯下那匹神駿的白馬此刻也是披紅掛綵。後面眾人齊聲吶喊，登時鐘鼓嗩吶、竽瑟笙簫奏了個震天價響。

此處樂起，安家長房府裡立即有金石絲樂之聲相和，一時間，滿街樂聲，熱鬧非凡。

蕭洛辰遙遙望著街尾處那一道道筆直升起的白煙，淡淡一笑，右手兩指一撮，伸手向前微微一揮，示意道：走！

一支百餘人的隊伍彷彿從憑空冒出來，來得突兀卻不見混亂，禮車人馬井然有序，浩浩蕩蕩直奔安家而來。百條漢子放開了喉嚨大吼：「迎親嘍！」

吼聲一陣近似一陣，新娘閨房裡已是聽得清清楚楚。

陪著壓床的幾位嬸娘不是笨人，安花娘等人流水般報來沈從元那邊的消息，她們早已察覺到了今天這樁喜事怕是另有蹊蹺。

安花娘面上不動聲色，在安清悠耳畔低聲道：「小姐，那煙霧甚是霸道，此刻在街尾的大小官員有近百人之多，若盡數對付了他們，只怕連『老爺子』那邊也不得不……」

倒是安子良咧嘴大笑，「來了來了，大姊，我什麼時候頂喜啊？」

「那煙中香味雖然與之前帶妳調過的那香物相似，卻是沒加料的。讓他們在一邊亂吧，我早說了要開開心心出閣，今兒就是要讓這些惡客睜大眼睛好好看看，本小姐究竟是怎麼嫁出去的。」安清悠先是回了安花娘的話，這才對安子良笑道：「瞧把你急得，離你上陣的時候還早呢！大姊出嫁自然要風風光光，我可不想有半點著急忙慌的……」

話音未落，外面又是傳來一陣高喊：「迎親臨門，請娘家人開門迎喜啦！」

蕭洛辰帶著迎親隊伍一路吹吹打打，眼下已來到了安家門前。按大梁風俗，女兒若要嫁得風光，迎親時自是要難為姑爺的。安清悠在蓋頭下噗哧一笑，對著幾位嬸娘說道：「我那夫婿這當兒可是上門了，有勞幾位嬸娘給侄女做一回姑爺入門的娘家大起了！」

這所謂的「入門大起」是指「入門起喜」，即一場婚禮正式開始，由此而起喜之意。起喜之人歷來是由娘家的長輩女眷們擔任，要在姑爺登門迎親時挑毛病，讓新姑爺又說好話又找補，讓娘家人滿意才開正門。

藍氏早就憋狠了，粉拳一攥便道：「好！這『入門大起』由我們幾個來，就讓所有人看看，我們家大侄女是怎麼嫁出去的！」

趙氏更是雷厲風行，一馬當先地出門笑道：「走走走！這麼好的一個閨女，哪能就這麼便宜了那混小子？咱們都去，好好難為難為這個蕭洛辰！」

幾位嬸娘開了側門出府，卻見周圍早已裡三層外三層地圍上了不少看熱鬧之人。蕭洛辰站在馬側，對著娘家眾人一揖到地道：「晚輩蕭洛辰，上門迎親，見過幾位嬸娘。」

劉氏年紀最長，對那些禮法規矩最熟，此刻笑盈盈地道：「天地還沒拜呢，這句嬸娘你可先莫急著叫。我們幾個來做娘家的入門大起，可是要好好地挑挑你這沒進門的姑爺……咦？花轎呢？」

起喜之人自然要挑毛病，可是眼前這毛病似乎也太好挑了。浩浩蕩蕩百餘人的一大溜迎親隊伍，鼓樂禮車一應俱全，偏偏少了那最關鍵的迎親花轎。

蕭洛辰哈哈大笑，「安大小姐在我心中乃是上天降下的仙子，豈能沾染那地上俗氣？既是迎仙子，這花轎自然是從天上來，諸位嬸娘請看！」

這個看字一出口，只見街道兩旁的房檐上，憑空多了二十幾個潛伏良久的漢子。各自齊聲大喊，從房檐上騰空躍起，落地時，眾人定睛看去，這些人手上各自持了一物，上面描紅燙金，或是那龍鳳呈祥的鎏金轎杆，或是手工細密的上好繡品。

微風一吹，香味撲鼻，原來那諸般物事上，竟是懸掛了無數鮮花。

這些器物做得精細至極，這群漢子顯然是練習許久，此刻手腳不停，頃刻間，便將那副八抬大轎組裝得妥妥當當。

待那由許多花瓣細枝編成的大紅喜字掛上了轎頂，漢子們齊刷刷一聲喊，用力將整個轎子向空中直拋上去。旁邊有八名身材壯實的轎夫搶出列，伸手一接，登時將那花轎穩穩接在了手上。

自始至終，轎底竟沒有半分落地。

「蕭家新郎諱洛辰，登門迎娶大小姐安氏，祈願永結同心，白頭偕老！」

那先前組裝花轎的漢子們發聲高喊，又各自翻上了牆頭。只是這次卻沒有再隱藏身形，而是紛紛在大街兩側的房檐上拿出了一個大布袋，掏出其中物事用力撒去。只見漫天大紅色的花瓣飛舞如雨，盈滿大街。

圍觀百姓哪裡見過這等場面，一時間，喝彩不斷，更有些待嫁少女、已婚媳婦們嫉妒不已。

「這花轎可當真便是『花』轎了！」

「倒真是個有心人！」

安家的幾位嬸娘有些感嘆，大家笑著微微搖頭，「有這麼一頂花轎出來，只怕京城中的其餘花轎樣式便是盡數廢了……」

「大小姐調香之藝京城無雙，我於此道卻是個駑鈍平庸的門外漢。香是調不出來，不過這花卻是天生地養，更有我對大小姐的一番心意在。不知這安家的正門，可開得否？」

蕭洛辰笑嘻嘻地打躬作揖說著好話，幾位嬸娘自然不知昔日安清悠與他在花海中的一番情意。只是這起喜走的本就是個禮數湊趣，誰還能真攔著新姑爺不讓進門？

趙氏笑道：「罷了罷了，你既肯花這份心思，今兒也不太過難為你，開門進轎吧！」

「開正門！新姑爺進轎嘍！」

安府中有人高喊，陪著安清悠和蕭洛辰從桃源村中出來的郝大木性急，一個人衝上去便扛下了那粗大的正門門閂。朱紅色的大門緩緩推開，只聽郝大木叫道：「阿蕭！阿蕭！加油！衝進去娶阿安！」

眾人大笑，蕭洛辰當先便行，身後那頂大花轎緊跟其後，堪堪邁過了門檻，兩邊的鞭炮立時響了起來。

「大姊，大姊，鞭炮響啦，蕭大哥想是已進了正門！」安子良興高采烈地叫著。

安清悠笑道：「想是那傢伙又弄出了什麼討喜的名堂，幾位嬸娘看著高興，便也沒為難他。不過，這二道門是父親和幾位叔父坐鎮，想來必有一番文試，也不知道這個不學無術的傢伙究竟答得上答不上。」

「對對對！是要好好地難為難為他，我大姊這般人物，怎麼能讓人輕易娶了去？」安子良忙不迭接著話，心中卻暗自好笑，想著自己這位未來姊夫那不學是真的，無術卻不見得。

二道門沒有緊閉，正院之中張燈結綵，安家四位老爺一字排開，安德佑在上首正襟危坐。

蕭洛辰這時候可不敢像之前那般上來就攀親，站在門檻前規規矩矩地行禮。

「晚輩蕭洛辰，今日登門迎娶大小姐，還請諸位長輩念在晚輩一介武夫，手下留情。」

安德佑哈哈大笑，「我安家本是書香門第，今兒少不得要考你一考！」說罷拿眼一掃坐在下首的其他幾位弟弟們，樂呵呵地道：「今兒悠兒要出閣，你們幾個做叔父的少不得要湊個喜氣，哪位先來？」

「諸位兄長胸中墨水哪個都比我實在，要不……我先？」

安德佑這邊剛剛出聲問罷，那邊便有人答話。拿眼瞧去，卻是四老爺安德峰。

安德峰笑呵呵地道：「說起學問，我是安家最差的一個，之前在戶部運鹽管錢，銅臭俗氣沾了不少，書本上的功夫可就全撂下啦！今兒拋磚引玉，出個對子讓蕭公子對上一對，可莫嫌我這做長輩的學問差勁啊！」

蕭洛辰自然是連稱不敢。

安德峰笑道：「一雙璧人兩家親，三重進門四人考，看的是五丈庭院審新郎，可算難為？」這是應景的數目對，倒也不算甚難。

蕭洛辰微一思忖，躬身答道：「十分情緣九處險，八面來風七言巧，比不上六合天地證真心，絕對實誠！」

這上聯出得應景，下聯對得亦是有感而發，只是這般對子從蕭洛辰口中說出，安家的四位老爺不禁莞爾。

三老爺安德成拍著大腿笑罵道：「你這個京城裡頭號的混世魔王，為了娶媳婦居然也自誇自讚地說起實誠來了！罷罷罷，我也來出上一聯，看看你這新郎官到底對咱們大侄女有多實誠！」說罷，出對道：「談談笑笑歡歡喜喜和和美美圓圓滿滿，總算是得償所願？」

這疊字對比剛剛那數目對難上了三分，用律亦是走得反覆疊上疊下的路子，蕭洛辰沉吟一下，朗聲答道：「朝朝暮暮年年歲歲生生世世真真切切，定不負明媒正娶！」

安德成聽得蕭洛辰說得堅定無比，不由得撫掌大笑，倒是二老爺安德經，因為蕭洛辰之前多有罵文人毀聖賢之舉，此刻還真是有難為他一下的心思，思忖後便道：「今日這大好日子，我來做一篇詩文，蕭公子且應上一首如何？」說罷，輕聲吟道：「吾家小女無限嬌，闔府大喜有度聊。無端嫁得金龜婿，辜負香衾事早朝。」

安德經做的是一首七言律詩中最不好寫的絕句，蕭洛辰嘻嘻一笑，輕聲回道：「晚輩原本是個武將，如今更已經被皇上逐出門牆，什麼事早朝之類的事情一時半會兒是輪不上了。若說金龜婿晚輩亦不敢自承，只不過盼著大小姐嫁給晚輩之後，能夠開開心心快快樂樂地過幾天逍遙日子罷了，香衾卻是萬萬不敢負的。」當下應答道：「登門只為一番親，有意但求兩情印。總思早朝無他事，倒想老婆在我心！」

這首絕句怎麼聽都有打油詩的味道，能把絕句對成這樣，當真也只有蕭洛辰了。

眾人哄堂大笑，安德佑更是笑著對安德經道：「二弟，蕭公子才思敏捷，小小戲謔之意，你也無須往心裡去，倒是悠兒嫁得如此文武雙全的夫婿，咱們都該替她高興才是！」

安德經本來也無甚惡意，聽安德佑如此說，自己也有些不好意思，搖頭笑道：「罷了罷了，大哥說的是！今日有這般喜事，卻又掉那窮酸的書袋氣做什麼？」

安德佑笑了笑，見蕭洛辰猶自站在門外看著院內，心知他是在等自己出那二道門的最後一題，當下便道：「今日聽汝之言？」

「他朝觀吾之行！」蕭洛辰大聲回答。

他和安德佑與其他人不同，對於種種情勢，遠比其他幾位老爺知悉得多。明白人說話反而省事，隨口一句話便是考題。

安德佑哈哈大笑，「好！好一個觀吾之行，進來吧！」

蕭洛辰邁步而進，後面那頂大花轎相隨，安德成打趣道：「好好好，這關便算你蒙混過來了，不過那請閨房的最後一關可是壓軸大戲，若是混不過去，便多說幾句好話相求，不丟人！」

蕭洛辰知道三老爺在提點他，連忙點頭稱謝。

花轎和迎親大隊留在了正廳，下人引著蕭洛辰一個人進了內院。只見內院四下無人，居中一張太師椅擋在安清悠的閨房門前。一名老者白鬚飄飄，不是安老太爺親自壓陣又是誰來？

「晚輩蕭洛辰，此來特為迎娶大小姐為妻，還望老太爺手下留情！」蕭洛辰哪敢怠慢，連忙打躬作揖。

安老太爺慢悠悠地撫鬚笑道：「別擔心，老夫今兒不考你文章詩詞，不考你禮教規矩，只問你一句話。」

蕭洛辰未等說話，就聽安老太爺又道：「你到底喜歡我家悠兒什麼？」

蕭洛辰一怔，喜歡什麼？

這句話從古到今不知道被多少人問了多少遍，對於男女感情而言，這可以說是最簡單而又最難答的問題。

蕭洛辰看著安老太爺那一雙炯炯有神的眼睛，思忖良久，慢慢地答道：「我喜歡她那種寧死都不向命運屈服的勁兒。若說大小姐其實和晚輩一樣，骨子裡對那些規矩禮教有反抗之心，只是沒有表現在外而已，不知道老太爺會不會把晚輩轟出去？」

蕭洛辰斟酌再三，最後還是據實相告。此時此刻，他同樣不想留遺憾，更不想在兩個人的婚禮上有任何裝模作樣的假姿態。思及此，陡然抬頭看向安清悠的閨房，高聲喊道：「安清悠，我喜歡妳！」

這當口直呼未婚妻的閨名，自然不合禮法，可安老太爺到底不是一般人，便這麼看著蕭洛辰，忽然面露微笑，「不錯！真男兒自顯本色！偷偷告訴你一件事，其實我像你這個年紀的時候……也覺得那些禮教規矩挺讓人不服氣的。清悠這孩子和我老頭子有那麼三分相像，她不服的方式卻是把所有的規矩都學到了極致。從無到有，從有到無，其實並沒什麼不同。有朝一日，你若是想通了，不妨再來和老頭子聊聊。」

蕭洛辰微微一怔，安老太爺卻轉過了身去，優哉游哉地走進了安清悠的房裡。

「我……這應該算是三關都過了吧？」蕭洛辰有些忐忑地念叨了一句，碰上老太爺這等泰斗級別的人物，他還真沒有十足的把握。

便在此時，院內院外猛地響起了一波又一波的高聲呼喊：「大小姐出閣嘍！」陡然間，府中各處鞭炮齊鳴，煙花竄天，許多人自內宅湧出，有個商賈模樣的胖子還湊到了蕭洛辰身前，笑吟吟地道：「蕭公子，你今日大喜啊！」

蕭洛辰看了那大胖子兩眼，猛地認出了來人的身分，當即面現驚訝，連忙抱拳道：「劉……」

「我是安老太爺的舊識，江南一個小小錢莊的大掌櫃！」劉忠全打斷蕭洛辰的話，笑道：「與蕭公子多年不見，你也都是要成親的人了。這次我是替東家做事，在京城會待上一陣子，有什麼想問的話，咱們回頭慢慢說。今兒我可不能做那喧賓奪主的惡客，你媳婦在那兒呢！」

說話間，抬手一指，只見閨房門口，安花娘站在那裡，朗聲朝外喊道：「抬喜！」

又是一陣府內府外的鼓樂齊鳴，安子良背著自家大姊走了出來，叫道：「新娘子出閣啦！」安清悠伏在弟弟背上，大紅喜袍兩邊各有一條長長的紅綢帶。青兒和芋草兩個陪嫁大丫鬟各自牽了一條，隨著安子良的腳步向外走來。安家諸位老爺夫人不知何時已經走進了院中，一個個喜盈盈地看著閨房門口。

安德佑伸手接過一雙紅綾，笑呵呵地對蕭洛辰道：「傻小子，還不快來接你媳婦兒？」

蕭洛辰看著紅綾在眼前，竟是有些緊張，連忙上前恭恭敬敬磕了三個響頭，「岳父大人在上，請受小婿一拜！」

安德佑笑容更燦，「好！悠兒這便交給了你，日後一定要好好待我女兒！」

「大小姐大喜！蕭公子大喜！」

「永結同心！早生貴子！百年好合！白頭偕老……」

一陣七嘴八舌的賀喜聲中，蕭洛辰微微激動地接過了紅綾。

旁邊自有唱禮之人高叫道：「上花轎！」

安清悠伏在弟弟背上，一路向二道門行去，卻急壞了隨侍的兩個喜娘，她倆不停地小聲提醒：「大小姐，哭，別忘了要哭！」

按慣例，新娘上轎之前都是要哭一哭的，以示出閣之時和娘家人的分離之苦。只是蓋頭下卻是毫無動靜，從喜娘到兩個大丫鬟，最後連安家的幾位嬸娘都放心不下，加入了勸哭的行列。

「哭！」

「哭吧！趕緊哭，這就要上花轎了！」

「我的大小姐啊，您倒是哭啊，您向來是最重視規矩的，怎麼這一會兒不從了呢……」

眾人你一言我一句，蓋頭下忽然傳來一串銀鈴般的笑聲。

安清悠輕聲道：「你們大家的意思我明白，可是今兒這大喜的日子，為什麼一定要哭著出門？明明就是一件喜事，我實在掉不下淚來。規矩都是人定的，人卻不是為了這規矩活著，我今兒……我今兒高興！」

在一邊牽著紅綾的蕭洛辰，聽得此言，微微一怔，很快便大笑道：「好！憑什麼非得要哭？娘子只管放開了笑，咱們就是笑著成親！」

眾人呆愣，後面的劉忠全和安老太爺對視一眼，劉忠全笑道：「想不到你這經學泰斗嫁孫女，卻是少了這『哭離』之禮！」

安老太爺背著手，微微一笑道：「你這胖子是罵我迂腐不成？沒有『哭離』又如何？我這大孫女嘛……不錯！」

兩個老人家相對而笑，周遭人也放下心，跟著笑了起來。

負責頂喜的安子良更是興高采烈地仰頭大叫：「大姊，咱們走！」

待新娘子入得花轎，蕭家的迎親眾人便齊聲高呼道：「起轎！走！」

圍觀看熱鬧的街坊鄰居一片喜氣洋洋，都在門口圍著、看著，說著恭喜的話。

只是那遙遙的街角處，卻有人正瞧著一堆馬車殘骸發愣。

「大人，這裡……這裡不冒煙了，咱們好像也沒怎麼著？倒是安家那邊，好像是……好像是已經起轎了？」湯師爺小心翼翼地稟道。在他心有不忿的刻意瞎指揮之下，沈從元到底還是沒能從這巷子裡突圍出去。

「廢話！這叫聲隔著幾條街都能聽得到，本官耳朵又不是聾了，還能不知道那邊起轎了？」沒有了那香味特異的白煙，沈從元慢慢鎮定了下來，看著那些已經熄了火頭的馬車殘骸，終究還是反應了過來，自己又被那兩人擺了一道，還是當著這麼多京城官員的面！

「還……來得及嗎？」發了半天呆，沈從元突兀地問出這麼一句來。

湯師爺自然知道自家大人問的是什麼，他到底還是不死心，想要去婚禮那邊攪上一攪，否則心中難平。

只是看了看周圍的情形，湯師爺苦笑道：「大人，非是學生不用心，您瞧一瞧，那燒起來的不過一輛貨車，另有好幾輛爛車死馬都堵在那裡，還有周圍這些官……」

說話間，湯師爺兩手一攤，做了個無奈狀。

沈從元明白今日是大勢已去，此刻不該想著是否還能出手，而是要想著如何善後才是正事。

深吸口氣，用力平復了一下胸口翻騰不已的怒氣，沈從元故作從容地道：「罷罷罷！便讓那安家與蕭家再蹦躂幾天，大喜之後便是大悲，他們也享樂不了幾日，待我等捲土重來，定要將那……」

定要如何還沒說完，忽聽得遠處有高喊聲傳來：「多謝沈大人攜諸位大人賀喜觀禮，此間情分，他日再報！侍郎妙計安天下，賠了夫人又折兵！」

這高喊聲並非出自一人之口，乃是迎親大隊的漢子們齊聲吶喊而成。

也不知是蕭洛辰，還是安清悠誰的安排，足足喊了三遍。

沈從元努力裝出來的笑容就這麼僵住，臉色瞬間變得鐵青。

他伸手指著遠處的迎親隊伍，忽然噗的一聲，口中噴出了一灘血霧，兩眼一黑，仰後倒去。

安家的正門口熱鬧非凡，沒有人在意距此一條街上的地方究竟發生了什麼事。

「走轎！新娘子過門嘍！」

隨著長長的吆喝聲，那頂鮮花包裹的八抬大紅花轎穩穩地被抬起，蕭洛辰一馬當先，領著迎親大隊招搖過市，揚長而去。

參之章 婆婆閉門立威

太陽越升越高，金色的陽光下，某座京城的大宅前一座牌樓顯得有些老舊，但單憑那牌樓上高懸著的幾個大字，就沒有人敢認為這裡不夠氣派威嚴。

「武將下馬，文官落轎。開國元勳，當此殊榮。」

這短短的十六個字乃是大梁開國皇帝太祖陛下親筆手書。

大梁開國之時，京城中類似的牌樓本有十座，可是物換星移，福禍沉浮，如今還沒被歷任皇帝拆掉推倒的牌樓，也只有這麼一座了。

而在這牌樓之後，那座顯然已經很有歷史的大宅正匾之上，卻有著當今聖上壽光帝的御筆墨寶：蕭府！

「來了來了，五爺已經到了前街，這就要進門了，大家動作都快點兒！」

蕭府的大管家蕭達連聲叫著，跑進了正堂。

蕭洛辰在蕭家排行第五，雖是嫡子，卻是兄弟中最為年幼的一個。

蕭家的一干男人們之中，蕭洛辰的大哥蕭洛堂早年捐軀沙場，此時蕭家的家主大將軍蕭正綱又被壽光帝藉故派去了北疆邊境，連帶著其他幾個兒子也都同往軍前效力。

如今蕭府雖然喜氣洋洋，可是闔府上下沒有個男人主事，倒似缺了點兒什麼一般。

好在蕭家不僅出了個皇后，還更有一位坐得住陣的。

「開中門，讓下人們動作利索著點兒，咱們要迎媳婦兒進門了！」

蕭老夫人穿戴整齊，貴氣十足，頭上一頂雲鶴紫金珍珠冠尤為惹眼，清楚地表明了她一品誥命的身分。

「老夫人，您放心，諸事早就準備妥當，如今就等五爺迎著新人回來了！」面對蕭大將軍都要讓著幾分的蕭老夫人，蕭達從來不敢怠慢，低著頭，恭恭敬敬地回了話。

蕭老夫人微笑點頭，遠處已有鼓樂之聲傳來，蕭達奔出去大手一揮道：「號炮！」

尋常人家迎媳婦兒進門是放長長的千響爆竹，蕭家用的卻是軍中號炮。

那號炮雖然不似民間爆竹劈里啪啦般的響成一串，但聲音渾厚響亮，自有一番氣勢，更何況蕭家用的還是八八六十四杆號炮齊鳴。

安清悠坐在轎子裡剛剛轉過一個彎，猛聽得轟的一聲大響，渾身一顫，嚇了好大一跳。

正在安清悠有些吃驚的時候，蕭洛辰在轎子外面輕聲道：「娘子莫慌，這是我家的迎親號炮，咱們這便要進門了。」

「新人進門，平抬落轎！」

齊刷刷的號炮聲響足了六六三十六響，花轎終於被抬進了蕭家的大門內。

安清悠正覺得過了門檻，陡然聽到一陣歡呼恭賀聲。

「蕭兄弟，大喜大喜啊！」

「洛辰，你這小子如今也娶媳婦啦！來來來，我們一家老小可都是跑到你們蕭家來賀喜，今兒別的不說，我可是要帶著幾個兒子鬧洞房的！」

「鬧洞房的事情等一下再說，一會兒開了宴，先多喝上幾杯！」

蕭、安兩家雖說聲勢正弱，可是蕭家的情況卻顯然要比安家好上很多。

軍中雖也同樣免不了跟紅頂白，但那戰場上一同滾出來的袍澤畢竟交情深厚，比文官之間的情分更加牢固，哪管朝中的文官如何看待他們？

蕭洛辰對他們也不似對待那群文官一樣，談笑間甚是自在。

「齊老三，你這傢伙多日沒見，怎麼胖成了這個樣子，好像一個酒桶，還上得了馬嗎？」

「陳胖子，你這個酒缸，趁老子娶媳婦兒想灌我？嘿嘿，到時候看看誰先趴下！」

「孫二叔，您怎麼也來了？您這話我可記住了，一會兒您家那幾個小子要鬧洞房？來啊！不過哥幾個先說好了，誰要是再像上次吳副將娶親時喝多了吐在人家房裡，當心我一腳踹了他娘的出去！」

外面笑鬧一片，安清悠在轎子聽了也不禁微笑。

便在這時，有個聲音遙遙傳來：「各位各位，鬧歸鬧，大家這時候可也別緊拉著我們五爺不放！老夫人剛剛說了，莫要耽誤了拜堂的吉時，待會兒拜過天地，行過禮，諸位再一起把酒言歡！」

這聲音說完，外面的嘻鬧聲頓時小了許多。

「新人下轎，登堂！」蕭家的唱禮聲高喊，兩邊又是兩響號炮。鼓樂再度奏起，安清悠在兩個喜娘的攙扶下緩緩下轎。蕭洛辰牽著那根象徵著迎親進家的紅綾子，一步步走進了正堂。

「吉時已到，新郎新娘拜天地！」

氣氛在這時候達到了最高潮，外面號炮震響，鼓樂齊鳴。

「一拜天地！」

安清悠緩緩跪倒，迎面是代表天地的巨大香案。蕭洛辰也慢慢跪下，無論是蓋頭外的他，還是蓋頭內的她，此刻都沉浸在一種難言的幸福之中。

「二拜高堂！」

兩人並肩轉身，對著蕭老夫人跪下。三個響頭磕下去，蕭老夫人點頭，微笑著道了一聲好。

「夫妻對拜！」

安清悠的手順著衣襟攥住了紅綾，喜娘扶著她順著紅綾走到紅花繡球前，對面便是蕭洛辰。

安清悠深深吸了一口氣，躬身行禮。

對面的蕭洛辰探過了頭來，在兩人靠近的一瞬間，輕聲道：「執子之手，與子偕老。」

安清悠的心中一顫，隨即湧起了一股羞澀的甜蜜。

任何話語都沒有這一句讓她心中踏實，想起兩人初識時的針鋒相對，想起於宮中選秀時她甚至拿甕打破他的頭，想起出宮之後他攪和了她的相親宴，想起他在街上的那一首「念奴嬌」，再想到被他擄到了桃花谷的浪漫，安清悠的心底有說不出的漣漪。

「禮成！送入洞房！」

安清悠在喜娘和隨嫁大丫鬟的攙扶下，走進了蕭家早已經準備好的洞房。

於床上坐福，儘管安清悠是披著蓋頭，可她依舊能隱隱約約看到那粗如兒臂的火紅喜燭染起的兩個亮點，就好像看到自己的臉龐，心中有些許羞澀，還有些許期盼。

賀客們正大聲歡呼，蕭洛辰猛然端起一只大碗公，灌完了酒，高聲叫道：「各位，今兒大喜的日子，咱們不醉不歸，蕭某先乾為敬！」

喜房裡，安清悠靜靜地坐在婚床上，雖然頂著蓋頭不能說話，可是那一陣陣甜果和蜜餞的氣息卻悄然傳入了鼻子裡。距離自己不遠處應該有張桌子，桌上大概是擺著各色果品……還有酒，這酒的氣息並不濃烈，很淡。

「五奶奶請靜候，五爺稍後便到！」喜婆說完，規規矩矩地行了個禮，退出了房去。

四周安靜下來，安清悠這才悄悄掀起蓋頭一角向外看。確定房內再無他人，便把蓋頭拽了下來。左右瞧瞧，奔著前面的桌子而去。

只是，奔到了面前那放果品蜜餞的桌前時，暗叫了一聲苦。一盤蜜漬楊梅、一盤淡釀青果，都是酸得能讓人倒了牙的，用來開胃正合適，要真是吃起來，只怕越吃越餓。旁邊倒是放了一對貼了大紅喜字的喜餅，卻只有兩個，一偷吃就會被人發現。

安清悠無奈，只好抓起一把炒瓜子，狠狠嗑了起來。

腹誹了一陣，忽聽外面喧鬧聲由遠及近而來，安清悠一驚，連忙披上蓋頭，坐回床上。

「娘子，我來啦！」

門吱呀一聲被推開，蕭洛辰一馬當先地進了洞房。只是身上酒氣沖天，腳步踉踉蹌蹌。身後一群鬧洞房的漢子們聽得這一句，紛紛大笑。

「急色！辰哥兒，你真是太急色了！」

「嘖，他自家媳婦的色，有什麼急不得？」

「挑蓋頭，咱們要看看新娘子！」

「嚷什麼嚷，這就挑給你們看！我媳婦兒那小模樣……哈哈哈，莫要一個個羨慕死你們！」蕭洛辰醉醺醺地劈手搶過喜婆手中的金挑子，晃晃悠悠地向著安清悠走來。只是沒走兩步，便隔著婚床老遠地伸出了金挑子。

這自然是一挑便挑了個空。蕭洛辰砰一聲摔到了地上，口中兀自含含糊糊地道：「莫要……莫要羨慕死你們……」

眾人面面相覷，今天這新郎官可是喝得不少，莫非是醉倒了？旁邊的喜婆趕緊又是扶來又是喚，可蕭洛辰死活不醒。

「這個……我家五爺飲酒過度，只怕是需要醒酒……各位賓客，今日喜宴已是盡興，各位不如早回吧？」蕭達見著這場面，當機立斷，宣布喜宴到此結束。

眾人眼看著新房鬧不成了，只好先離開。蕭達指揮著人把蕭洛辰搬到床上，躬身說了一句五爺醉了，請五奶奶多多照拂云云，就帶著一干下人告退了。

安清悠覺得蕭洛辰的醉酒有些古怪，正要挑開蓋頭偷看，忽然身上一緊，被人從後面抱住。

蕭洛辰的聲音隔著蓋頭傳來：「我的娘子挑開蓋頭的第一眼，只能給我一個人看，我可不願意與別人共賞！」

安清悠心中微微一甜，蕭洛辰又是輕聲道：「別動，咱們先處理點別的……」

蕭洛辰一翻身下了床，腳步如同貓般輕柔，口中卻是叫道：「啊……我剛才醉倒了嗎？胃好生難受啊……」說著來到窗邊，猛地推開窗子，伸手輕摳喉嚨內側，只聽哇的一聲，肚中的酒水傾瀉而出。

「啊！」窗根下登時響起一片叫聲。幾個想聽牆角的年輕漢子被吐了一身，驚叫著四下散逃。

蕭洛辰哈哈大笑，轉身又衝著床底下嚷道：「再不出來，老子又要吐了！你們猜猜，這次吐的是什麼……」

話音未落，只見床底下竄出兩個人來。只見那兩人狂奔著奪門而出，一路上不停大叫：「第一眼只能給我一個人看！第一眼只能給我一個人看！」

安清悠聞言大窘，剛剛蕭洛辰話語說得那般輕柔，竟也被人聽了去，不知道自己剛才偷嗑瓜子的樣子是不是也落在了他們眼中？

「這幾個傢伙，總是這麼胡鬧！」

這幾個敢在新房內外聽牆角的年輕人，都是蕭洛辰自幼的熟識的，平時裡相互捉弄慣了。蕭洛辰觀察了一陣，確認沒有其他「埋伏」後，這才拿起金挑子，慢慢走上前。

像是打開自己最珍愛的寶貝一樣，蓋頭一點一點地被挑了起來。

蓋頭下，露出了安清悠嬌羞欲滴的面龐來。

「娘子！」

「夫君……」

安清悠的聲音細若蚊蚋，蕭洛辰一臉笑嘻嘻的，忽然大紅喜袍一掀，掏出了一只木盒來，「陪著他們連吃帶喝的，卻是苦了我的娘子在房裡一個人挨餓，現在妳夫君我總算能陪著娘子好好吃上一頓了。」

安清悠微微一怔，見那食盒裡擺著的各色鹵肉醬貨，不禁心中微甜。

於是，小倆口關起門來大快朵頤，桌上充作交杯酒的女兒紅更是大半進了肚子。

「其實我挺喜歡你這樣的，沒那麼多講究。」安清悠吃酒吃得臉紅撲撲的，伸手夾了一筷子糖魚凍，忽然一伸手，對著蕭洛辰輕輕笑道：「不過，有個講究卻是我不想捨了的……」說著，從袖袋中拿出一個薄紗袋子來，往桌子上一拍道：「你的？」

蕭洛辰猛然大笑，「原來妳也不想省了那一環？」

說罷，亦是拿出了一個薄紗袋子，彼此交換，各自解開，卻見裡面是彼此的一縷頭髮。

旁人做這洞房的同心結，通常是將兩人的頭髮各自成綹編在一起，也常作男上女下或男左女右的編法。安清悠卻沒有像他們那樣，而是將兩人的頭髮一根根混在一起，編成了一個兩環相扣的同心結。

那根用來牽新娘入屋的紅綾被解了下來，穿過同心結，分別纏在安清悠與蕭洛辰的手臂上。纏纏綿綿，雙臂交扣，那一壺女兒紅被倒出了最後的兩杯。

兩人深情對望，交杯酒一飲而盡。

「纏了同心結，飲了交杯酒，娘子，咱們是不是該做點什麼正經事了？洞房花燭夜啊……」蕭洛辰笑嘻嘻地看著安清悠，眼睛裡多了那麼點曖昧的光芒。

「我……我要睡了，我真的要睡了！」安清悠的臉忽然紅得像熟透了的蘋果，連衣服都不脫，逃走似地跑過去往床上一倒，拉起繡著鴛鴦戲水的大紅喜被，把自己裹得緊緊的。

蕭洛辰撓撓頭，「我一直以為我才是那個最不重禮法的，誰料想進了洞房，與娘子相比，才知道自己還差得遠。按著規矩，新婦應該為夫君寬衣解帶，口稱賤妾，請夫君行合巹之禮……」

「呸！」安清悠啐了一口，同時砸了個枕頭過來。

蕭洛辰伸手接住，笑著道：「好暗器……」

枕頭很快又飛回了床上，而且還是帶著蕭洛辰的人一起飛回來的。

「我隱隱約約記得以前妳曾經說過，就算全天下的男人都死光了，也不會嫁給我，如今剛拜了天地喝了交杯酒，這就要謀殺親夫不成？」蕭洛辰調侃著道。

安清悠緊緊地閉著眼睛，忽覺耳垂上一熱，卻是蕭洛辰湊過來輕輕地吹了一口氣，她不由得渾身上下有些顫抖。

「這粉紅色的床圍是我特地挑的，和桃花谷裡的桃花顏色一樣。那幾天我就在想，不知道這洞房花燭夜裡，我們兩個是不是也會像那四季如春的桃花谷一般，就剩下一個『春』字了？」

安清悠被他逗得噗哧一笑，眼睛終於睜開，紅著臉道：「誰要和你一起發……唔！」

話還沒說完，她的嘴被堵住了，良久，才喘息著說道：「你……你這人最討厭了！咱們……咱們先好好說一會兒話行不行？不亂來……」

安清悠越說聲音越小，到最後簡直就像是蚊子在叫。

蕭洛辰一本正經地點頭，語氣卻賊兮兮的：「好，我們就先說一會兒話，不亂來……」

話音未落，安清悠啊的一聲輕叫，某雙沒停過的手，不知何時悄然滑進了她的衣衫中。剎那間，安清悠只覺得腦子一片空白，身體僵硬，後背繃得筆直。

「討厭，不是說好不亂來嗎……」

「我沒有亂來啊，我是在很有步驟地動……」

「不……」

未等安清悠再開口，她的小嘴又被堵住，而他的手上下不停，很快的，兩件大紅喜袍和內衫都被扔到了帳外。

蕭洛辰渾身赤裸，結實的肌肉一覽無遺，安清悠則像一隻被剝得乾淨的小白羊，雙手急欲上下遮掩，卻被蕭洛辰箝制得動彈不得，只能咬著嘴唇，緊張得微微顫抖。

紅燭的燈火透過粉色的床帳照了進來，將兩人的皮膚都染成了一種奇異的粉色。溫馨、甜蜜，似乎還帶著一點狂野？

「你……你就知道欺負我……」安清悠羞赧之餘，眼睛又緊緊地閉了起來。

蕭洛辰卻是目光略微沉醉迷離，指尖輕輕劃過安清悠那宛如凝脂白玉般的皮膚。指尖移到哪裡，那裡的肌膚便應似的輕顫。

蕭洛辰低下頭，細細吻著安清悠身上的每一寸肌膚，堅實的雙臂緊緊地將她擁在懷裡，而他每掠奪一寸，她便顫慄一分，臉色越發紅潤，更被蕭洛辰的狂熱帶動得頻頻呻吟。

許久，他忍不住壓抑的情慾，猛地把臉埋在那一對高聳的雙峰間，輕聲道：「我來了……」

安清悠陡然痛呼了一聲……

「輕點兒……好疼……」

「四方樓的書裡寫著呢，輕點兒更疼……」

花徑不曾緣客掃，蓬門今始為君開。

不知過了多久，帳中的喘息聲時而激烈，時而平緩，當周遭歸於寧靜時，大紅花燭猛地跳動了一下，竟是已悄然燃盡了。

安清悠蜷伏在蕭洛辰懷裡，身下那白綾上已是點點落紅，她有氣無力地呢喃道：「以前那麼多人說你是瘋子，今天我才知道這話一點都沒有錯，你就是個瘋子……」

「好吧，我是瘋子，又是混蛋……妳既然這麼說了，我當然要做得名副其實了。倒是妳這女人瘋了那麼久，今兒才知道妳挺老實的……」蕭洛辰也有一點兒疲憊，卻還是笑得極為邪氣。

安清悠白他一眼，噘起嘴巴，「人家黃花大閨女一個……你難道希望我很瘋？希望我本領嫻熟，還是花樣百出？」

「今天當然是越老實越好，以後嘛……要很瘋！要本領嫻熟！要花樣百出……」蕭洛辰的笑容越來越曖昧，手又開始不老實起來，忽然一翻身，又把安清悠壓在了身下，在她耳邊壞笑著道：「要不……我們再瘋一次？」

安清悠驚了一下，才剛初識人事，怎禁得起如此折騰？

正想閃躲，卻覺得身上一輕，蕭洛辰又閃了開去，手臂一攬，摟著她道：「以後咱們有一輩子折騰的時候，這一次先放過妳！傻丫頭，睡吧！」

說罷，蕭洛辰在安清悠唇上輕吻一下，就這麼溫柔地擁著新婚妻子，自己先閉上了眼睛。

安清悠趴在蕭洛辰的懷裡，忽然覺得這個肩膀很寬闊，很舒適。

這傢伙一直以來就挺明白什麼叫疼人的……我原本就知道……

一個念頭不知道怎麼浮了上來，瞬間化成了一種幸福的感覺。

如果第二天能夠睡到自然醒，那就更幸福了，可惜這是不可能的。

門口伺候的喜婆在天剛亮的時候就來叩門，被蕭洛辰罵了回去，又換了幾波人來叫人，等到蕭大管家親自來敲門的時候，安清悠和蕭洛辰已經被折騰得一點睡意都沒了。

「五爺，老夫人那邊都已經起來了，其他院子裡的幾位奶奶也正在著裝打扮，新婚頭一天，可別誤了五奶奶上堂敬茶。」蕭達是看著蕭洛辰長大的，早就把他的脾氣摸透了。

聽得蕭老夫人已起身，蕭洛辰這天不怕地不怕的傢伙也有些躊躇，到底還是在安清悠的額頭上吻了一下，苦笑著道：「起吧，母親那人講究多，去晚了不好。她老人家的脾氣有點兒怪，若是一會兒請安的時候有什麼說的、做的過分了，妳也別往心裡去。母親年紀大了，喜歡嘮叨，哄一哄便也罷了。」

安清悠有些驚訝，自家夫君不是那種會管細枝末節之人，眼下連他都這般提醒，難道這位婆婆是個極不好相處的人？

得了蕭洛辰的囑咐，安清悠匆匆洗漱打扮，便隨著蕭洛辰前去請安。

等到了地方，卻見老夫人早已穿戴整齊，正襟危坐於正堂之上。

如今蕭家的男人們都在前線，闔府上下除了蕭洛辰之外，便留下了一大群女人。

此刻除了回西南娘家省親的二嫂寧氏之外，大嫂林氏、三嫂秦氏、四嫂烏氏都在場。

老太太面無表情，看不出喜怒，旁邊的幾個兒媳婦卻一個個斂容肅立，連大氣都不敢喘。

安清悠一見這場面，暗叫不好，自己二人顯然是來晚了。

蕭洛辰倒是一副疲憊懶散模樣，嘻嘻笑道：「兒子來遲了，給母親請安，各位嫂子安好。」

安清悠隨著蕭洛辰行禮，然後連忙來到蕭老夫人面前盈盈拜下，旁邊早有伺候的婆子遞過一碗茶來。

安清悠手不亂，肩不晃，低頭接過茶碗，向上遞去，輕聲道：「兒媳給老夫人請安，請老夫人用茶。」

蕭老夫人打量了安清悠兩眼，這才接過來慢慢抿了一口，「模樣兒倒是周正，行禮敬茶也算得上有幾分規矩，只是這頭一天過門，居然就敢比妳幾個嫂嫂來得晚，當真是有了媳婦兒忘了娘，原指望有個人能好好約束一下這個不成器的兒子，沒想到如今成了親，五郎反倒是陪著妳越發懶散了。」

蕭老夫人口中的「五郎」，指的自然是蕭洛辰了。

聽得蕭老夫人語氣不善，幾位侍立在旁的媳婦眼中不約而同掠過幸災樂禍的神色。

蕭洛辰連忙上前陪笑道：「母親，這事不是清悠的錯，今日本是兒子貪睡，怨不得……」

「怨不得什麼？為娘的教訓兒媳婦，什麼時候讓你插話了？」蕭老夫人直接打斷了兒子的話，面色一板，蕭洛辰便不敢再說什麼，逕自退到一邊訕笑，一雙眼睛卻是對著安清悠打眼色，讓她千萬別往心裡去。

這番做派哪裡逃得過蕭老夫人的眼睛，她狠狠瞪了兒子一眼，重重地哼了一聲道：「瞧瞧，瞧瞧，真是兒大不由娘，這剛過門一天，胳膊肘已經知道往媳婦兒那邊拐了。等回頭日子久了，還不知道是個什麼光景呢！起來吧，妳這碗茶該敬的也敬了，一邊站著聽我老婆子說說話！」

安清悠慢慢站了起來，低頭退到旁邊去。

蕭老夫人見安清悠不出聲，表情還是一點都沒有放鬆，板著臉又道：「聽說妳是選過秀的，既是在宮裡頭歷練過，自然該明白那些規矩做得再好，若是沒真正把孝敬公婆這幾個字放在心裡，終究也只是花架子。好比今天，五兒便是再貪睡，妳若是存了早早起來請安的心思，他還能來晚了？做媳婦的，多幫襯自家男人才是正理，若總是扯相公後腿，那就不是我們蕭家媳婦該做的了。」

安清悠恭敬地道：「老夫人說的是，兒媳謹記教誨，日後定當輔佐夫君，恪守婦道。」

「嘴上能說出花來的女子我見多了，是不是真能做到，不光要聽其言，還要觀其行。」蕭老夫人放下茶碗，撇了一下嘴角，「五郎為了妳這個媳婦兒，把北胡的使臣也打了，還被皇上逐出門牆，如今連他父兄都受了牽連，我們蕭家付出的代價可是不輕，如今你們安家從上到下都被削官為民，五兒也沒有嫌棄妳不是？更是這麼爭著幫妳說話……這人活在世上啊，就要多有幾分良心，明白什麼叫做知恩圖報，莫忘了我們蕭家對妳的種種好處，以後規規矩矩陪著五郎過日子才是真。」

這話說得安清悠哭笑不得。

蕭老夫人說的種種事情，壽光帝才是幕後最大的主使者，真要刨根究底，自己和安家才是被無端波及的。蕭家的種種好處？她真不知道自己得了蕭家什麼好處了。

可這些話說不得，安清悠無奈，只能低頭應諾。

蕭老夫人看她這樣子，這才面色稍霽，逕自對眾人道：「今兒先這樣吧，我倦了，都回自己院子裡去吧，明兒開始，各房媳婦該來立規矩的立規矩，五媳婦多伺候半個時辰，這一次妳可是聽清楚了？」

被莫名其妙打了一陣殺威棍，臨走時還被點了名，安清悠回到自己的院子後，還有些鬱悶。

對於這位親娘，蕭洛辰也是無奈，「這皇差不好做，我和父親都是有密令在身，便是對家裡人也不能多說什麼，妳也是知情的……只是母親她本來對文官就沒好感，更是認定了之前不少事我是受了妳的連累，還有那幾位嫂嫂……若是妳覺得實在難受，我們分出去住吧？」

安清悠見蕭洛辰如此體貼，心中微暖，只是這提議卻是萬萬不行的，自己頭一天嫁過門，蕭洛辰便向家中提出要分出去單過，那才叫麻煩大了，以後自己這個做兒媳婦的還怎麼面對公婆？怎麼面對蕭家？對蕭洛辰而言，只怕也是有百害而無一利。

「夫君的好意我心領了，去婆婆房裡立規矩本就是做兒媳婦應當應分的，我去便是了。若是連這等後宅內院的事情都要你來替我擔待，還提什麼輔佐夫君？」

安清悠思忖半晌，到底還是搖了搖頭，看蕭洛辰撓頭的樣子，不禁噗哧一笑，「想不到我這夫君平日裡聰明絕頂，在自家府裡卻是吃不開！」

「夫人這話當真在理。對付權臣、北胡，我的心能夠比鋼鐵還硬，可是這家裡人不同。母親畢竟是母親……唉，一想到這個，我就一個頭兩個大，還請娘子有以教我？」

◉ ◉ ◉

「那五媳婦是從文官世家出來的，她安家還出了個學界泰斗的老太爺，自然有些自命清高。不趁現在好好拾掇拾掇，將來還不定怎麼樣呢！哼，那些文人的嘴臉難道我這老婆子還看得不夠多嗎？」

蕭老夫人坐在自己屋中的炕上，兩腿一盤，拿著二尺長的黃銅煙桿吧嗒吧嗒抽得直響。

「老夫人說的是，回頭我便遣人多盯著五奶奶一些，有什麼不妥立刻來稟報您！」蕭達一邊躬身答話，一邊幫著蕭老夫人捋煙絲。

「阿達啊阿達，你這年紀越大，辦事怎麼越來越回去了？五郎的本事就算在四方樓裡也是頂尖兒的，你派人去盯他媳婦兒的梢，這不是給自己找不自在嗎？到時候他鬧起來，我這做娘的臉上也不好看。」蕭老夫人噴出一口煙霧，皺了皺眉，「不過，這安家的老頭子倒算是文官中的異類，幾十年來，數他在朝中骨頭最硬。前些日子還參了睿親王、李閣老他們一百多個官兒，弄了個全家上下罷官還不服軟，讓人有幾分佩服。若非如此，當初我也不會親自陪著五郎去安家說親。」

這左一說右一說的，倒把蕭達弄得有些莫名其妙，只好問道：「老夫人的意思是……」

「壓！先好好壓一壓她！那些文官家裡出來的姑娘，除了愛嚼舌根，便是媚夫討寵，哪有將門女子的直率？若五媳婦也是這般，不怕壓不出她的狐狸尾巴來！」蕭老夫人吸了一口煙，臉上依舊是那副看不出喜怒的樣子。

就在蕭老夫人在考慮壓一壓安清悠這個新過門的媳婦時，安清悠正陪著蕭洛辰，靜靜地聽他說著蕭家的一些往事。

「我外公家姓張，當年全盛之時亦是大梁軍方數一數二的豪門大族。與我蕭家便算不能說是並駕齊驅，也只是稍遜一籌而已。母親當年和妳一樣，也是長房的長女。」

「母親雖是正室，可一直沒有生子。父親和她雖然恩愛，卻不得已又納了幾個女子，沒想到那幾位姨娘肚子一個比一個爭氣，先後生了四個孩子，也就是我的四個兄長。」

安清悠安靜聽著，知道自己這位夫君寧可每年跑到桃花源裡去過豐年祭，也不願在家中與家人團聚，原因怕是就在於此。

「可是，這麼一來，母親未免就成了京中女眷們的笑柄。妳也知道，那些文官世家出來的女眷，雖然把規矩掛在嘴上，說起別人的閒話來卻不留口德。我蕭家向來是文官的眼中釘，哪裡有什麼好說辭？母親那麼爭強好勝的一個女人，我猜也猜得出來，當年她面上肯定故作無所謂，可心裡該是極為難受。」

安清悠點了點頭，風言風語有時候是會要人命的，何況在這個時代裡，沒生下個一男半女，更是極大的罪過。

見蕭洛辰面色難看，安清悠忍不住說道：「不想說就別說了。」

蕭洛辰輕輕一笑，「該說的，這些事我也就只能與娘子說上一說。」

安清悠握住他的手，他反而將她抱在懷中，繼續說起蕭家的事。

等到蕭老夫人生下蕭洛辰，情勢才稍有改觀。

蕭老夫人懷蕭洛辰時，已經三十八歲，可以說是拚了命才生下蕭洛辰這麼一個兒子。便在蕭洛辰出生後不久，蕭正綱便以嫡出為名，要立幼子為世子，將來繼承爵位。可是，這時候，蕭洛辰的幾個哥哥都已隨著父親上陣殺敵，立下許多軍功了。

於是，風言風語再起，什麼立嫡未必強過立長，什麼藉正室身分打壓庶子，甚至有人傳言，蕭洛辰是因為蕭家正室生不出孩子，才偷偷從外面弄來了一個嬰兒，就是要藉嫡子地位以固自身云云。

蕭老夫人本就心高氣傲，哪裡受得了這個？一氣之下，阻止丈夫立嫡的念頭，當時便撂下一句話，不靠嫡出的身分，但憑本事，將來到底看看誰生的兒子最有出息，最配得上世子之位。

所以，蕭家的世子之位到現在空著，而蕭洛辰與幾位兄嫂的關係，壓根兒沒怎麼好過。

「姑姑嫁到宮裡做了皇后，有些事情看得倒是明白了些。累世為將做到了頂峰，軍權太重，早晚有一天為帝王所忌，於是盼著從我開始能去讀書寫字做個文官，將來我蕭家慢慢往文官那邊轉，未必不是一條出路。可母親說什麼也不肯，我當時年紀還小，只想著要替母親爭一口氣，便趁著父親出征時搞了一齣棄文從武的把戲出來……」

「等我長大了些，又蒙師父教導，算是也明白了一些東西，投筆從戎倒是沒有後悔過，更不想當什麼世子繼承什麼爵位，只是母親定要我壓幾個哥哥一頭，逢年過節，大家聚在一起，母親總是逼著我想法子羞辱幾個哥哥一番。再怎麼說，他們都是我哥哥，親兄弟之間怨越結越重又是何苦？所以，自從我發現了桃花村後，每到過年便不再回家……」

蕭洛辰越說聲音越小，安清悠嘆了一口氣，輕聲說道：「你真是……這些事情，其實你可以告訴我的，我一樣會嫁給你，說不定還會更早一些……」

「我總覺得那樣是在裝可憐，男人有些事……」

「男人有些事一定要自己扛著對嗎？可那未必是所有事，一個男人如果所有的東西都只能自己扛著，那就不是裝可憐了，是真可憐才對！」

安清悠的一句話，讓蕭洛辰渾身一震。

自小到大，這些話蕭洛辰從未對第二個人說過，今天不知怎地，竟然說了出來。

蕭洛辰擁住安清悠，良久無聲，什麼蕭老夫人對文官子女的成見，什麼曾經的心結，暫時都被丟到了九霄雲外，兩人的情意又深了一層。

聞雞即起，這是蕭家多少年以來的規矩。若要媳婦們服氣，自己自然是要以身作則，蕭老夫人長年來就過著這種極為自律的生活，這一日心裡有事，還特地起得早了些。

「讓人去看看各房的媳婦都起來了沒，尤其是看看五媳婦那邊，今兒讓她好好立立規矩。」蕭老夫人一邊穿衣梳妝，一邊淡淡地吩咐著身邊的丫鬟。

「回老太太的話，五奶奶今兒早早就起來了。」

「哦，妳這丫頭倒是越來越懂事了，我還沒說，這事兒就已經做好了。」

「不是……五奶奶正在屋外候著，說是做媳婦的來婆婆房裡立規矩是大事，不可怠慢什麼的……」

「哼，這文官的女兒就是心眼多，昨天挨了訓斥，今兒便想提早過來討喜不成？」蕭老夫人成見極深，一想便想想到了別處去。不過，微微一尋思，還是讓丫鬟把窗子推開一條縫，悄悄向外看去。

無人監督之時的舉止，才能看得出一個人的真性情。

春日初起，天氣還有些寒涼，安清悠穩穩立著，紋絲不動，既恭謹有禮又不呆板生硬，讓人挑不出半點錯處來。

「站得倒穩，就是不知耐性如何？」蕭老夫人微一沉吟，低聲吩咐旁邊的丫鬟道：「今兒晚半個時辰開門，有人問起，就說我身子不舒服。」

安清悠極有耐心，就這麼站在那裡眼觀鼻，鼻觀心地老實等著。

未過多久，身後有人道：「五弟妹今兒來得倒是早，婆婆屋裡可是還沒有開門？」

安清悠定睛看去，連忙行禮道：「見過大嫂，大嫂安好。」

「沒事兒，都是一家人，不用那麼多禮。」

蕭洛辰的大哥蕭洛堂比蕭洛辰足足大了十八歲，只可惜早年隨父征戰沙場，為國捐軀。這位大嫂孀居已久，早就無欲無求，只求安心過日子，為人甚是寬厚。她見安清悠站得規規矩矩，便也過來一起等著。

不多時，烏氏也是來了，這位四嫂本是個沒什麼學問的，見兩人都恭謹肅立，雖是有些茫然，但見禮過後，還是按順序跟著站好。

最後到來的是三嫂秦氏，她的心眼活泛，平日裡頗好算計。只是，此刻幾人都規矩地規矩，她也不想當什麼出頭鳥，隨著照做。結果四個人就這麼一字排開，站在門外候著。

「這倒有趣兒了，跟我唱的是哪齣戲啊？」蕭老夫人透過窗縫向外瞧著，搖了搖頭自言自語道：「看著有點兒意思，得，我就在這等著。吩咐下去，閒雜人等沒事別來打擾，沒有什麼重要的事，誰都不許進我這院子，再晚半個時辰開門。」

一通令下，廚房更是將原本已經準備好的早飯退了重做，保證老夫人開門之時，吃上的飯食都是剛出鍋的。

城門失火，殃及池魚。

蕭老夫人想要試探安清悠不假，其他幾位兒媳婦可就跟著倒楣了。

那幾位不比安清悠這剛嫁過門來的新婦，昨日老夫人給下馬威的事都看在眼裡，此刻瞅著老夫人房門緊閉，心裡都有數，十有八九是針對新來的五媳婦。

眼瞅著天色從泛白變成了濛濛亮，又從濛濛亮變成了日上三竿，婆媳兩個拉鋸著，那剩下的幾位奶奶們卻是越發難熬。

林氏身體本來就不是那麼強健，這等站立的功夫比不得年紀小的弟妹們，苦苦挨了一個多時辰，身子忽然一晃，竟有些站立不穩。

旁邊有人及時相扶，轉頭看去，卻是剛嫁進來的五弟妹安清悠。

「多謝五弟妹！」林氏低聲道謝，安清悠友善地還以一笑。

烏氏沒什麼城府，只覺得自己是因為安清悠才受了連累，當下忍不住出聲道：「五弟妹倒是好眼力，既知道幫襯著大嫂，怎不想想老夫人今兒閉門是為了什麼？我等站在這裡等候，又是受了誰的波及？」

「人家是宮裡選過秀的，極重視規矩，哪裡會在乎旁人是不是難受？」秦氏亦是等得煩躁，故意煽風點火，挑唆道：「咱們可都是苦命的，平白無故被連累也就罷了，眼瞅著日頭已高，人家卻連個叩門都不做，那是鐵了心要和老夫人別苗頭了，對咱們這幾個，又怎麼會放在心上？」

安清悠眉頭微皺，倒是林氏厚道，出來圓場道：「弟妹們也別太著急，這五弟妹剛嫁過來，也是不容易……」

可惜林氏死了男人，在蕭家一直以來就不是太有地位，又是不善言辭，這不勸還好，一勸不僅沒勸到點子上，更是讓秦氏抓住了話柄，皮笑肉不笑地打斷她的話道：「大嫂這話可讓人聽不明白了，既是嫁了過來，就是蕭家的人，還要分個誰比誰不容易？要說不容易，我們幾個的男人都被牽連著發去了北疆，人家可是小倆口舒舒服服地過日子，進門就擺譜兒，連老夫人都敢較勁，這倒是誰不容易了？」

這話可是陰損得很了，烏氏本就脾氣暴躁，禁不起挑撥，一想到被調去軍前效力的丈夫，登時柳眉倒豎，指著安清悠便道：「妳這連累人的……」

「三嫂既是覺得今日老夫人是因為清悠才不開門，清悠這便叩門也就是了！」安清悠來到門前，伸手作勢要敲門，那邊烏氏卻是閉了嘴，原本的怒氣直接憋在了肚子裡，便是借她十個膽子，她也不敢在老夫人面前撒潑。

就在安清悠的手指似要敲到那房門之時，門卻吱呀一聲從裡面開了。一個在蕭老夫人身邊的伺候的婆子站在門口，面無表情地說道：「給幾位奶奶請安，老夫人已經起了，奶奶們這便到屋子裡伺候吧。」

蕭老夫人這裡開了門，幾個兒媳婦瞬間安靜下來，按著長幼次序，魚貫而入。只是到了蕭老夫人房裡，老夫人卻是先掃了一眼幾個兒媳婦，這才哼了一聲，「小家子氣，沒什麼大出息！」

這話也不知是在說誰。

安清悠仍然紋絲不動，秦氏臉色上卻明顯一變，心想，難道老夫人是嫌自己對安清悠擠兌得太急，不夠大氣？這也不對啊，昨兒的下馬威、今兒的閉門羹，分明就是衝著安清悠來的。

「一家子過日子，總是要和和睦睦的才好。就像咱們家男人們出去打仗，若是將士不一條心，彼此爭來鬥去的，那甭等對方攻過來，自己的戰力先減了一大半。又好比咱們大梁國，若沒有這些整天算計著自己人的那堆文官，北胡又怎麼能蹦躂個上百年？」蕭老夫人盯著安清悠又道：「回過頭來說咱們蕭家，雖說不像那些文人家裡有一堆規矩，可也講究個長幼有序。既是嫁了過來，眼睛裡可不能只盯著自家男人，只盯著我這個做婆婆的，兄長的嫂子該敬著也得敬著，就算是要使心眼兒，那也得抱成團對外人去。五媳婦，妳說是不是這個道理啊？」

這話一說，林氏似乎是想說點什麼，但終究沒有開口。

倒是秦氏和烏氏放下心來，知道老夫人對那些文官世家出來的女子，心結可不是一時半會兒就能放下的。

安清悠面色不變，低著頭輕聲道：「老夫人教訓的是，兒媳謹記在心。」

蕭老夫人有些詫異，這兩日連出了幾招，這新過門的五媳婦卻是從來沒接招過，翻來覆去就是那幾句低眉順眼的媳婦謹遵教誨云云。

蕭老夫人餘光又掃了安清悠一眼，只覺得這五媳婦怎麼有些看不透呢？

她若不是真的如那些文官世家的女子一般，被三從四德教成了死腦筋，那便是城府深沉，善於隱忍算計。五郎娶了這樣一個媳婦進門，究竟是個賢內助，還是個大麻煩？

便在此時，早飯已經擺了上來。蕭老夫人一如既往，在幾個兒媳婦的伺候下獨自一人先用了飯，這才輪到小輩們上桌。

「五媳婦，剛剛說了長幼有序，妳今兒先站到一邊候著，等妳幾個嫂子們用完飯再上桌。」

蕭老夫人這話一出，便是旁邊伺候的下人們也是一怔。

媳婦先請婆婆上桌自是應當應分，可哪裡有弟妹先等在一邊待嫂子用完飯的道理？

蕭老夫人也知道自己這做法有點兒過了，卻沒有什麼要收手的意思，一雙眼睛似開似閉地瞇著，卻只盯著安清悠。

「那便請幾位嫂子先用。」安清悠絲毫沒有遲疑，逕自向後退去，靜靜地站在一旁，彷彿眼前的一切和自己沒有半點干係。

蕭老夫人盯了她半天，卻是半點端倪也沒看出來，居然這樣還不接招？她越來越看不明白了。

「那個……老夫人，兒媳已經用畢，在這裡坐著也是無事，不如給您捏捏後背，鬆鬆肩膀？」林氏小心翼翼地找了個藉口。

林氏寬厚，只想著早些吃完，好讓五弟妹落座，倒是那秦氏和烏氏頗為幸災樂禍。秦氏吃得慢斯條理，只想著讓安清悠在一邊站得越久越好，烏氏則是埋頭猛吃，恨不得將桌上餐點一掃而空，不給安清悠留下什麼。

其實安清悠沒有蕭老夫人所想的那麼複雜，她只是覺得在飯桌上爭個三六九等很沒意思，也不屑於用那些撒潑或委屈抹淚的小把戲。

好不容易等到秦氏和烏氏吃完，蕭老夫人伸手一指，示意安清悠過來落座用飯。安清悠也不含糊，上前落座，從面前一碗已經涼了的湯中舀起了淺淺半勺輕輕一啜，便起身向蕭老夫人欠身道：「啟稟老夫人，兒媳已經用畢。」

蕭老夫人登時臉色一沉，冷冷地道：「只用這半勺都沒有的湯，便說自己吃好了，妳可是對我讓妳等嫂子們先行用飯心有不滿？有不高興就說，用不著這麼遮遮掩掩的！」

安清悠面色不變，慢慢地道：「回老夫人的話，您剛才也說了長幼有序。媳婦是新進門的，自當禮讓幾位嫂嫂才是，並無半點不滿。只是，老夫人您也知道，兒媳曾經入宮選秀，那秀女房中雞鳴即起，接著便是一大堆的禮儀練習，清晨常沒空閒用飯，兒媳當初便養成了個習慣，每日起身先吃些東西果腹，才有氣力做其他事，今日想著要來伺候老夫人，便多用了些，如今卻是……卻是有些吃不下了……」

我怎麼忘了五媳婦曾參加選秀這碴……昨兒說了今天開始立規矩，她當然早有準備，嘖，這文官家裡出來的女子果然滑頭，可是只靠這等小把戲，難道就想在我面前討了好去？

蕭老夫人心裡頭腹誹著，伸手在桌上輕輕彈了彈，這思考的習慣性動作，倒讓安清悠想起了自己的夫君蕭洛辰。

忽見蕭老夫人眼睛瞇了瞇，說道：「聽下人們說，五媳婦妳今兒一早就在門外等著了，站了這麼久，腹中縱是有些物事也難免不足……來啊，把這桌冷菜撤下去，給五奶奶換一份熱餐點來。」

這院子的下人手腳麻利，轉眼間便換了一桌更豐盛的餐點過來。

秦氏和烏氏差點笑出聲來，敢和老夫人抖機靈？餓不著妳，那就撐死妳！

「這……」安清悠面有難色，烏氏搶著道：「怎麼著，老夫人為了妳好，特地讓廚下弄了一份新的餐點上來，妳還敢擺架子推辭不成？」

「有什麼不敢？人家頭天進門就敢最後一個來請安……」秦氏見縫插針，故意諷刺道。

「我為誰好，我自己有數，什麼時候又輪到別人插話了？」蕭老夫人不領情，弄得兩位兒媳婦連忙閉嘴，老老實實站到一邊。

安清悠一臉無奈，只得向蕭老夫人行禮稱謝，坐下來開始吃東西。

說起來蕭家的廚子手藝還不錯，餐點做得鮮美可口，安清悠細嚼慢嚥，姿態優雅，極是享受。只是周圍眾人瞧著瞧著，忽然一個接一個地就覺出那麼一點不對來。

原本是一桌子人吃飯，晾了她在邊上候著，現在怎麼倒似是她一個人吃飯，一桌子人被晾在了一邊兒候著？

「哈哈哈，有趣有趣，太有趣了！」蕭洛辰聽著安清悠回來講述今兒一早發生的事，哈哈大笑道：「三嫂和四嫂，一個是刺頭，一個是陰損，平日讓人煩心得緊，這一次卻被妳反將一軍，真想看看她們看妳吃飯的樣子！」

「那是你不想和這些人計較，若非如此，就憑這兩塊料，又如何能夠讓京城裡的混世魔王如此煩惱？」安清悠很沒淑女形象地打了一個飽嗝，「你們家的早飯真好吃，廚子不錯！」

「為夫以前一個人野慣了，懶得理家裡的事，如今有娘子在，我倒是又能偷懶了。」蕭洛辰輕輕攬住了安清悠的腰肢，「不過，母親的成見有幾十年了，一時半會兒未必能轉得過彎來。既不想要母親不高興，又要把這家事處理好，這事兒咱們須有個度。還有，那兩個嫂子今兒吃了個軟釘子，可能會伺機報復，夫人可要當心了。」

蕭洛辰嘴裡提點著，雙手卻越發不安分。

安清悠臉上飛起兩朵紅雲，撥開了他的手，啐道：「家和萬事興，家衰吵不寧。家裡面過好了，對很多事情都是有幫助的。明天咱們就要回門，去拜一拜你的岳父大人，倒是有所緩衝……別鬧別鬧！你光想著偷懶，咱們這說正事呢……」

蕭洛辰卻是又貼了上來，「正事？有夫人坐鎮，這等小小局面也算是正事？閨房之樂有甚於畫眉者，這算不算是正事？」

兩夫妻嬉笑打鬧之間，蕭老夫人卻在自己房裡瞇起眼睛，抽上了煙桿。

「八十歲老娘倒蹦孩兒，一不留神，竟讓那小輩鑽了空子。我也是老了，腦子不如當年快了。那五媳婦早上定然是什麼都沒吃，卻到我房裡找補了一頓，還說什麼秀女房裡養成的習慣，她倒是會找理由……」蕭老夫人輕輕吐出一口煙，臉上居然帶著一絲苦笑，彷彿自嘲般自言自語著。

蕭達陪著說道：「老夫人一雙慧眼，五奶奶就算周旋得了一時，卻也周旋不了一世，早晚還不得被您調教得老老實實？要不……再想法子壓一壓，多看看她的反應？」

「不壓了，這五媳婦的性子倒有幾分他們安家的剛硬，今日看她越受擠兌反而越能行之淡然，難道還瞧不出來嗎？這種女子倔強在骨子裡，若總是這麼不接招，硬壓硬擠的反而沒用。我又不是要對付仇人，裡外總是五郎的媳婦兒，鬧得那麼生分做什麼？」

蕭老夫人搖了搖頭，今日雖然沒能如預料中那般將安清悠壓下來，卻同樣看出不少東西來。微一沉吟，蕭老夫人臉上倒是露出幾分玩味的笑意，「我說五郎怎麼偏偏喜歡一個文官家裡出來的女人，有腦子、有算計，遇事也冷靜，偏偏又生了這麼一副倔脾氣的硬骨頭，這般的女子怕是最對五郎的胃口。她若是一心一意對五郎好，將來未必不能成為賢內助，只是……」

蕭達之前與安清悠沒交集，談不上好惡，老夫人說要壓一壓這個新媳婦，他便盡心竭力去做，只是他沒想到，老夫人沒達到目的，反而對五奶奶評價頗高，一時間不知道如何接口，索性靜靜地站在一旁，只等老夫人發話。

蕭老夫人看他一眼，頗為遺憾地嘆道：「有點兒沒看明白是不是？像五媳婦這種女子，若是連你都一兩件事便能瞧出她的底細，五郎也就決計看不上了。你啊，辦事從來都是極用心的，只可惜有些東西未必是你所長，若非如此，老爺早就把你調到軍中謀軍功了。」

蕭達頗有自知之明，知道自己心機、武技不足，能勝他人一籌者，唯逢事必盡心盡力而已。一主一僕隨口聊得幾句，蕭老夫人又道：「只是，這人心隔肚皮，現在也不能判斷這五媳婦到底人品如何，還要多觀察一陣才好。」

「老夫人的意思是……」

「明兒她就要回門，眼下先就這麼放一放，我若是逼得太緊，豈不是成了整天拿著身分找兒媳婦碴的惡婆婆？倒是老三、老四家那兩個好折騰的，怕是會藉機欺負五媳婦。咱們不插手，看看她是怎麼應對的。哼，這兩個也是不讓人省心的，讓她們和五媳婦碰一碰也好。事碰得多了，這好壞也就一點都露出來了。」

蕭老夫人性子雖辣，卻不是什麼心腸惡毒的人，蕭洛辰說到底還是她親生兒子，她不過是心有成見，又認定蕭洛辰被皇上逐出門牆是受了安清悠連累，擔心娶這麼個兒媳婦進門會鬧出什麼事來，這才會反覆考校。

另一個院子裡，安清悠像隻小貓蜷伏在蕭洛辰懷裡，一番雲雨初歇，兩人親密地說著床頭話，話題自然而然轉到了蕭老夫人身上。

「唉，我總覺得老夫人雖然故意擺出凶模樣，其實未必有什麼惡意，左右還是想看看我這做媳婦的到底是個什麼樣的人，到底會對你、對蕭家如何，只可惜這時代……只可惜那些大大小小的規矩讓人煩擾，若是咱們成婚之前能多和老夫人溝通，也就沒有那麼多麻煩了！」

「妳還想著沒過門，先和婆婆廝混一陣不成？哈哈，早知道妳骨子裡也是個離經叛道的，還真是敢想啊！」蕭洛辰嘿嘿笑個不停，只是再說起蕭老夫人時，也是輕輕一嘆，「母親年輕時頗多坎坷，對人總要考驗得多些才肯相信。只是人就是人，什麼地方都有好有壞，文官世家出來的女子不放心，難道那武官家的就都是好的？像我那幾個嫂嫂……算了，不提也罷！眼瞅著要回門了，咱們先商量這個事情怎麼個章程好了。」

安清悠笑道：「這事兒可輕忽不得，卻不知你這個做女婿的，準備了什麼回門禮啊？」

「這個嘛……自然是夫人做主，夫人說備什麼回門禮，咱就備什麼回門禮！」

「你這邊兒都有什麼好東西，不許藏家底，快快給本夫人一一道來！」

蕭洛辰卻撓了撓頭，很沒底氣地道：「這個……家底……」

「怎麼？交還是不交？」安清悠從膩人的小貓變成了柳眉倒豎的雌老虎。

蕭洛辰苦笑，「不是不交，之前一個人過的時候，還沒怎麼在意，夫人這麼一說，我也在想這家底……」

話說到一半，門外隨嫁過來的安花娘來報：「五爺、五奶奶，府外忽然來了許多客人，都是來求見五爺的。」

「都是什麼人？」蕭洛辰躺在床上懶洋洋地道。

「都是些京裡商號的老闆和掌櫃……」

客人的身分一報，蕭洛辰一骨碌爬了起來，高聲叫道：「不見不見，就說爺我不在家，去了什麼地方誰也不知道……」

蕭洛辰說得大聲，一轉頭卻見安清悠一雙眼睛直勾勾地盯著自己，登時尷尬地解釋道：「這些商人也就是點小事，回頭待夫君我隨手打發了就好，定不叫娘子操心……」

可是這話還沒說完，安花娘居然就在外面又來了幾句：「那些人好像早就知道五爺會『不在』，他們說，若是五爺不在，求見五奶奶也是可以的……」

「蕭洛辰，你給本夫人老實交代，外面那些到底是什麼人？來找你做什麼？」安清悠伸手便要在蕭洛辰身上用力地擰上一記，沒想到這傢伙身體上肌肉硬實，這一擰居然擰了個滑手。安清悠上下看看，轉而一把揪住了蕭洛辰的耳朵道：「不交代清楚，今晚就不許你上床！」

「唉唉唉……夫人慢點兒慢點兒，為夫這耳朵要掉了……」蕭洛辰空有一身本領武藝，面對媳婦兒卻是沒法用，只能拚命告饒道：「我說我說，不就是幾個……債主嗎？」

「債主？」安清悠的眼睛一下子瞪得溜圓。

……

正堂之中，蕭家的五爺坐在當中，安清悠規矩地站在一旁，只是蕭洛辰卻一副沒底氣的模樣，時不時偷偷瞟自家媳婦兒一眼。

「蕭爺成親大喜……」

一干商賈掌櫃們面上堆笑，拱手見禮，嘴上都是道喜的話。

不過，客套完了，正經事也就端出來了。

「滿倉堂」的王姓掌櫃瞧了瞧蕭洛辰的臉色，率先湊上前來道：「蕭爺，小的們也知道您剛辦完了喜事，就這麼冒昧上門來有點不好意思，可是最近正逢敝號大東家清帳，您老這幾年在敝號賒了不少帳，什麼糧食鹽巴，什麼器物布匹，這加起來足足超過了七萬多兩，小的只不過是個給人做事的掌櫃，實在是擔待不起。您看這帳單……哪怕是先結個兩成三成也行啊！」

「七萬多兩？」蕭洛辰自己也是一驚，沒想到林林總總竟賒了這麼多。只是他性子本傲，當著安清悠就更覺得有些下不了臺，面色尷尬，含含糊糊地道：「嗯……這個事情我自是知道的，你放心，蕭某既然來見大家，自然是不會推脫。不過，我說王掌櫃啊……那個……我買了這麼多東西，你們滿倉堂是不是該打個折？」

「已經給您打折得不能再打折了，蕭爺，您看，這一筆一筆記得清清楚楚，能打折的地方不僅是……」王掌櫃從懷裡掏出帳本，剛要揀著給蕭洛辰聽，旁邊另一名胖胖的老闆看著似乎討帳有戲，直接搶上前來，擠開王掌櫃陪笑道：「他們滿倉堂那是大生意，七萬多兩隨便周轉周轉也不難，倒是小店本小利微，蕭爺，您看，總共不過四千多兩，是不是先聽聽小店的？」

這胖子是小有名氣的肉鋪老闆，此刻又是打躬又是作揖，順帶拿出了一大把欠條。上面白紙黑字，都是蕭洛辰簽字過的。

這胖老闆記性好，不待蕭洛辰答話，早已劈里啪啦念出來了一長串的帳款。

只是有一就有二，沒等胖老闆說上幾句，早有一幫人圍了過來，七嘴八舌喊成了一鍋粥。

「蕭爺，您還是先聽聽敝號的吧！總共不過一千多兩銀子的事情，您蕭爺家大業大，自然不會當回事兒……」

「蕭爺，我們回光堂這兩萬兩的藥材，您就多多少少先結點唄？當初您說要賒藥材去救人，小號可是半點沒有含糊，這醫者父母心……」

「蕭爺，您就當可憐小的，我們百織軒如今有點麻煩，上上下下等著您這貨款救急啊……」

「都給我靜一靜！」蕭洛辰猛然喊了一聲，眾人立刻噤聲，蕭洛辰怒氣勃發地道：「鬧鬧鬧！鬧什麼鬧？我蕭洛辰堂堂大丈夫，又不會賴你們的帳，在這裡七嘴八舌的做什麼？這幾日不過是手頭有點緊，過幾日寬裕了，自然給你們把帳結清，再這麼鬧下去，惹怒了老子，一兩銀子都不給！」

眾人你看看我，我看看你，忽然齊刷刷跪倒在地，異口同聲道：「求蕭爺體恤！」說完，跪著不動，似是打定了主意，今天拿不出個章程來，大夥兒就賴在這裡不走了。

蕭洛辰訕然，臉色漲得微紅，這媳婦兒剛娶過門，債主便追到家裡，讓人情何以堪？

便在此時，安清悠輕聲道：「諸位也不用如此，我家夫君既是欠了諸位銀子，我們自然不會賴帳。有什麼事起來說，我在這裡說句話，今兒定會給大家一個交代，諸位說可好？」

聽到這話，當下便有那腦子快的高聲叫道：「求五奶奶體恤！」

「求五奶奶體恤！」有人開了頭，眾人都反應了過來，齊聲喊道。

有那家裡女眷本就與安清悠交好的，這時候不光率先站起了起來，更是上前想要套兩句話先拉拉關係，卻見安清悠擺手示意不急，掃了一眼眾人道：「我聽諸位說，我家夫君賒帳也不是一天兩天的事情，這帳若要討，顯然也不用等到今天。諸位沒在我們成親的時候來討帳，足見情義，本夫人先代我家夫君謝過大家了。」

眾人見著這位五奶奶和氣，連忙換上了和氣生財的笑臉，連稱不敢云云，倒是蕭洛辰嘟嘟囔囔，自言自語道：「這些傢伙不過就是找機會過來磨唧，成親的時候來鬧場子？他們也敢？老子見一個宰一個！」

不少人聽在耳中，臉色微變。

安清悠恍若未聞，對著眾人道：「欠債還錢，天經地義，只是若照各位的說法，這賒帳也不是一天兩天了，怎麼到今天才都找上了門來？想是看著你們這位蕭爺成了家，他整天不見人影無所謂，我卻得待在家中，對不對？我猜各位今天來，多半是來找我的吧？」

有些人臉上露出了些許羞愧之色，他們自己清楚得很，之前蕭洛辰有皇寵，他們不敢說半個不字。每次被賒帳，多半也是自己樂意的，說是拍馬屁也行。直到蕭洛辰被壽光帝逐出門牆，才敢上門要債。

只是蕭洛辰行蹤不定，蕭老夫人積威已久沒人敢惹，這才把心思動到這位五奶奶身上。

安清悠淡淡的笑臉下，說出來的話卻是極為耐人尋味：「諸位也不用擔心，我說話自然算數，不過，這麼你一句我一句的反倒亂了。芋草，把紙筆端上來，哪位老闆掌櫃有什麼債務帳目，盡數寫來。外面若還有是哪家哪戶要討債的，也勞煩各位傳個話，讓他們速速趕來。過了今日，莫說是我家相公說不定就不認這筆帳，便是我家相公認了，本夫人也未必肯讓帳房放這個款。」

「外面沒有了！五奶奶明鑒，蕭爺賒帳的商家都在這裡，並不曾少了任何……」有那性急嘴快的商人，下意識便脫口而出。

只是還沒說完，便有人重重咳了一聲，打斷了話，更衝他狠狠瞪了過來。那先前說話之人頓時醒悟，知道自己漏了口風，連忙閉上了嘴巴，可終究是露出了馬腳。

「有意思，我剛剛還在想，這外面的債主若要是來討債，可別交代了一批又來一批，還尋思著哪天把大家一起湊齊了。沒想到這天下的事情竟有如此巧法，不偏不倚諸位都到了。便說是大家早商量好了一起來，都不見得是能這麼一個不落，是不是哪路神仙出了手，逼著大家來也得來，不來也得來呢？」

安清悠語氣陡然一變，「夫君，倒數第三排，左手第四個！」

「夫人果然目光如炬，我看也是這廝！」蕭洛辰飛身而出，幾個閃身便來到了那又咳嗽又使眼色的中年人面前，笑嘻嘻地道：「我這人債主雖多，信譽倒是不錯。只是蕭某記性不壞，誰要想渾水摸魚打我的秋風，那也是難得很。這位兄臺是哪家商號的東家掌櫃？當真是面生，咱們私下好好嘮嗑？」

那人登時色變，面色蒼白，張口欲呼，卻被蕭洛辰一記手刀劈在了脖頸上，哼也不哼地便暈了過去。

「你看你看，都說了私下嘮嗑，你非得在大夥兒面前大呼小叫，這豈不是讓人為難嗎？」蕭洛辰一把提起那人，這才搖頭晃腦地嘆道：「可是，既是來了，我也不能讓你白跑一趟。諸位，我和這位仁兄有要事相商，恕不奉陪了。你們既是打著和蕭某的夫人好好談談的主意，錢財小事，便由我夫人做主便是。她的話便是我的話，沒有半分做不得數的。」

言畢，蕭洛辰也不停留，拖著那人進了後宅。

眾人面色各異，卻見安清悠微微一笑，「各位既然是來清帳的，我們便來清帳，哪一位有我家帳目欠款的，今兒這便盡數當面寫清楚。芋草，上書案筆墨。」

芋草帶人挪來書案，卻見鋪上去的並非紙張，而是一條長長的白布，倒有些類似用來懸掛的橫布條。眾人你瞧瞧我，我瞧瞧你，到底還是銀子重要。當下有人率先走了上去，在桌案上寫下自家的帳目。

其他人見狀，紛紛跟著上前，不多時，白布上已經寫滿了字。

安清悠看著這密密麻麻的帳目，不禁倒吸一口涼氣，暗自苦笑。只是苦笑歸苦笑，暫時只能不動聲色，待所有債主寫完，安清悠忽然叫道：「來人，把這白布掛起來！」

眾目睽睽之下，一條白布居然真的被掛在了五房正堂門口。

安清悠朗聲說道：「今日人多事雜，這些帳目不便一一查實，少頃自然有帳房到貴寶號查驗。只要真是我們的款項，斷少不了一分一毫。百日之內，必將清償所有債務，一日帳目未清，一日不落此布條，諸位以為如何？」

眾人面面相覷，眼瞅著人家連這頂門立帳的樣子都擺出來了，又立下了三月之期，這等做派無論如何都算是有個交代了。若真是到期不還，莫說是蕭洛辰，怕是整個蕭家都有名聲掃地之虞。

更何況，他們今日人能來得如此齊整並非無因，真是後面有人操縱。領隊之人已經被蕭洛辰拿下，誰也不願意就此往死裡得罪蕭家，當下紛紛點頭道：「五奶奶一看便是誠信之人，事情既是這麼辦，我們哪裡還有不肯的？」
「對對對，就這麼辦！」
「咱們都聽五奶奶的……」
在場的人，一個比一個精明，看著事情差不多了，便起身告辭。
安清悠也不多留，轉眼間，人走了個乾淨。她抬頭望了望那猶自隨風飛舞的布條，輕輕搖了搖頭。做姑娘的時候為了嫁人操心，如今做了媳婦兒，操心的事情不但不曾少，更是比之前多了許多。
安清悠輕輕一嘆，轉身便回了內宅。只是剛進自家房門，蕭洛辰已狗腿地捧著熱茶迎上來，「娘子辛苦了，為夫沏得清茶一杯，特為娘子解乏……」
「少來這套，一邊兒待著去！」安清悠沒好氣地翻了個白眼，剛嫁過來沒幾天，婆婆那邊還沒弄個清楚，劈頭就來了一堆債主，這都是怎麼回事？
她氣鼓鼓地往椅子上一坐，瞪著眼睛喝道：「蕭洛辰，少故弄玄虛，今天這事情到底是怎麼一個來由，你給我一五一十地詳細道來！」
蕭洛辰垂頭喪氣地蹲在牆角畫圈圈，憋了半天，卻是先憋出一句來：「娘子先別著急生氣，妳夫君沒什麼家底歸沒什麼家底，可是這事兒原本也沒多大……」
「少廢話，說重點！」安清悠的眼睛越瞪越圓。
「之前不是都跟妳說過了嗎？其實是我那位萬歲爺師父，有時候替他辦事，難免沒法弄得那麼清楚……」
「我要聽詳細的，原原本本、清清楚楚，從頭到尾的版本！」

又要說重點，又要說詳細，女人發起脾氣來真是沒道理……

蕭洛辰小聲念叨一句，偷瞄了一下安清悠的臉色，不由得耷拉著腦袋，娓娓道來。

當初蕭洛辰拜入壽光帝門下，開始介入四方樓這個皇家祕密機構。有些事情皇帝沒法子明面上做，便都交給了蕭洛辰這個得意門生。可這等密差少不了要背黑鍋不說，很多時候也是需要財力物力的。

皇帝上嘴皮碰下嘴皮，說徒兒放手以你的名義去做，回頭那些花銷朕自有主張。可是，這真等辦了完事的時候，到底怎麼個自有主張法，卻是未必那麼簡單。

去找四方樓，那位真正的主事人皇甫公公卻是兩手一攤，指著桌案上堆積如山的往年單據苦笑道，咱們這四方樓本身還有一堆虧空沒補上，這事兒還得求皇上做主。

這宮中用度自有定數，便是皇上的內庫都有內務府盯著，戶部的官員記著，許多拿不上檯面的花銷還真是個大窟窿。

蕭洛辰來回折騰，鬧不出個結果也是頭疼，皇上他老人家倒是硬氣，把眼一瞪道：「找他們賒，誰敢不賣你的面子，就是不賣朕的面子！朕隨便讓人私下找個岔子，就抄他們的家，滅他們的族！區區一些商賈……咳咳，什麼時候騰出手來，一口氣盡數替你還了他們便是。朕身為一國之君，難道還能幹那些賴帳的事情不成？」

士農工商，大梁國的商賈雖然有錢，社會地位卻是最低的，所以他們會去捐官求功名，拚命往官府身上靠。壽光帝也有著根深蒂固的觀念，看不起這些商人，嘴上雖然說著不會賴帳，可是心裡究竟是不是打著壓榨剝搶的主意，那就不得而知了。

蕭洛辰自己也沒想到的是，這些商賈十個有九個打的是藉機結交蕭家的主意，什麼提貨記帳，賒購借貸，都是自己上趕著提出來的比他開口的還多。他又不願藉故壓榨那些老實本分的商戶，索性是姜太公釣魚，願者上鉤。

前幾年蕭洛辰當紅之時橫行京城，自然有人趨之若鶩，可這帳目也就越積越多。如今要陪著壽光帝演戲，這事情便一下子爆發了出來。

「真的都是『老爺子』的帳？」安清悠聽完，心中疑惑，忍不住多問了一句。

「真是老爺子！當然，我偶爾順手一些小小花銷也是有的，老爺子說都入他的帳……」蕭洛辰越說聲音越小，到了最後像是想起什麼似的，猛地抬頭說道：「只有翠滴樓那邊的帳，這個可是太子偷偷微服出去喝花酒的虧空，好幾年前的事了，雖是簽著我的名字，跟我可沒關係！」

「真沒關係？」安清悠狠狠瞪了蕭洛辰一眼。

「真沒關係！我也就是每次帶著人在暗中護衛太子而已，其他若是和我有半點干係，讓我死於北胡人的刀劍之下！」

蕭洛辰賭咒發誓，安清悠懶得理會這些多少年前陳芝麻爛穀子的胡混事，狠狠教訓了蕭洛辰幾句這種差事以後一定要想法子推掉云云，心裡卻是對整件事情梳理了個大概出來：壽光帝的帳肯定是大頭，宮裡面肯定不光是太子，只怕皇后娘娘之類的皇親長輩找蕭洛辰辦私事也不少，四方樓有什麼事情捎帶著貼補只怕也是有的。

這傢伙浪蕩慣了，從來不把銀錢財物放在眼裡，大手大腳一通花銷……這浪子的名聲倒是傳滿京城，可一切風流瀟灑的勾當，若沒有萬惡的金錢支撐，那不也是白搭？

切！這都是一筆糊塗帳！只怕當事者加在一起，都沒人能理個清楚了！

「咱們要陪老爺子演戲，可是這債主又都追上門來了，你說咱們該怎麼辦？」

這次輪到安清悠想得頭疼，乾脆也就不想了，索性把事情又踢回給蕭洛辰。

「事情來得不簡單，剛才那個隱在債主中的傢伙我已經審過了。娘子，妳猜猜這次債主們一個不差地登門，是誰做的手腳？」

安清悠沒好氣地道：「不外乎是睿親王那一邊的人，十有八九是沈從元。只是我現在連這個都懶得擔心了，最讓人擔心的是老爺子！」

「老爺子？」蕭洛辰微微一怔。

「是啊，今兒算是拖過去了，可是往後呢？老爺子當然可以明搶暗奪，可是在這個當口，你猜他會不會把這些什麼債主們找由頭抄家滅族？哼哼！頭天來咱們府裡討債，回去一個個就大禍臨頭？滿京城的大小官員們又不是傻子，這麼明擺著維護你，豈不是把這局給漏了？」

「這……」蕭洛辰瞬間醒悟，苦笑著道：「既是不能賴帳，那就只能還銀子，但怕就怕……」

兩人對視一眼，異口同聲地道：「老爺子也沒錢？」

肆之章 夫妻耍賴籌款

「百日還帳？那小丫頭片子真的把帳目寫在布條上掛起來了？」

京城中的某間侍郎府裡，如今已經在睿親王黨中自成一系的禮部侍郎沈從元，猛然從炕上翻身坐起，一把拽下頭上敷著的毛巾，急吼吼地問道。

前幾天安清悠出嫁，沈從元興師動眾上門攪局，卻落了個眼睜睜看著對手風光大婚的下場。臨走前還被蕭洛辰率人擠兌，直氣了個舊疾復發，噴血暈倒，當真是偷雞不著蝕把米。

這幾日雖說是在養病，可心裡卻是死活不肯放手。安清悠猜的沒錯，那驅使商賈上門討債的，便是沈從元。

「小的問得真切，咱們派去的主事之人雖是被蕭家識破，可是那挑長幅言明百日還帳之事卻也不假。那蕭家的五奶奶……那蕭安氏還說了，一天不清帳，一天這條幅便掛在自家院子門口。」

沈從元越聽越來勁，到最後兩隻眼睛精光四射，笑出了聲：「好！好！個把的細作抓了便抓了，你蕭家便是知道是我沈某人下的手，又能奈我何？倒是這小丫頭片子狂得可以，百日清帳……本官倒要看看妳怎麼個百日清帳法！」

沈從元連下了幾道令：「傳話下去，知會京城裡各大錢莊商會，誰要是敢借錢給蕭家，就是和睿親王過不去……備車，我要去兵部夏尚書那裡，這幾日便開始查蕭家那些軍中的帳目，若是蕭家從兵事上剋扣錢糧，本官立時就參他個貪腐自瀆！不知道天高地厚的小丫頭……妳知道那是多少錢？便是皇上，要在百日之內拿出這麼多錢來都得撓頭！」

另一邊，蕭洛辰倒吸了一口涼氣。

「一百二十多萬兩？」

這幾年有公有私，連皇上帶宮裡再加上四方樓，那些黑不提白不提的稀泥事，居然林林總總積了這麼多的花帳。蕭洛辰盯著芋草抄回來的帳本看了半天，搖頭苦笑道：「這事兒可真是以前疏忽了，若老爺子真的沒錢，這筆糊塗帳十有八九就要砸在我這個倒楣鬼頭上了。一百二十多萬兩……我現在倒是真盼著和北胡趕緊打起來了，死活總得拚出來個潑天大功勞，好好弄個恩賞封邑的一方諸侯才能踏實……」

「得了吧，咱們大梁國異姓又不得封王，裂土封邑又如何？弄個萬金之賞，封個萬戶侯頂天了吧？我可是聽我家老太爺說過，就算是萬戶封邑，一年收上來的稅賦不過十幾二十萬兩，還得給國庫交過去一半，剩下來的有個十萬八萬兩銀子到頭了。指望這個，十幾二十年都還不清。」

安清悠老實不客氣地指出了殘酷的現實，邊打著算盤邊沒好氣地道：「所以啊，蕭大人，您就算是真成了萬戶侯，只怕還得想別的法子弄錢，只是不知您是要掘地三尺呢，還是要走私犯禁，抑或學那史書上一手遮天的惡吏，派人扮強盜直接搶劫過往客商？」

「我有那麼壞嗎……」蕭洛辰苦笑，正所謂一分錢難倒英雄漢，更何況一百二十多萬兩銀子？這次當真棘手了。

「老爺子現在一門心思要打北胡，讓他老人家拿出這麼多銀子來，根本不可能，便是能拿，他都未必肯拿……」安清悠盤算著，忽然道：「你說除了老爺子，咱們認識的人裡，有誰還能這麼有錢？」

蕭洛辰靈光一閃，大叫道：「在妳家的那位……」

「你才想起來啊！若不是有這位大掌櫃突然來到我們家裡，我又怎麼敢挑起那條寫滿了帳單的白布條？」安清悠撇了撇嘴，「我說蕭爺啊蕭爺，當初瞧著您精明無比的一個人，怎麼等到我嫁過來以後，您越來越笨了呢？什麼事都要我操心？還不趕快去安排，明兒陪著夫人我回門！」

「哦，是！夫人有命，為夫焉敢不從？」蕭洛辰從椅子上跳起來，一路小跑出去安排，只是走到了院子外面，又放慢了腳步，心中道：笨唄！當然要越來越笨！他日若去了北胡，那才當真是生死未卜！他若有個三長兩短，也得讓媳婦兒有份衣食無憂的家業才好！

娘子，就當我再自私一次……辛苦妳了！

「大小姐回門，姑爺拜岳家！」

隨著門房的高喊，一長溜的隊伍停在安家長房的大門口，吹鼓手奏起了鼓樂，該有的熱鬧倒是一樣不缺。

只是這車馬比迎親之時差了那麼一點，車廂簾子從上好的綢緞變成了棉布，拉車的馬匹也有些老邁粗喘，還有那回門的喜禮，東西不少，只是放眼望去，還真是沒什麼高檔貨色。

「這蕭家也忒是小氣，迎親時做得十足十，臨到回門了，卻是不肯弄出什麼好花樣來！」

劉忠全這幾日住在安家，此處被四方樓圍得潑水不進，沒有比之再合適的暫居之所了。他一邊指揮著手下辦自己的差事，一邊指點關門弟子安子良的本事。

他本是自來熟的性子，不過幾日，便和安德佑等人混得極熟。此刻陪著安德佑迎女回門，指著那門前的車隊，笑罵不已。

「那不過是些花頭，只要蕭家能對悠兒好，什麼車馬新舊禮物倒是無所謂了！」安德佑對那些形式之類的事情早已看開了許多，笑呵呵地負手站在門口，見蕭洛辰下馬，先去馬車處扶安清悠下來，這才攜了妻子過來向安德佑叩拜道：「小婿見過岳父大人，給岳父大人請安！」

「好好好，快起來！」安德佑拈鬚一笑，「你這孩子知道先去扶媳婦兒，再來拜見我這岳父大人，可見是個知道疼人的，不錯不錯！」

蕭洛辰和安清悠相視微笑，自又去與劉忠全等長輩見禮不提。

這一日，安家府裡好一通熱鬧，舉宴吃酒，後院還擺開了戲臺子。

這是如今在安家地位越來越重要的安子良一手安排的，他平日最好熱鬧，此刻卻是點了一出《長坂坡》，演的乃是前朝某位趙姓小將於亂軍中殺了個七進七出之事。

戲臺上一干武行舞刀弄棒，其間更有飾演兵丁的戲子們掄起花槍上演那對打的好戲。安子良看得連連呼喝，蕭洛辰卻是瞧準了轉場的空檔，嘆道：「可惜，這位趙將軍勇則勇矣，他所追隨的主公卻是勢單力薄。這一仗雖打得聞名天下，卻終究是一場撤退突圍之戰。若是雙方實力相當，以如此之強將揮軍破敵，那又該是怎樣一副場面？」

這話故意說得有些大聲，劉忠全眼中精光微微一閃，搖頭笑道：「蕭爺可是有感而發，想要為國效力坐不住了？兩國相爭，卻與這諸侯亂世大為不同，拚的不僅是武勇智謀，更是國力民力財力，有些事情自然是要安排得當才好做那雷霆一擊，實是急不得惱不得的。」

蕭洛辰目光炯炯，輕聲道：「想不到劉大掌櫃對國事兵事亦有研究，不知可是有以教我？」

「正要和蕭爺閒聊一二，不妨到靜室一敘？」

劉總督忽然來京，自然不會無因而起，與蕭洛辰有所交集是早晚之事。

蕭洛辰長身而起，卻是轉身又笑嘻嘻地道：「娘子、舅弟，走！這戲也看得差不多了，咱們一起和劉大掌櫃好好聊聊去！」

安清悠依言起身，劉忠全卻是微微一怔，安子良更是一臉不明所以，「怎麼還有我？」

「讓你去就去，哪兒那麼多廢話！」安清悠凶巴巴地瞪了過去，安子良打了一個激靈，連忙跟了上去。

劉忠全坐在後宅一處屋子裡，卻是有一種不對勁的感覺。

瞅瞅坐在面前的蕭洛辰、安清悠夫婦，怎麼看怎麼覺得這小倆口看自己的神色有古怪，說什麼也不像是談論軍國大事的模樣，那幽幽的眼光裡居然帶著幾分熱烈的盼望。

一股不祥的預感在劉忠全內心深處升起，他治理江南二十餘載，什麼場面沒見過？眼前這對夫妻的眼神卻讓他聯想起了一些很不好的東西，比如下鄉催稅的酷吏看見了糧倉，比如出門劫道的強盜碰見了肥羊。

可是進了屋子，這小倆口便惜字如金，寒暄了幾句廢言，然後就這麼直勾勾地盯著他。

劉忠全無奈，只得乾巴巴地開了口：「我這次奉東家之命祕密上京，當然是有重要的事情做，你們夫妻都是知情人，倒也不用有什麼隱瞞……」

「嗯嗯嗯……」蕭洛辰和安清悠兩口子一起點頭，模樣要多老實有多老實。

安子良的小眼睛一眨一眨的，自從婚禮上替皇上送嫁妝開始，他也早就不是局外人。只是這大姊和姊夫一副老實巴交的樣子，卻讓他有些寒毛倒豎，這是出什麼大事了啊……

「兵者，國之大事，死生之地，乃不可不查也！北胡為禍我大梁百年，皇上早已有將之除去之心，如今時機將至，國戰一起，必有一國傾覆……」劉忠全又乾巴巴地說了幾句，卻是越說越彆扭，這些廢話，在座幾人誰還不知道？

「嗯嗯嗯……」蕭洛辰和安清悠卻似聽得認真，又是一陣點頭，彷彿是第一次聽到這麼重大的事情一樣。

「可是這天下事，最費錢的就是打仗。我在江南替陛下籌劃二十餘載，為的便是眼下。此次上京便是為皇上操持這錢糧補給之事，正所謂兵馬未動，糧草先行。蕭爺在京中隨陛下良久，又是在四方樓裡辦久了差的，此事必可助我……」

劉忠全彆扭了半天，好不容易說到了正題，卻又聽見熟悉的話：「嗯嗯嗯……」

「別嗯嗯了！」劉忠全臉都綠了，瞧了瞧認真得不能再認真的夫婦倆，實在是有一種毛骨悚然的感覺，便瞅著這兩口子，把手一攤，無奈地笑道：「今兒你們回門，怕是早就有事情想要找我吧？有事你們先說還不行嗎？別這麼嗯嗯嗯的，嗯的我耳朵都快長繭了！」

小倆口對視一眼，目光中流露出了詭計得逞的狡黠之色。

蕭洛辰嘻嘻一笑，站起身來拱手道：「劉大人愛惜晚輩，提攜後進，在朝中是出了名的……」

「別別別，這高帽子少戴！你蕭洛辰是什麼個樣子，我可是清楚得很！這劉大人先別忙著叫，你還是叫我劉大掌櫃得了……」

蕭洛辰眨了眨眼，「您真讓我叫您大掌櫃？」

「那還有假的？」劉忠全一張胖臉上滿是戒備之色，堅定無比地道：「我就是個錢莊掌櫃，既不認識萬歲爺，也不認識什麼朝中大臣，更跟江南官場沒什麼關係。要求我什麼事，凡是和朝中宮裡有關係的一概免談，別的倒不妨說來聽聽……」

「劉大掌櫃——」話還沒說完，蕭洛辰早已衝著劉忠全撲了過去，抓住他的肥胳膊，乾嚎著道：「劉大掌櫃，晚輩可就全靠您了，這日子沒法過了，這日子沒法過了……」

劉忠全只覺得一身雞皮疙瘩都起來了，雖說自己新收的關門弟子安子良也是個不著調的傢伙，可比起這蕭洛辰來，還是遜了一籌，什麼撒潑打滾、起鬨架秧子的手段，滿京城裡挑不出第二個來，就是萬歲爺都頭疼得緊。

劉忠全嚇了一跳，伸手去推，可蕭洛辰的手勁哪是這位養尊處優幾十年的胖總督可比，用力推擋之下，居然是紋絲不動。

蕭洛辰揪著劉總督連喊帶嚎，卻是乾打雷不下雨，小胖子安子良見了這般情狀，偷偷把腳往門邊挪，可惜只蹭得兩步，便被人喝道：「站住！」

說話之人自然是安清悠。安子良立刻筆直地站定，毫不猶豫地先把自己的總督師父給賣了：「大姊，我不是要溜，我是怕我師父趁機逃走，想先把門給堵住。我師父要錢有錢，要人有人，手下眾多，神通廣大，和皇上的關係更是普天下挑不出第二個來。您和姊夫要想找我師父做些什麼事情儘管開口，剛才姊夫不是也說了嗎？我師父關愛晚輩是出了名的，又都是自己人，還能不答應不成？」

「到底是我弟弟，仗義！」安清悠挑了挑大拇指。

安子良登時如釋重負，長長地出了一口氣，劉忠全卻被蕭洛辰死死揪著，想站起來拍桌子喝罵卻不可得，只能沒好氣地衝這個很仗義的徒弟翻了個白眼。

不過，安清悠誇歸誇，倒沒有放過安子良的想法，笑盈盈地對著他道：「大姊記得出嫁之時曾經聽說過，你在城外的莊子混得風生水起，生意做得不小，如今大姊手頭緊，先找你借幾個銀子花？」

「借銀子？」安子良一聽要往外掏錢，立刻變成了苦瓜臉，試探地問道：「大姊要借多少？」

「你有多少？」

安子良的臉瞬間白了，大姊這是準備搜括不成？眼珠一轉，忽然拍著胸脯說道：「我當是什麼事情，原來是銀子！大姊既是手頭不便，做弟弟的自然要兩肋插刀，傾囊相助了。多了不敢說，回去砸鍋賣鐵，湊個兩三千兩還是拿得出來的！」

安子良說得豪邁，腳卻是一點一點向後退去，卻見安清悠四平八穩地坐在那裡，悠悠地道：「退也沒用，跑得了和尚跑不了廟，你姊夫追蹤找人的本事天下無雙，不知道弟弟你能跑到哪去？」

安子良如同洩了氣的皮球，耷拉著腦袋苦笑道：「大姊，您和姊夫這是回門的，還是來打劫的？我……我出五千兩銀子行不行？」

「弟弟真是出息了，如今隨口一句話，五千兩銀子便是輕鬆到來，也不枉你姊夫昨天回四方樓忙活了一宿……」安清悠微微一笑，從懷裡拿出一本薄薄的冊子來，隨手翻了兩頁，笑道：「京城東郊的頭號馬商、草料商，外帶良記車馬行的大東家，弟弟果然是天賦過人，短短幾個月竟闖出這麼多名堂來。大姊找你借個一萬兩千兩銀子，不算難為你吧？」

「一萬兩千兩？」安子良大叫一聲，向後倒去，咕咚一聲便栽在了地上，任憑人怎麼叫也不肯醒過來。蕭洛辰搖了搖頭，笑罵道：「我說舅子，區區一萬兩千兩這麼一點小數目，怎麼就讓你這位劉總督的高徒嚇成這般模樣？多大點事也至於裝昏作死？再不起來，當心你大姊拿水澆了。」

「……」安子良卻是充耳不聞，很有死豬不怕開水燙的架勢。雖然明知道在蕭洛辰面前裝死無異於班門弄斧，但是事關自己辛辛苦苦賺來的銀子，莫說是水澆，便是用火燒成了烤豬，也是堅決不吭聲。

「嘖，沒出息，這麼點小錢就弄成這樣！」劉忠全鄙夷地看了一眼倒在地上的關門弟子，終於找到了報復的機會，對著夫妻兩個撇了撇嘴道：「鬧了半天，你們小倆口兒是手頭短了花用。不就是錢嗎？我再加上三萬八千兩，一共五萬兩銀子夠不夠？那個……大侄女啊，我來教妳一個法子，妳弟弟量就讓他量，回頭妳去找妳家老太爺，讓蕭爺這個做孫女婿的把莊外的差事接了過來便是。妳男人三教九流混得熟，這事情硬是做得，而子良將來是要走仕途的，枉自擔個商賈名聲也不好，到時候他那些產業置辦，不是就歸你們小倆口……」

話還沒說完，安子良已經從地上蹦了起來，大叫道：「姊弟情深，弟弟我傾家蕩產在所不惜！大姊，打欠條！」

安清悠噗哧笑了出來，劉忠全沒好氣地說道：「跟為師比算計，你這小子差遠了，老老實實再多學個三年五載，頂多也就出個半師！這招叫做釜底抽薪，記住了？」

安子良紅著臉，撓了撓頭。

劉忠全又看了看安清悠和蕭洛辰這對小夫妻，忽然一本正經地道：「掙錢不易，撈錢更難，借錢是最大的學問。你們兩個都是精明人，自然知道這種撒潑打滾的事情不過是皮毛小技，借錢當然要有個借錢的樣子。既是要談銀子的事情，老夫就陪你們兩個小輩好好地談上那麼一談。說吧，要多少？」說罷，拿起一只茶碗，慢慢啜飲起來。

安清悠微微一怔。

說起來她今兒才是第一次和劉總督打交道，見他氣質陡然一變，不由得正視起來。

劉總督能夠統御江南二十餘載，絕非外界傳言的那般只靠著皇上的恩寵與拍馬屁。這樣的人若是認真起來，那才叫非同一般。心中把來時的策略反覆默念了幾遍，注意力已是前所未有的集中。

蕭洛辰眼中認真之色一閃而過，轉而又是那副吊兒郎當的笑容，「劉大人，您的理財之術天下無雙，富可敵國誰不知道？我們這小倆口苦哈哈的，這也是沒法子了才想起您老。您隨便拔根寒毛，就比我們的腰粗，至於跟晚輩這麼認真嗎？」

劉忠全連話都沒搭，盯著茶水半晌才慢慢地道：「先說錢數，再說理由。若是再這麼不著調下去，此事免談，咱們爺兒幾個還是好好聊聊怎麼給東家辦差才好！哼，如今的局面已是一日緊過一日，難道大家都很閒嗎？」

劉忠全說得嚴肅，蕭洛辰只當沒聽見，猶自笑嘻嘻地說道：「數目也不大，就那麼一點點。」

劉忠全端著茶杯的手微微一滯，「一點點？」

他一生中過手的銀錢糧秣無數，什麼大場面沒見過，自然不會在這兩個年輕人眼前露出什麼端倪來，兀自端著茶杯道：「一點點是多少？」

「就這麼一點點。」蕭洛辰笑嘻嘻地拿出小指頭一比劃。

「八萬兩以內，現在就過來拿銀票。八萬兩以上，那就連說都不用說了。」劉忠全微一沉吟，直接先定下了調子，竟是不再問具體數目了。

「想不到威名赫赫的天下第一總督，居然也這麼小家子氣，連這麼一個小小數目都不問，卻是先畫了條線下來，難道您劉總督三個字只值八萬兩？」安清悠忽然道。

劉忠全卻是老神在在地啜了一口茶，優哉游哉地笑道：「小姑娘，妳也不用使什麼激將法，你們小倆口沒一個省油的燈。我老人家年紀大了，比不得你們年輕人腦子快，若真是一個不留神被圈了進去，只怕是陰溝裡翻了船，又是何必呢？」

「既使如此，夫君，先過去拿八萬兩銀票唄！」安清悠笑了笑，蕭洛辰笑著把手一伸，兩口子配合得恰到好處。

劉忠全也不小氣，伸手便從袖口中摸出了一張八萬兩面額的銀票來。兩人先把這筆錢來了個落袋為安，卻又聽劉忠全苦笑道：「你們兩個小的都拿了八萬兩銀子了，在京郊上好的良田都夠買上它近千畝，真不知道做什麼用？我說小丫頭，妳出嫁時，皇上賜給妳的嫁妝難道還不夠？這就短了吃用？」

「嗯嗯嗯……」兩口子又很有默契地開始嗯嗯嗯。

劉忠全氣不打一處來，銀子已經拿了，卻又搞起這套，他忍不住把眼一瞪，「可別再和老夫搞這套嗯嗯嗯的了，八萬兩多一個子兒也沒有，你們磨唧也沒用。借錢的事情就這樣，眼下咱們來談點正經事。此次北胡大戰在即，花銷錢糧很是麻煩，老夫負責籌銀，如今尚有不少缺口，八萬兩銀子不能白借，蕭洛辰，這次你多少得幫著老夫出出主意，跑跑腿。」

「不幹！」蕭洛辰乾脆地搖頭，堅定地拒絕。

「這可是皇差，領兵上陣的可是你自己！」劉忠全的眼睛越瞪越圓。

「說不定我還不打了呢！」蕭洛辰也是瞪眼，「皇差又怎麼了，抗旨的事情我又不是沒做過。自古皇帝不差餓兵，日子都過不下去，誰還有心思上陣打仗？反正陛下要是問起來，我就說是劉大人見死不救，我這都要被人逼債逼死了，還上陣領兵？」

「嘖，不就是昨天那些人跑到你家去催債？我就不信，幾個商賈，能把你給逼死了？」

「你知道這事？」

「我有什麼不知道？」劉忠全撇了撇嘴，似他這等人物雖然隱藏身分住進了安家，但是耳目遍布，安清悠連帳單都掛起來的事，他怎麼可能不知道？

「劉大人，您先別著急，喝口茶壓壓火。您既是知道，這事情就好辦了，欠帳的事情也是為了給皇上辦差才落下來的不是？」安清悠適時出來打圓場，「這麼多銀兩，皇上只怕是一時半會兒也未必拿得出來。我們兩個合計著找您借些銀子，其實也是想做個小買賣，慢慢地把這些帳都還上而已。到時候皇上省了心，我家夫君為國出力也踏實不是？」

「做買賣？」劉忠全的眉頭微微一皺，他一生中理財無數，對於商賈之道並不陌生，「若是這樣也算說得，弄個十萬八萬兩銀子撐個買賣，以你們小倆口的本事，再加上子良這孩子相助，一年下來倒是能弄些銀子。那些債主所圖不過利耳，只需告訴他們分期還帳，分的期越多利息越高。幾年之內，不用別人插手，便能清了這筆糊塗帳，東家必也是高興的，所得的好處又豈是區區一點買賣可比？」

這幾句話看似隨意，卻方方面面都點到了，天下第一大掌櫃果然名不虛傳。

不過，安清悠卻是笑道：「劉大人果然是料事如神，只是若要花上幾年的時間，哪顯得出我夫婦的本領？晚輩既是說了要百日清帳，那便是百日清帳，只看大人您是不是肯幫這個忙了。」

劉忠全臉上的肌肉微微一動，一個買賣新立起來，開業籌畫、人員配備、進貨尋售，哪一樣不需要時間？百日之中便能賺得一百多萬兩銀子，這等事情便是他，亦覺得棘手。

他如今正為了大戰的軍資頭疼，雖然難以相信，但也知道這小倆口頗有手段，倒是起了聽一聽的心思，若是有些好點子能夠觸類旁通，帶給他些許靈感，那也是好的。

劉忠全沉吟了一會兒，問道：「百日清帳，憑什麼？」

砰的一聲，安清悠伸手把一疊紙拍在桌上，毫不猶豫地道：「就憑侄女這一百零八張香方！」

劉忠全瞅著那疊紙瞪了半天，到底還是苦笑著搖了搖頭，「我說，丫頭，年輕人敢想敢為是好事，我也知道妳的調香手藝在京城極有名氣，只是這般物件本是小道，妳要說那錢莊漕運、鹽鐵茶利之類的大行當，沒準兒我還會心動，就這麼個香粉鋪子的買賣，百日之中便要做出百萬兩銀子來？嘿嘿……」

「我知道大掌櫃您定是不信！」安清悠淡笑道：「只是我若告訴大掌櫃，您借給我們夫婦的銀子，一文都不會投入這筆生意中，只放在我們府上暫存個把月撐撐場面，到時候怎麼拿來的怎麼給您送回去，半點風險也沒有，不知您老人家意下如何？」

「還有這般用法？」劉忠全越聽越奇，聽安清悠這意思，顯然要找自己借的是一筆大錢。百日清帳已經讓他很覺得不靠譜，如今這丫頭居然又是自己減了一大半的時間去，如今的年輕人真是膽大，一個女子都有這麼狂的口氣……

「不借我就什麼都不幹了！」蕭洛辰聽得劉總督語氣有些鬆動，立刻添了一把火上去。

「打住打住！再要二百五我可真不借了啊？」劉忠全一個白眼翻了過去，心下卻是有些意動。如果只是送銀子去撐個場面，確是沒什麼妨礙，便對著安清悠問道：「要多少？」

「小數目！」安清悠伸出了兩根手指，輕聲道：「二百萬兩！」

劉忠全拿著茶杯的手微微一晃，愕然道：「你們小倆口就算是攤上皇上，還有四方樓那一堆糊塗帳，總共也就欠了一百多萬兩，怎麼這借錢倒要二百萬兩？這……妳這錢準備做什麼用，當真是要開香粉鋪子？」

「調香雖是小道，卻未必只是做個香粉鋪子，香物這東西，可是多了去了……」

安清悠微微一笑，這等買賣放在劉總督眼裡自然是瞧不上的，可是那也僅限於這個時代人們對其只有香粉鋪子的認識，又怎麼知道在未來的某個時空裡，有那些琳瑯滿目的各類物事？

安清悠又從懷裡掏出一疊紙來，「這裡是我們夫妻琢磨出來要怎麼用這筆借款的方式，請大人給晚輩指點指點，看看其中可是有什麼行不通的地方？」

「還挺鄭重其事的。」劉忠全半是無所謂半是無奈地接過了那疊紙，抬眼看了第一行，卻是一個連他也從未見過的新鮮詞彙：商業計畫書。

◉ ◉ ◉

「一分利！」

「只是擺一個月，風險都沒有，還要一分利？大人，您這也太狠了吧？」

「你們用不用是一回事，這二百萬兩銀子放在我手裡，一個月妳猜能不能滾出一分利來？以老夫的手段……我說，丫頭啊，這還是看在妳男人的分上，給妳的人情價呢！」

「這麼高的利息，我家夫君肯定也不會答應，您說這事咱們再折騰有意思嗎？要晚輩說，您要利息也不是不行，一厘怎麼樣？」

「一厘？丫頭，妳開玩笑的吧？一厘和不要有什麼分別？最少九厘！」

「難怪您是錢莊大掌櫃了，九厘的利？便是到錢莊去借，一個月也用不了九厘，要不，晚輩我再給您加一點，二厘？」

「八厘！妳當老夫是什麼了？」

「三厘，我們兩口子也不富裕……」

「七厘半！」

「三厘半……」

「五厘半！我可以再多加三十萬兩銀子借給妳擺排場，不然就不談了，讓妳男人找我東家想法子去！」

「五厘半就五厘半，多加五十萬兩銀子！」

「成交！」

安清悠和劉總督爭得面紅耳赤，蕭洛辰在旁邊看得目瞪口呆，沒想到自家娘子如此強悍。

眼看著兩人終於談妥，蕭洛辰擊掌讚嘆道：「不愧是我的媳婦兒，果然了得！」

爭執完了，安清悠瞬間又恢復大家閨秀的端方，笑著對劉總督道：「此事到時候還得多多仰仗您老大力相助，像那些熟手夥計、貨物進料，尤其是那開賣時的種種布置，沒了您老幫忙，還真不行，看在您與老太爺是故交，又收了我弟弟當徒弟的分上，您可得提攜提攜我們這些晚輩啊！」

「妳這丫頭鬼靈精一個，怕是比妳男人還難對付！這次來找我，借錢只是一小部分，重頭戲是看上了老夫手裡的人手和貨料管道，沒錯吧？」劉忠全一眼就看清了安清悠的意圖，卻不以為忤，反倒是很有長者風範地道：「放心，老夫既肯借銀子助妳，便是責無旁貸。區區一點小事，又有何難？」

「如此便多謝大掌櫃了！」安清悠笑盈盈地起身行禮，姿態極是優雅，絲毫不見方才討價還價的商賈之氣。

打鐵趁熱，安清悠又和劉總督商量了一陣諸事細節，最後施施然帶著二百五十萬兩的銀票，和蕭洛辰逕自往內院陪父親去了。

「有一個混世魔王已經夠人受得，如今居然又加上了一個半點兒虧都不吃的鐵扇公主，這哪裡像是安家出來的女人？投錯了胎吧？東家怎麼把這麼個兩個配到了一塊兒去了，這不是要人命嗎？」

劉忠全嘴上說著要命，臉上卻是始終帶著笑意。

「師父啊，我倒是覺得，我大姊和姊夫挺合適的，您看京城裡夫妻這麼多，哪裡找這麼相配的一對？」安子良陪笑著道。

劉忠全瞪著這寶貝徒弟半天，忽然嘿嘿一笑，「絕配，果然是絕配！這一配就配走了我上百萬兩銀子，誰他媽的敢說這不是絕配？」

「師父，您就不怕我大姊和姊夫口中說著銀子不動，到頭來卻如戲文上演的一樣，來個劉先主借荊州，一借便不還了？」

「不就二百五十萬兩銀子嗎？到時候我就把你這個二百五賣了抵帳！」劉忠全沒好氣地把眼一瞪，只是這瞪完了，又嘆了口氣道：「說笑歸說笑，我倒真希望他們能夠闖出一條路來，說不定反倒是解了東家的一時之急了！」

便在劉忠全若有所思的時候，蕭家的主事者蕭老夫人正抽著旱煙，良久才放下煙桿，對著蕭大管家說道：「這個五媳婦，瞅著和那些文官家的大小姐不太一樣啊！」

蕭達點了點頭，亦是有同感地道：「老夫人這麼一說，老奴也是這麼覺得，而且據下人回報，那些人來要帳的時候，五奶奶行止不亂，遇事不驚。只是這帳畢竟是五爺落下來的，百日之中要還上一百多萬兩銀子談何容易？這倒是有點玄了，若真是到頭來翻了船⋯⋯」

「若真是到頭來翻了船，就把事情全推到五媳婦身上。她和那些商賈定了百日還款之期，五郎可沒說什麼吧？那就對了！這叫做媳婦的越俎代庖，信口開河，咱們蕭家可沒有定這個約，直接把她休回母家了事！那不過是些商人罷了，我就不信誰還能真把咱們蕭家怎麼樣？」

「那咱們現在……」蕭達試探地問道。

「咱們現在什麼也不做，聽其言，觀其行，看看他們怎麼解這個局！我那五郎雖然有些浪蕩，但若論精明能幹，大梁國裡也找不出幾個，反過來說，若是他也由著他媳婦兒這般鬧法，說不定還真有好戲看了！」一提起兒子，蕭老夫人露出了驕傲自信的神色。

兩手準備都做了，她此刻反倒不著急，瞅著手中那紅亮的煙絲微微出神，忽然道：「你說……若是那五媳婦真是個有手段的，真的能幫著五郎做成這事……她的人品自然不用再懷疑，咱們蕭家是不是很多麻煩也都可以迎刃而解了？」

蕭老夫人自有蕭老夫人的想法，只是連她都沒想到，此時此刻的安家內宅中，不是安清悠幫著蕭洛辰做事，倒似是蕭洛辰以自家媳婦兒為主了。

「各位，你們都知道，我夫君也是四方樓裡當差的，你們有些人還做過我夫君的下屬。當初上頭把你們派來做我的奴才，我卻從來沒把你們真當成什麼奴才看過。眼下我既是嫁了過門，少不得要還些娘家人帶過去，當作我的陪房。」

按照大梁風俗，嫁女回門，這還娘家下人是最重要的一件事。此時院子裡黑壓壓的，站的都是第一批前來安家之人，也是安清悠從桃花谷出來之時從皇甫公公手邊救下的那一批。

按照四方樓的規矩，任務失敗者不死也會被除名，這些人被安清悠的一句話救了下來，如今的身分尷尬得很。

大小姐已經出嫁，他們這當差的不算當差，做死契下人的又沒了主子，還真是有些進退兩難，雖說安家沒往外攆他們，可這些人可不單單想吃白飯，那對他們來說，才是最大的羞辱。

蕭洛辰很明白這批人的價值，安清悠同樣也懂，隨手一拍，便把一疊文契放在了眾人面前。

「今兒我最後一次在這裡掌家做主，我把死契都還給你們，願意繼續留在安家的，以後便是安家的一份子。你們想回四方樓的，自有我夫君幫你們說項。此後既不存在什麼皇差上司，該有的薪俸銀子，我夫婦如數奉上，我只要自己願意跟我走的。」

「大木跟著阿安走！」

沒想到第一個蹦出來的是從桃花谷出來的郝大木。

他雖然名義上是安清悠的隨身護衛，可是出嫁那日事情繁雜，還真是不好帶這麼個不通世事的憨漢子同行，這幾天見不到阿蕭和阿安，可真是把他急壞了。

安清悠微微一笑，無論是衝著他那天生神力，還是一腔忠誠，郝大木自然都是她頭一個要帶去的人。至於四方樓裡出來的人，個個有本事，真要想另尋出處，一張小小的死契斷然攔不住他們。

不過，安清悠沒想到的是，古人把忠義看得極重，四方樓選人之時，品行堅定更是第一要求。如今這些人既不容於四方樓，便失去了效忠的對象，安清悠此刻招攬，反而是為他們打開了另一扇門。

「大小姐肯帶我們走，就是瞧得起我們。更何況當初若不是大小姐，我們這群人早已被按照四方樓的家法處置了。既是欠了大小姐一條命，如今這命自然應該放到大小姐手裡。」

第一個跳出來的是做門房的阿四，他臉上那門房常見的市儈之色越發濃厚，一伸手間，飛快地從桌案上挑出了自己那張死契，伸手推回給了安清悠。

「當初從四方樓來這裡時，小的奉大小姐之命把名字從黃阿四改成了安阿四，如今隨著大小姐去了那邊，是不是又該改名叫蕭阿四了？」門房阿四笑嘻嘻地湊趣道。

話音未落，卻見那做廚子的安拾波、安拾酒這對孿生兩兄弟走了過來，彼此對望了一眼，齊聲道：「大小姐嫁了出門，沒個可靠的人伺候飲食可不行，我們哥倆也改了名字吧？」

於是，又是兩張死契遞了過來。

接下來的場面更是熱鬧。

「我跟著大小姐走，以後大小姐身邊的的車馬料理就歸我了！」

「我也改了名字吧！」

「我也……」

轉瞬之間，所有的死契文書又都回到了安清悠手中。

安清悠看著那張空空蕩蕩的桌子，忽然有點鼻酸。

「好！來，都來！我們夫婦一個不落地全收了！只是這名姓倒是不用再改了，都還跟著你們大小姐姓安便是！」蕭洛辰哈哈大笑，忽然轉頭慎重其事地道：「他們信妳，我也信妳！」

◉　◉　◉

這一趟回門，安清悠和蕭洛辰可算是辦成了幾件重要的事，第二天再回蕭府時，跟在兩人後面的隊伍長了不少。

「此等法子當真是前無古人……沒想到這生意還能這麼做，妙哉，妙哉！」蕭洛辰騎在馬背上，該準備的已經有了譜，心裡兀自琢磨了一遍那個所謂的「商業計畫書」。

他性好行險，這等百日里弄出百萬兩銀子的事情卻是對了他那做事要夠刺激的胃，越想越覺得有趣，忍不住對著旁邊馬車裡的妻子嘿嘿笑了起來。

「你可別誇了，再誇我都找不著北了。以夫君的聰明才智，便是我不出這個主意，只怕是亦有應對之法。其實，你這個人就是太傲了，瞧不起那些行商之人，對不對？其實要我說，世人本無高低貴賤之分，只不過做的事情不一樣罷了。」安清悠對著蕭洛辰，說話越來越沒有忌諱。

蕭洛辰哈哈一笑，卻是正色道：「話不是這麼說，為夫所長者，一為武藝，二為打仗，三為權謀。此次雖未必沒有對策，卻難像娘子這般既有技藝又有手段。今日才知，這世間百業各有各的樂處，承蒙娘子賜教了。」

話說到此處，一行人已經回到了蕭家門口。

蕭洛辰下馬把安清悠扶出來，兩人一路說笑著進了府門，待行到自家院子處時，忽然遠遠地聽到了一陣吵鬧聲。

青兒正雙手插腰，和一個管事婆子爭論不休：「妳這人好生無禮，我家小姐進了蕭家的門，便是給其他院子送些什麼也是我家小姐有情分，哪有自己上門來討的道理？還要我家小姐親自如何如何的，這話也是妳說得的？如今小姐回門，妳還敢堵在這裡不走了！」

那管事婆子卻是頗為不屑，冷笑道：「還一口一個我家小姐？既進了蕭家的門，也該改口叫五奶奶才對！一個丫鬟也敢如此跋扈，難怪老夫人要給她閉門羹……」

「妳……」

「青兒，莫在說了！」

安清悠慢慢走了過來，打量了幾眼那跑上門來的管事婆子，這才淡淡地道：「這位嬤嬤，我便是五房新進門的奶奶，卻不知這位嬤嬤是哪一房的，找我又有何事？」

「喲，您便是五奶奶啊！小的姓蔡，是四奶奶……也就是您四嫂院子裡的管事，旁人都叫我蔡大娘……」

蕭老夫人按兵不動，別人未必也這麼想。這四房來的管事婆子兀自嚷嚷，卻聽得安清悠打斷了她的話：「既然知道我是五奶奶，在我面前，妳也敢自稱什麼大娘？」

蔡嬤嬤愕然，發現五奶奶臉上竟似罩了一層寒霜，就這麼冷冷地看著她，一字一句地道：「妳這婆子不過是四房的一個下人，卻到我這裡趾高氣揚地呼喝。見了主子不知行禮請安，也不知道用敬語，難道四房的人都是這般？趕明兒我倒要問問四嫂，這可是四嫂有意要為難我這個新過門的弟媳婦，還是妳這蔡嬤嬤打著四房的旗號來挑事兒？」

蔡嬤嬤聽自家主子說這五奶奶頭兩日在眾人面前步步忍讓，老夫人也不喜歡她，想來是個好對付的，可是見了面才知道不是那回事，一時間腦子有些轉不過彎來，就這麼直愣愣地瞧著安清悠。

安清悠回門歸來，尚有許多大事要做，卻有不識眼色的人上門找碴，忍不住斥道：「問話不回，也好，我索性連四嫂也不找了，直接去老夫人那裡問個明白！」

蔡嬤嬤一聽到老夫人的名頭，臉色大變，連忙又是陪笑又是行禮，連連討饒。

安清悠懶得與這等小人一般見識，逕自進了自家院子。一回頭，見這蔡嬤嬤軟了下來，也不讓她進門，就這麼揚著頭道：「說吧，這是做什麼來了？」

「那個……那個……」蔡嬤嬤銳氣已餒，支支吾吾了半天，這才囁嚅著道：「我們四奶奶說是來問一句，五奶奶進門好幾天了，招呼都沒有和大夥兒打……幾位嫂嫂的門也沒登過，還有那進門禮……不知道五奶奶是不是忘了……」

「進門禮？」安清悠眉頭微微一皺，青兒氣鼓鼓地插嘴道：「五奶奶，您聽聽，這蕭家人好生過分，別家新媳婦進門，兄長嫂子都是要給見面禮的，他們這裡倒好，什麼表示都沒有，還要咱們送這勞什子的進門禮？嘖，真是不知道是哪裡的規矩？這是嫁人，還是去衙門拜官老爺，難道還要有進門的紅包不成？」

「這……這是老夫人當年定下的規矩，我們四奶奶和二奶奶、三奶奶當年進門的時候，也都是送了的……」蔡嬤嬤見安清悠臉色越來越難看，這分辯的話語聲也是越來越小，臨到最後，都快成了蚊子叫，偏在這時，又有個男子的聲音冷冷地道：「什麼狗屁進門禮？我娘子便是不送又能怎地？我還沒領著媳婦兒去要見面禮，她們倒是急了？大嫂那邊沒發話，四房還真有臉來要！」

蕭洛辰不知道在後面聽了多久，卻是掃都沒掃那蔡嬤嬤一眼，「四嫂就沒告訴妳，妳五爺最痛恨的就是規矩嗎？」

那蔡嬤嬤見自己居然惹出了這位爺來，臉上的惶恐之色又多了幾分，心中早就苦水氾濫。剛剛臨出來前，無論是自家主子還是做客敘話的三奶奶都說得極為肯定，言道五爺必是懶得和她一個管事婆子一般見識……

怎麼事到臨頭，不光是這五奶奶不好惹，五爺還破天荒的摻和上了家事？

「老五那人性子最傲，平時這些家事他能管都不屑管！人家啊，清高得很，不屑與我們這些女流之輩一般見識呢！如今打發了一個婆子去，倒是合適得緊！」

蕭家的另一處院子裡，兩個婦人湊在了一起。

秦氏優哉游哉地嗑著瓜子笑道：「這進門禮的規矩是老夫人多少年前便定下來的，五弟妹剛進門，在老夫人面前不討喜，還怕她不規規矩矩送上一份厚禮來？」

「哼！老五不就仗著是老夫人親生的，瞧他整天那副跩樣兒。若不是他，咱們幾家的男人又怎麼會被發到北疆那等苦地去？趁早把五弟妹拾掇一番，以後讓她見了咱們就怕！」

烏氏大字不識幾個，脾氣倒是一等一的急躁，此刻背地裡罵了蕭洛辰和安清悠幾句，又急急地道：「聽說五弟妹出閣時，陪嫁的東西不少，光莊子田地就一大堆。前日有人上門尋老五的債，她倒是把人家的討債條子掛起來了。這次多虧著三嫂提醒，這進門禮要是不討，過幾天弄不好想討都沒得討了！」

「唉，都是一家人，咱們姊妹有事互相提個醒，還不是應該的？」

秦氏嘴上說得好聽，心裡卻是另有一番算計。

她明白蕭洛辰雖然浪蕩驕狂，本事卻是一等一的，既然敢把帳單如此高調地掛出來，說不準是另有對策。這當兒不過是攛掇著烏氏這個愛貪小便宜的傢伙去探探情形，若是連這般沒心眼兒的都得了份厚禮，自己還怕不能把老五家的好好榨出些油來？

「不過，昨兒老夫人房裡立規矩時，五弟妹倒是晾了咱們一把，三嫂，妳說她會不會這次就是硬頂著，這進門禮還真就不送了？」烏氏又有點患得患失。

「她敢？老夫人那邊一不留神讓她鑽了空子，又正趕上她回門，估計也就沒搭理她，至於咱們倆……」秦氏冷冷一笑，面色陰沉地道：「四弟妹可是忘了秀才遇到兵，有理說不清？隨便派幾個老兵痞子出身的下人過去天天耍混子，老五又是個傲得沒邊不屑與下人一般見識的，我就不信她一個文官世家的大小姐受得了！」

將門出來的女子，行事往往直接。

只是，秦氏和烏氏光盯著蕭洛辰，顯然是小瞧了那位剛剛嫁進來的新媳婦。

「四奶奶！三奶奶！」外面烏氏的丫頭忽然進來稟報：「蔡大娘回來了，還有五奶奶派來送進門禮的人也來了！」

「怎麼樣？我說五弟妹到底還是得老老實實給咱們送禮來不是？」秦氏自得地笑了笑，心裡已經在琢磨怎麼樣向安清悠使勁榨油了。

「瞧瞧去！」烏氏心急，率先走出房門，倒是讓在一邊煽風點火的秦氏大為鄙夷。五弟妹不過是派了個人過來，妳個做奶奶的倒是著急出去看進門禮？讓來人進來請安稟告才是擺譜的正理，就妳這樣的，也就是給人當槍使的命！

鄙夷歸鄙夷，主人都出了房，她這個來做客的也不好再在屋裡坐著。撇了撇嘴，跟著烏氏出去了，只是一出門，便被眼前的情景驚呆了。

蔡嬤嬤身邊，一個比房門還高的壯漢就這麼杵在眼前，木然的表情配合那身行頭，倒是很有肅殺的感覺。此刻雖然開了春，京城的天氣仍是寒冷，這人卻是只穿了一件單衣，渾似不覺得冷一般。一身硬邦邦的肌肉隔著衣服繃起，幾欲破衣而出。

安清悠派來送東西的人居然是郝大木！

「四奶奶，五奶奶已經派人送了東西來……」

蔡嬤嬤正要稟報，那邊郝大木卻是個不懂人情世故的，一看那蔡嬤嬤畢恭畢敬地對烏氏說話，卻是老實不客氣吼了一嗓子：「妳就是阿安的男人的哥哥的女人？阿安讓我帶東西給妳！」

郝大木這一嗓子吼出，如同半空打了個悶雷，烏氏全無防備，被震得耳朵嗡嗚作響，費了好大的勁才聽懂對方所說的「阿安的男人的哥哥的女人」是自己。

真是差勁！先出門已經是失了氣勢，不過是個下人就讓妳愣在那了？枉費妳還自稱什麼將門虎女，就是個棒槌！問話啊？

秦氏出門晚了一步，距離郝大木比較遠，又是個比烏氏更有心思的。此刻雖然見這壯漢模樣誇張，倒也沒亂了方寸，走過去下巴一揚，用眼皮子夾著瞅了郝大木一眼，這才做出一副高傲的樣子道：「你就是五弟妹派來送進門禮的下人？連個請安行禮都不會嗎？主子還沒問你，你就搶話，五弟妹就是這麼教下人規矩的？」

秦氏刻意把「下人」二字咬得極重，哪知郝大木本來就有些憨，哪裡有什麼主子下人的概念？至於請安什麼的規矩，更是完全不在他的思想範疇之內。

郝大木瞪著眼睛想了半天，這話頂多也就明白了三成，倒是知道在問自己是誰，於是調轉過頭來，對著秦氏又是一嗓子：「我是大木，妳是誰？」

這一吼可比剛才那一下又重了三分，秦氏捂著耳朵往後退了一步，待緩過神來，便大聲叫道：「反了反了！五房的一個下人，也敢對主子這樣大叫大嚷的？來人啊，給我打！」

這時候，烏氏也反應過來了，連聲道：「對對對！不過是一個下人，也敢跑到老娘院子裡抖威風！給我按住了打，打他個半死，抬回老五家的院子去！」

烏氏這麼一喊，外面登時衝進來三四個男僕，不由分說揮拳就打。

噗的一聲悶響，重重一拳準確無比地打在了郝大木的胸口，若是一般人挨上了這一記，只怕便要閉過氣去，但郝大木不是一般人。

郝大木天生神力，在桃花谷裡經常與棕頭角力作樂，這等硬碰硬的打法下，熊掌之力尚且當作嬉戲，何況幾個從軍中退了役惡奴？

挨了一拳，郝大木連晃也沒晃，倒是那惡奴打完了人，一抬頭，臉色大變。

「你打我……」郝大木居高臨下地瞪著那人道。

話沒說完，其他幾人紛紛撲上。一名惡奴一肘擊在郝大木的後背，另一人呈躍起之勢，自上而下地攻向了郝大木的頭頂。還有一人極為陰毒，走的是下三路的腿功，一腳撩向了郝大木的下陰。

「啊！」郝大木嘶吼一聲，對於身後、頭頂兩路的攻勢不避不閃，砰砰兩聲硬頂了回去，又伸手一撈，把那使撩陰腿的男子腳踝抓在手中，順手一提，竟把那人倒提了起來。

那男子被倒提起來，渾身懸空，嘴上哇哇大叫。

郝大木臉上明顯浮起了一層怒氣，「你、你、你……還有你！你們衝過來打大木，大阿爺讓大木聽阿安的話，阿安不讓大木打架，可是……可是……可是大木真的很生氣！」

老實人發脾氣，那才叫嚇人，以郝大木的脾氣，能破例說出這麼多話來，顯然已經動了肝火。那幾個奉命過來毆打郝大木的惡奴，眼見著自己幾人合力依舊不是對手，反被這蠻漢一招之間便擒了一人去，不由得人人變色。

不過，也虧得他們都是曾在軍中歷練過的人，幾人立刻聚到了一起，結成一個小小陣勢，絲毫不退。

說起來這幾個惡奴也算命大，安清悠派郝大木來送東西的時候，特地多交代了一句：「別的無所謂，就是不許動手打人傷人！」若沒有這句話在，這幾人遇上郝大木這種凶獸級的慓悍實力派，只怕不死也重傷倒地了。

「大木生氣！不打架……大木真的很生氣！」

郝大木怒吼了幾句，忽然把手中倒提之人往天上一拋，那男子只覺得一陣天旋地轉。

說時遲，那時快，郝大木一把拋起了那使撩陰腿的倒楣蛋，卻是吼了一聲向前衝出，伸手又抓了一人向天上扔去。連抓連扔，四個惡奴竟是一個接一個的被拋起。

最先被上拋的男子剛落地，郝大木卻是看也不看，直接一把抓住又往天上扔去。四名惡奴此起彼落地嚎叫，這等「拋野豬」的遊戲，卻是郝大木在桃花村裡經常玩的，耍得極是熟練。

秦氏和烏氏已經看傻了，猛漢不是沒有聽過見過，可事情輪到自己身上，完全是另一回事，更何況這人在她們眼中不過是五房的一個下人。

郝大木將那幾個惡奴拋來拋去，不一會兒，這幾名男子已是連叫的聲音都沒有了，一個個頭昏眼花地口吐白沫。郝大木呸了一聲，左看看右看看，長臂一伸，隨手拎起一人，奔著院子裡一處粗壯的大棗樹而去。接著猶如一隻巨猿般手攀腳蹬，幾下便攀到了那樹梢上，隨手把人往樹枝上一掛，登時像是在懸掛示眾一般。

一院子驚愕地向上看去，郝大木卻是絲毫不停，三兩下把那幾個意圖毆打自己的惡奴都掛在了樹上，隨即悶著頭直奔院外，伸手拎起了一只半人多高的巨大陶甕，又奔進來直接放在地下，這才怒氣沖沖地說道：「兩個女人很討厭，大木不喜歡，走了！」

秦氏和烏氏張大了嘴，對著面前的大甕發傻。好半天，烏氏先回過神來，抬手揭開蓋子，頓時香氣撲鼻。低頭看去，見裡面非油非脂，而是一甕的膏狀之物，呆呆地問道：「這是什麼？」

「五奶奶說這東西叫做……叫做什麼香膏！」

「香膏？」

這東西烏氏沒聽說過，看向秦氏，卻見她還望著樹上掛著的幾個惡奴發愣，連忙過去喊了一聲三嫂。秦氏驚了一下，緩了一陣才回過神來，口中喃喃地道：「那……那個五弟妹，真是文官家裡出來的？」

「老夫人，您可要為媳婦做主啊……」蕭老夫人房裡，烏氏正哭天喊地訴著委屈：「那五弟妹真是好沒道理，這進門禮的規矩本是您老人家定下的，她送來一甕不知所云的什麼香膏也就罷了，居然還縱容手下毆打我院子裡的下人！您說說，連她院子裡的下人都敢在我這裡撒野，這還有體統嗎？這還有王法嗎？剛進門幾天，就這麼不敬兄嫂，再過些日子，那不是連您都不放在眼裡了……」

烏氏去討進門禮反而吃了一頓癟，這個虧自然是不肯輕易嚥進肚子裡的。

便拉著秦氏來蕭老夫人房裡告狀，卻是故意扭曲事實，把安清悠說成囂張不敬、縱容手下的惡媳婦。而蕭老夫人正由大媳婦林氏捏著肩膀，閉著眼睛，看不出喜怒。

烏氏鬧了一陣，自己也有些氣短。這些說辭本來就是秦氏教的，該說的說了，一時不知道怎麼再往下說。直到這時，蕭老夫人才緩緩睜開了眼，淡淡地道：「說完了？這事情我知道了。」

烏氏愣住，知道了，然後呢？

林氏心善，打圓場道：「我看五弟妹也不像是個行事凶惡的，這事情是不是有什麼誤會？」

「誤會？」烏氏一蹦老高，忿忿地道：「誤會能動了我的人？大嫂，妳去看看，我院子裡那幾個下人現在還掛在……還躺著呢！」

林氏本就懦弱怕事，此刻見烏氏這樣，登時縮了回去不再多言，倒是秦氏見有人出頭，也出來幫腔道：「媳婦也覺得，那五弟妹的確是太過分了，哪有下人敢在主子面前如此放肆的，還打傷了人……」

「我知道了！」蕭老夫人又是慢慢地說了一句，只是卻加重了語氣。

秦氏心裡一驚，不敢再言。

烏氏卻是個眼力差的，看著老夫人遲遲不表態，越發著急，忍不住湊上前道：「老夫人，這五房的奴才敢到我院子裡毆打……」

「最早下令動手的是妳們這頭吧？打人不成反而出了醜，就跑到我這裡來鬧騰？」蕭老夫人不耐煩地打斷了烏氏的話，「老五那的人只怕也談不上毆打了誰吧？自家的奴才不爭氣，才會讓人家像耍了！哼，要我說，真要打，人家一拳一個，直接就可以要了妳那幾個下人的命！這時候倒知道來折騰了，上門去催人家進門禮的時候怎麼不想想？我這老婆子還沒急，妳大嫂也沒急，妳倒是先急上了？」

烏氏便是再沒腦子，這時候也知道老夫人絕對不會向著自己一方了，一張臉瞬間變得煞白。

蕭老夫人又瞥了一眼躲在後面的秦氏，「還有，老三媳婦，以後想鬧騰什麼自己上，老拿別人當槍使，真以為就能躲得穩當了？我可提醒妳一句，妳惦記的那位可是宮裡混出過名堂的，妳當她是像妳這個四弟妹一樣好糊弄？我猜那丫頭眼下不過是沒功夫搭理妳，若是她真想和妳玩這些陰人的小把戲，怕是能一個玩死妳一堆！他們小倆口最近有些事情事關咱們蕭家，妳就消停幾天吧！」

府裡發生的事情，怎麼可能瞞過蕭老夫人，她拿眼掃了一下有些發抖的二人，心中頗為鄙夷：就憑妳們這塊料，也想幫著老三、老四爭什麼爵位？我這老婆子就算是不幫著自己的兒子，我那五郎也不是妳們能比的！

不過，這兒子和媳婦到底還是兩碼事，她雖然敲打了兩個兒媳婦，卻不表示她對安清悠有多大的維護之意，她到底還是想看看這小倆口怎麼對付那筆關係著一堆人的糊塗帳。

「老夫人若真像夫君說的那樣，這當兒只怕是會穩住了不動，等著看咱們兩個怎麼收拾這個爛攤子呢！」安清悠抬頭望了望那迎風飛舞的白布條，微微一笑道：「這次若真是搞砸了，你猜老夫人會不會和我這個兒媳婦新帳舊帳一塊兒算？」

「搞砸了我就去找皇上鬧，算什麼算？就算母親那頭有什麼，也有我擋著不是？」蕭洛辰滿不在乎地搖了搖頭，「若是連自己生命裡最重要的女人都保護不了，男人還配娶媳婦兒嗎？」

婆婆也是夫君生命裡最重要的女人啊……

安清悠輕輕一嘆，怔怔地望著天上的白雲，不知道在想些什麼。

倒是旁邊的郝大木今天折騰了一通，一個人猶自在那裡生著悶氣：「大木很生氣，那兩個女人很討厭……那幾個打我的傢伙……」

「好啦好啦，大木不生氣，那幾個傢伙已經被你掛在樹上了，以後只怕是見到大木就害怕呢！」安清悠失神不過短短一瞬，見著郝大木這樣，便過來安慰了一番。話沒說兩句，從袖口裡掏出一個葫蘆，笑道：「來，今天辛苦大木了，這個算是給大木的犒勞！」

郝大木接過了葫蘆，拔開蓋子一聞，猛地大喊一聲：「桃花酒，和村裡的味道一樣！」

郝大木很單純，一點點安清悠仿著桃花村裡的酒做成的桃花酒，已經夠讓他雀躍不已。

蕭洛辰笑著搖了搖頭，「卻不知我那兩位嫂嫂，若是知道把她們折騰得焦頭爛額的大木，遇上一瓶桃花酒時就能高興成這個樣子，又會是怎樣的心情？」

「愛怎想怎麼想吧，我現在的心思啊，只是怎麼把你那筆糊塗帳掰扯明白！」

「我的糊塗帳？明明是師父他老人家的……」

「好好好，是你和老爺子……還有一堆人加起來的糊塗帳！我說，夫君，您要是不在意，小女子可是要發號施令了！」

「元帥但請升帳，點兵啦！」蕭洛辰搖頭晃腦地學了一記戲文。

蕭老夫人有一件事情倒是料得極準，安清悠現在還真沒心思搭理那幾個嫂嫂的什麼破事。

「阿四，你挑上五個人即刻啟程，連夜前去我們安家在城東郊外的莊子。安家的二公子會在那裡等你。按照我那弟弟的本事，你明天趕到時，他應該是已經闢出一片合用的地方。你以莊子管事的名義，配合他盡快訓練一批護院來，那裡是咱們以後置料造香的所在，託付給你了，萬萬不可有失！」

「少奶奶放心，小的最擅長就是護家守院，如今從門房升成了莊子管事，這可是託大小姐的福，升官了！」安阿四笑了笑，很快點了幾個和他一樣是四方樓裡出來的人手，飛奔而去。

「安拾波！安拾酒！」安清悠繼續點人，「你二人明早出發，去西城後垂柳胡同找一家叫『豐和寶』的肉鋪。記住，那肉鋪雖然不大，卻有料。找他們買牛脂八千斤、羊油八千斤、豬油八千斤。他們若是說沒貨，你們便說是江南一位劉大掌櫃派你們來進貨的，要送到江南使用，問他們有沒有馬車。得了貨後立刻出城，送至阿四和安公子所在的那個莊子。記住，各色油脂最少八千斤，買的越多越好。不怕花錢，咱們搶的就是時間。」

安拾波拱手低聲道：「最少一萬斤，大小姐放心。」

「花娘，妳拿著這張單子去金街，那邊有一間名叫『香滿城』的香粉鋪子，亦是劉大掌櫃為咱們準備好的。到了以後，妳就是管事，分派夥計按單子上面的材料有多少買多少，能把金街上面賣材料的商家存貨買斷了才好……」

安清悠不停分派差遣，轉眼間，那些從四方樓裡跟過來的人手已是盡數被遣了出去，只剩蕭洛辰一個人站在她身邊。

看了看面前空蕩蕩的院子，蕭洛辰悠悠笑道：「我在想，妳若真是生在了將門，現在又該是個什麼樣子？」

「身世天定，走什麼樣的道路，腳在自己腿上。若是我生在將門，想來未必有什麼不同，也還是這麼個溫柔賢淑的弱女子。」

蕭洛辰瞪眼，「妳是溫柔賢淑的弱女子？」

安清悠的眼睛瞪得更大，「難道我不是嗎？」

距離安清悠掛出記滿帳目的布條已經十天了。

太陽又一次升起，京城裡最繁華的金街上，一個全新裝修好的商號正重新開業。

上下三層樓高的門面豪華氣派，外觀大面積使用了鎏金裝飾，太陽一照下來，隔著半條街都能看見反光。

牆壁窗垣上鑲嵌了大量的各色寶石，沒有大紅大綠的顏色，而是用黃脂玉拼成花圖，或用水晶石做點綴，便是最小的裝飾物都要求清雅細緻。

「豪華、大氣，更要有精美的工藝感，千萬不能弄成暴發戶的樣子！」

這是安清悠對這間商號在裝修方面提出的要求，商號的門頭上，則高懸著一塊大匾，上書：清洛香號。

安清悠本來想叫蕭記香號的，但是蕭洛辰堅決不同意。

「這間商號是娘子的心血，我不過是從旁幫襯，焉能貪功，便算作娘子的私房產業好了！」

蕭洛辰執意如此，安清悠只能作罷，最後從兩個人的名字裡各取一個字為名。蕭洛辰則是把安清悠的名字排在前面，自己卻做起了在外出頭的大掌櫃。

「陳員外，幾日不見，您精神健旺啊！今兒我這鋪子開張，以後有勞您老多多提攜！」

「孫掌櫃，這禮送得太重了，蕭某真是愧不敢當！」

「哎喲，李老闆，您怎麼也來了……」

蕭洛辰一身富貴袍金錢帽，笑臉迎人，平素桀驁的模樣不復見，倒真有幾分商賈習氣。只是來賀喜的賓客雖多，私底下說小話的也不是沒有。

「這門面看著倒是氣派，沒想到是個香粉鋪子！雖說蕭五奶奶善於調香，可是這做個香粉鋪子又能掙多少銀子？」

「唉，年輕人初涉商場，只知一味擺排場耍噱頭，一個香粉鋪子便是做得再好又如何？這裡外三層上下的店鋪門面，又是在金街這寸土寸金的地方，一個月下來光維持便要多少花費？」

「那咱們的銀子……」

與某些前來賀喜開業的商賈心中忐忑不同，另一些從清洛香號門前偶然經過的官員和文人們，卻是個個面露不屑之色。

「這蕭洛辰以前輕狂浪蕩也就罷了，沒想到被朝廷貶為白身，居然不思重整旗鼓，反而做起了行商之事？」

「自甘墮落啊！那蕭家雖然只是些粗鄙武夫，但終歸還是有身分的世家，如今怎麼出了這麼一個沒出息的兒子！」

「嘖！睿親王眼下眾望所歸，那蕭洛辰已被今上逐出門牆，還能做什麼？」

蕭洛辰站得穩穩地在店前微笑打招呼，任面前無數人等神色各異，依然面不改色。

「我本來就是個渾不吝，老子就是做生意了，怎麼著？」蕭洛辰偷閒小憩，坐下來喝茶潤喉，無所謂地呵呵一笑。

「夫君，辛苦你了！」安清悠站在內室隔窗望去，輕輕一嘆。

「得夫如此，小姐真是好福氣！」如今已是清洛香號二管事的安花娘一臉的豔羨。

當然，得了消息的人也有興高采烈的，比如沈從元，此刻就對著貼身師爺哈哈大笑。

「想要做生意還帳？到底還是嫩啊，而且嫩得厲害！便說那丫頭有兩分調香手藝，可是一個香粉鋪子就算是生意再好，能有多少進帳？」

沈從元放聲大笑，湯師爺緊著捧場，諂媚地笑道：「大人真是神機妙算，那蕭家也好，安家也罷，哪一個是大人的對手？這一招借刀殺人，看來定是讓那兩夫妻不得翻身了。」

「呸！區區一群商人，也配得上讓本官用『借刀』二字？本官讓他們去討債，那是給他們一個巴結本官的機會，給他們臉！」沈從元不屑地冷笑，忍不住又咳了兩聲。

從毒煙到被氣得吐血，幾次在安清悠和蕭洛辰手中吃了虧，身子雖然已經復元，卻還是落下了些許病根。不過，他此刻心情甚好，對於這些小事倒也不放在心上，忽然又想起什麼似的，問道：「不過，師爺你這句不得翻身用得倒是恰當，開業大吉？本官讓他們開業先鬧個窩火！那些前去觀禮的債主們，事先可都敲打過了？」

「回大人的話，該敲打的都敲打了！等回頭人到齊時，定會有人跳出來要帳，新商號開張第一天就有人登門討債，看看誰還願意和他們做生意！」湯師爺連忙回答，只是又加上那麼幾句：「只是，有件事情卻讓學生覺得甚是蹊蹺。這對夫妻也是大膽，新商號開業，居然把那些債主一個不落請去觀禮，難道他們就不怕有人會鬧起來，壞了新店的名聲嗎？」

「全部？」沈從元臉上的肌肉微微一跳，皺眉道：「你是說……一個不落？」

「一個不落！」

清洛香號之中，該來的人都來得差不多了，已經有人心裡開始盤算一會兒該怎麼說這討債之事。這香粉鋪子裝修甚是豪華，有錢開買賣，沒錢還帳？這個開場白不錯！

「乾姊姊、乾姊夫，開張大吉，妹妹來給你們賀喜啦！」

一個豪邁的女子聲音傳來，有那識得之人抬頭望去，卻是安清悠的乾妹妹，金龍鏢局的大小姐岳勝男來了。

「這個女人……很好看！很壯，很高大……」守在門口的郝大木忽然蹦出一句話來。

岳勝男從沒被人誇過「很好看」，若有人這般誇她，十有八九是反話。只是岳勝男看了一眼郝大木，那張憨厚的臉上全無反諷之意，竟似誠心誠意的讚美，黝黑的面孔不由得一紅。

不過，這時候不是花前月下的時候，岳勝男本就不拘小節，臉熱一下就罷了，又大方地走進鋪子裡笑道：「乾姊夫，當初你第一次找我借刀，是向我乾姊姊求親時對付那些虛情假意之徒。今日是新鋪子開張的喜慶日子，怎麼又是借刀？生意人都講究和氣生財，要打打殺殺的做什麼？」

好奇歸好奇，岳勝男還是把那柄金龍鏢局著名的九環大金刀遞了過來，卻是讓下面坐著的某些人心裡一顫。

借刀？

「刀不一定用來打打殺殺，也可以用來……」蕭洛辰口中雖說是不一定，目光卻往那些債主那裡一掃，更是把那打殺二字說得極重。而且話音未落，便提起刀來用力挽了個刀花，揮舞兩下，空氣中隱隱有刷刷聲。

「今日蕭某夫婦新店開張，諸位賞光前來賀喜，實在是給在下面子。不過，我還記得上次與在場某些人見面時，裡面混進了一些挑撥之人。有第一次就難免有第二次，某些和蕭某有私怨之人恐還是不肯放過諸位，今日便跟大家求個情分，無論如何，今日開張，還請諸位賣小店幾分薄面，莫要生事了！」

蕭洛辰把話挑明後，在門口尋了張椅子坐下，還隨手舞著那把四十多斤重的九環大金刀。

他越是這般做派，那些債主心裡越是沒底。有些人本來就是被沈從元脅迫來的，此時更是不願意開口。至於那些一心想抱「沈系」大腿的，這當兒已經開始心驚膽戰，打起了不當出頭鳥的主意，左瞧瞧右望望，只盼著別人先挑事，自己在後面跟上別掉隊就好。

只是這等事情越是沒人當出頭鳥，就越沒人敢跳出來。

蕭洛辰見此情狀，笑道：「當然，各位若是想和我們清洛香號做生意，蕭某也是歡迎之至。只可惜在下雖然忝為掌櫃，這做生意的水準卻是一般得很，各位若是有意，不如和我們東家聊聊？」

東家？

敢情這蕭洛辰還真拿自己當掌櫃了？眾人中有那心思轉得快的，瞬間想起「香號」二字，既是開了香粉鋪子，那東家難道是……

「夫君愛開玩笑，若是冒犯了各位，還請別往心裡去。」

安清悠微笑著從後堂走了出來，打扮依舊貴氣，只是少了幾分官味。

伍之章 香鋪熱鬧開張

「果然是蕭家五奶奶！」

安清悠的調香手藝早已經名動京城，在場的許多人更是早有耳聞。

清洛香號的東家是她，沒有太多人覺得怪異。

商場不像朝堂女人不得為官，手段厲害的老闆娘、女掌櫃所在多有。

安清悠早在未出閣前便與許多商賈女眷交好，此刻倒是有不少人起身回禮。

「蕭五奶奶客氣了！」

「呵呵，早聽賤內說過您調香手藝妙絕京城，這清洛香號既是蕭五奶奶做東家，那生意哪裡還能有不好的？將來一定是財源滾滾，賺個盆滿缽滿了！」

「就是就是，我家那婆娘如今還在念叨著蕭五奶奶的手藝，老尋思著什麼時候找您再弄幾個好物件呢！」

與剛才蕭洛辰的持刀威嚇不同，安清悠的笑容倒是宛如春風拂面，頗有些和氣生財之感。

不過，手藝好未必能把生意玩轉得開，不知道這位東家做生意的本領如何？更有人看安清悠不過是個女子，又是新入行的，說不定是個好機會，能把討債之事混在生意中說出來。

安清悠的做法卻出乎了所有人的預料。

「諸位都是我們清洛香號請來的客人，請來的生意夥伴，可是有一件事情若不說在前頭，只怕大家心裡有疙瘩，這生意談起來也不舒服。」

一干商賈們有點摸不著頭緒，剛才蕭洛辰橫刀於門前，顯然是威脅眾人不要在新商號開張時搞出些討債鬧事之舉，怎麼那做掌櫃的耍了半天狠，做東家的反而說出這等話來，難道是自己倒要提起那欠債之事不成？

安清悠微微一笑，逕自吩咐在旁邊侍立著的夥計道：「來人，把咱們今天開業最重要的東西掛起來！」

下人應聲而去，不多時一個長長的布條已經高掛在清洛香號大門前，正是當初記錄各路債主欠款帳目的白布條，這讓那些原本想要藉故提起還帳之事的人有些迷糊了。

只見過商號開業的時候求仙拜佛請財神的，沒見過開業的時候自己上趕著掛欠條的。

「做人做事，無不以誠信為先，今日我們清洛香號自己先把這帳目掛出來，就是要告訴所有人，這帳我們認！一天沒把銀子還清，這帳目就掛著不取下來！」

安清悠一揮手，又有不少人端上了一堆大大小小的瓷瓶甕罐。

「這便是我們清洛香號第一批推出的產品，諸位請看！」

安清悠隨手拿過一個漂亮的琉璃瓶，金黃色液體在其中清晰可見，只是瓶身上有一個大寫的「伍」字，眾人不解其意，安清悠微笑著道：「這種香露乃是按照西域傳來的著名香方製成的，主要原料包括佛手柑、長枝茉莉、金線玫瑰、依蘭、岩蘭草、雪松等諸般物事，副料更是高達一百三十種香物之多，製作考究，深受婦人所喜。若論資歷之深厚，名氣之廣泛，在西域別無二家，名喚『香奈兒』便是。想要體驗西域風情，此物當為首選。」

「香奈兒？」眾人覺得名字有些怪異，只是西域名字本就與中土不同，香奈兒就香奈兒也沒什麼。某個見多識廣老年掌櫃叫來夥計呈上些樣品一聞，當下豎起大拇指道：「好香！西域名方，果然是另有所長，當真是名不虛傳！」

有人問起了價格，夥計報出來的價格也是不客氣，小小半兩一瓶的香露，提貨價便要一百五十兩銀子。

在座的人債主歸債主，更是經商老手。貨好不怕價高，這道理自是人人懂得，尤其自北胡諸部崛起之後，大梁和西域之間的聯繫幾近斷絕。這香方既是從西域傳來，又是得安清悠這等名家調製，自是別具一格。

下一件拿出來的東西，卻是簡單得多。一個扁平的白色瓶子，用瓷選料也頗見一般，不少人都皺起了眉頭，卻聽安清悠笑道：「這瓶子雖然普通，裡面卻是裝了些大梁市面上從未出現之物，我為它取名為香膏。諸位平日東奔西走，風吹日曬自不用提，特別是現在初春天干物燥之際，可有過手臉皮膚乾燥難受的時候？此物不僅女人能用，男人亦可。香味怡人，更有保養之效，諸位不妨參考看看。」

男人用香物？

乍聽之下，有些古怪，不過，確實有不少人有皮膚乾燥的困擾。

再一細想，民間本就有以蛤油牛脂塗抹皮膚的做法，只是那類物事觸感太膩，氣味難聞，用起來不舒服。若是有種既好聞又有保養功效的物事，倒還真是不錯。

一時間，腦子動得快的率先反應過來，高聲叫道：「此物可是走那物美價廉的路子？若是男女皆可使用，日日用以塗手塗面，那用貨量可是不小啊！」

安清悠點了點頭，商人果然都不能小覷，當下笑道：「這位先生所言極是，此物比不得『香奈兒』名貴，但勝在人人皆可用。一瓶只賣二兩銀子，敝號給它取了個最好記的名字，喚作『大寶』，諸位若有興趣，不如進些貨去兜售？」

說罷，又拿起了第三樣物事。這東西更怪，連瓶子之類的包裝也沒了，只用一層油紙裹著。

安清悠道：「若說那『大寶』香膏是給小康之家用的，這物件可就是人人都需要了。如今百姓沐浴之法，不外乎有錢的用些皂角豬苓，無錢的用胰子粗鹽，若要想把身上的汗味去除，十有八九還要在浴湯中加些許香料，麻煩得緊。此物名為『香皂』，每塊只售三錢。它不僅能將身上的污垢去除乾淨，香味更是種類繁多，有茉莉香、薄荷香、竹葉香……針對不同習慣之人精心製作。今日小號開張，各位賓朋均免費奉送一塊試用，諸位可按照自己喜歡的上前挑揀。」

話音剛落，很多人便圍了過來。

就因為商人精明，所以越發能看出這小小香皂中所蘊含的巨大商機。

若真像安清悠所言，不僅去汗方便，還能把去味入香併成一用，必定會引發搶購風潮。

當下便已經有人向安清悠問起了進貨事宜，安清悠道：「各位不用急，清洛香號剛開張，諸位又都是我家夫君的老熟人，咱們自然是要好好打個交道！」

這老熟人三個字一說，不少身為債主的商賈臉上微微一紅。

正有些尷尬，安清悠指著門口掛著的布條道：「敝號既是推出新品，少不得是要給諸位多些優惠，請各位查查自己的帳目，我家欠了諸位多少銀子，其錢款的一成便由這貨物抵消。各位若是願意，今天便領了貨回去，反正是來回沖帳，倒是一分也不用付，不知各位意下如何？」

這話一說，原本喧鬧的場面登時安靜了下來。

眾人雖說都覺得安清悠推薦的物品有商機，但這種新物件沒賣過之前，誰也不知道到底銷路如何。以貨抵帳，抵的可都是自己應該收回來的真金白銀，更有那被欠款數額較大的商家，便只一成也是不少的銀子。

大家你看看我，我看看你，到底還是有人開了腔：「蕭五奶奶，這個事情……只怕是有些不妥吧！」

這開口之人正是當初最早到蕭家討帳的滿倉堂王掌櫃。

滿倉堂所售之物甚為龐雜，蕭洛辰落下的虧空帳目也是最多，足有七萬兩之巨。

這王掌櫃瞅著安清悠好說話，心中打著如意算盤。

該談生意咱們談了，該討欠款咱們也開口了，到時候就算那位曾經派人來敲打的沈大人問起事來，多少也有說辭。偷眼瞧了一下正玩著九環大金刀的蕭洛辰，王掌櫃心裡又加了一句：「討歸討，討得到討不到……再說！」

這王掌櫃在京城行商數十載，為人八面玲瓏，此時故作愁眉苦臉地湊上前來說道：「好教五奶奶得知，小號那帳可是七萬多兩銀子，一成便是七千多兩，這香物更非小號主營的物件。更何況，新品上市，誰也沒有賣過，若是賣砸了，對貴寶號的名聲也不好……當然當然，五奶奶說以貨抵債也不是不行，只是這數額能不能先少一點，比如先來個千百兩銀子什麼，至於這帳目……」

「至於這帳目是不是也能用現銀還上一部分是吧？」王掌櫃的話沒說完，早被旁邊一個冷冷的聲音打斷，只見蕭洛辰頭也不抬地說道：「王掌櫃，您這算盤打得還真響啊！今兒是定要從蕭某這個鐵公雞頭上拔下兩根毛來對不對？正好，若不殺隻雞，又哪裡能給猴看？」

蕭洛辰自稱鐵公雞，神色陡然變得狠厲，金刀虛劈一記，那王掌櫃嚇得臉都白了，安清悠趕緊出來打圓場，對著蕭洛辰啐道：「去去去，人家不願意就不願意，強做沒有好買賣，哪有你這樣跟人家談生意的？王掌櫃，您別怕，我夫君就是個渾人，平素裡舞刀弄槍慣了，脾氣不好！今兒有我在這兒，就算您不答應這以貨抵債的法子，也斷沒有人能動您一根寒毛！」

「五奶奶體恤！五奶奶體恤啊！」王掌櫃抱拳作揖，感激得都快哭了。

安清悠把手一揮，對著旁邊的安花娘道：「去！把我房裡的那樣東西拿來！」

安花娘進得內堂，不一會兒捧出了一件物事來。眾人拿眼看去，竟又是一件捲起的長布條。只是這布條與門口那寫滿了帳目的布條不同，安清悠命人拉開，只見上面露出了一角紙張來，鮮紅的花印旁邊，入眼赫然是幾個清清楚楚的字：五千兩承付即兌。

這物事對於這些商人來說，可以說是熟悉得不能再熟悉了。

這便是京城中最為有名的錢莊「四大恆聯號」所開出來的一張五千兩銀票。

布條再展，上面一張接一張，淨是用繡花針別好了的大額銀票。隨著布條慢慢展開，那銀票越露越多。安清悠微微一笑，對著身邊的夥計們高喊道：「這一條也給我掛起來！」

這清洛香號的夥計不是曾在四方樓裡當過差的好手，便是劉總督派過來的人，做事極是麻利，轉眼那布條便被掛在了商號的正廳之中。一進門來別的或許看不見，卻絕漏不了這一長串密密麻麻的銀票。

安清悠朗聲說道：「諸位都是做久了生意之人，還請大家幫忙掌掌眼，看看這布條上的銀票可是有假的？」

「假不了！假不了！這銀票加起來最少有一百……不，最少有二百萬兩！」

王掌櫃是第一個開口的，他們滿倉堂生意做得大，與大梁國中各大錢莊來往極為頻繁。以他的經驗，那銀票的真假自然是一看便知。在座不乏眼力老到者，人人心裡都轉過了這麼一個念頭：原來這清洛香號……竟是這般有錢！

「確切地說，這布條上面一共是二百五十萬兩銀子。早在當初與諸位立下百日為期之時，我不就說過了嗎？不差錢！」安清悠笑吟吟地糾正了王掌櫃的估算，又對著眾人說道：「我提出以貨抵帳之時，是怕諸位心中有疑慮，一則擔心這新貨品賣不出去，二則擔心今兒既是有了一成帳款以貨相抵，那便算是開了個口子。以後我那夫君再耍起狠來，弄些破爛賤物硬充著說要抵帳，那可大大的不妙，諸位說是也不是？」

這話當真是說中了許多人的心事，只是這次很多人都不好意思地笑了起來。大家和安清悠打了一陣交道，對於她行事的風格也慢慢有所了解，這位五奶奶既是把事情放在了明面上，反倒不會做出那類下作事情來了。

只是蕭洛辰還耍刀耍個沒完，很認真地在一邊見縫插針：「我會耍狠啊，我真的會耍狠……」

事情到了這個分上，誰還不明白這裡面的意思，若是規規矩矩談生意自然是有得談，若是有那為了抱蕭家、安家對頭粗腿而來鬧事的，此間亦有狠人。

「我們願意和貴寶號做生意！」

不知道是誰先喊出來，眾人紛紛稱是，那沈從元派人來敲打，所要者不過是讓他們各自來討債而已，如今清洛香號展現出了如此實力，按照規矩做生意，那帳未必討不回來。既是幾方都有了交代，又有誰願意去和蕭洛辰這個混世魔王死磕？

眼見局勢得到了掌握，安清悠反倒不著急了，坐下來笑吟吟地啜了一口茶，這才慢聲細氣地道：「各位，咱們既是做生意，自然要說話算數。百日之期如今雖是已過十日，但左右剩下三個月不是？今兒我提出用帳款的一成用貨物抵帳，並非是想占大家便宜。各位儘管提了貨去，若是這貨物銷路好，那便以貨款抵帳便是，我只按清洛香號的出貨價與諸位結算，利潤盡歸各家。若是這些香物賣不出去，便以一月為期，我清洛香號盡數退貨，還是給各位先結一成的帳款便是。」

說罷，安清悠向著內外兩個布條各自一指，斬釘截鐵地道：「諸位，我清洛香號以真金白銀作保，外面那欠帳的布條一日不除，這裡的二百五十萬兩銀子便分文不動，百日之內定當清帳！」

這法子相當於無論如何都能在一個月內先取回一成帳款來，後續的還款也有了保障，哪裡還有人不願意的？

登時便有那本就想從清洛香號進貨，做些新奇香物生意的商賈率先表示要提貨，不少人紛紛跟進，倒是那滿倉堂的王掌櫃似乎是想到什麼，仔細研究了一番供人查驗試用的諸般樣品，這才彆彆扭扭地跑到安清悠跟前來。

「五奶奶，這個……小老兒有一事想跟五奶奶商議……」

「王掌櫃可是還覺得懷疑，非得今天帶點現銀走嗎？」蕭洛辰不知從哪裡冒了出來，冷不防打斷了王掌櫃的話。

「不是不是！」王掌櫃嚇了一跳，雙手連搖道：「五爺和五奶奶已經把事情做得如此到位，小老兒哪裡還有什麼懷疑？小老兒只是想跟五奶奶商量，那以貨抵帳之事，我們滿倉堂的折抵份額能不能提高？您看，既是七萬多兩銀子的帳，我想先提個三萬兩銀子的貨走……」

「哦？」蕭洛辰頗為意外，這王掌櫃前倨後恭，剛才還說什麼只抵一千兩的貨，現在怎麼反而加重價碼，開口就要提三萬兩？正覺得古怪，卻見安清悠笑道：「一成便是一成，多一點的貨也沒有！敝號不過是個新開張的香粉鋪子，備貨不多，請王掌櫃海涵！」

待客人散盡，蕭洛辰看著高高掛起的二百五十萬兩銀票，笑嘻嘻地發起了牢騷。

「娘子也忒是小心了，這些商家既欲圖利，卻又膽小，其實我便是揮刀嚇上幾個來回，這事情十有八九也就成了。倒是今日這般費了不少力氣，還要守著這二百多萬兩銀子的排場，可真是讓人有些難熬了。」

「夫君是真不明白，還是假不明白？逼人做事終究不如人家心甘情願的好！咱們這清洛香號剛剛開張，什麼鋪貨建管道的事情總是少不了的。左右已經知道沈從元派人搗鬼，咱們做這生意又哪裡是他不會搗亂的？若不是有個夠分量的排場，盼著讓這位沈大人能夠想得過了頭，可是不易！更何況……」

瞧瞧蕭洛辰雖然發牢騷，但臉上依舊是那不著調的嘻笑神情，安清悠直接衝他翻了個白眼，沒好氣地說道：「更何況，這香物，手藝只是一半，要想真能做得長久，做強做大，另一半卻是要靠牌子和名氣。好叫咱們蕭五爺得知，若是牌子夠硬，名氣夠響，便是買賣被一把火燒光了都不怕。正好這麼多人來討債，我們難道還不能借勢而發，好好宣揚一下清洛香號的正面形象？」

「做強做大……正面形象……」蕭洛辰喃喃念叨道：「這丫頭一沾上生意經，反倒是一天比一天精明了，不光是新鮮詞兒越來越多，手段也是越來越花樣百出，難道我蕭洛辰的老婆居然是財神女仙附體，上輩子活在一個到處都有人做生意的天上不成？哎，我說，夫人，只有一件事情我不明白，那王掌櫃既是要弄三萬兩銀子的貨去抵帳，讓他抵了便是，幹麼不給他？」

蕭洛辰說得無心，安清悠一句「物以稀為貴」差點脫口而出。抬頭看著那二百多萬兩的銀票兀自發愣，最近自己說話怎麼越來越容易說溜嘴了，難道是因為終於名正言順回到熟悉的產業之中，還是……

還是因為自己所嫁的這個男子，總是會在危險還沒壓到頭頂的時候，就把真正的大麻煩遙遙擋在了遠處？

安清悠瞥了一眼蕭洛辰，心裡微微一甜。

只是這一瞥卻瞥到了蕭洛辰的苦瓜臉。

「那個，娘子……這做買賣就做，咱們家也不缺四方樓裡出來的好手，是不是這銀票的護衛真要我挑頭負責啊？」

「這帳是你落下來的，怎麼能偷懶？反正你閒著也是閒著，這二百萬兩銀票露了白，我不抓你這最愛渾水摸魚的傢伙來做護衛，卻又抓誰來？」安清悠橫眉豎眼。

「好好好，我做護衛就做護衛，給皇上、太子他們明裡暗裡做過那麼多次護衛，這次倒是盯著自家產業了！蒼天啊，你就趕緊派幾個樑上君子來偷東西讓我抓了吧……」蕭洛辰一臉悲戚地仰天長嘯，誰想得到安清悠這般能幹，反倒讓他這個閒不住的人閒得慌了。

安清悠噗哧一笑，論及潛行匿蹤的本事，自己這位夫君可以說是獨步大梁國。有這麼一位高手坐鎮，她還真就敢這麼大大方方地把二百多萬兩銀票掛在正堂裡。

夫妻倆甜蜜談笑著的時候，沈從元卻是眉頭緊緊地擰成了疙瘩。

「這清洛香號怎麼這麼有錢？二百五十萬兩銀子？你們沒搞錯吧？這錢是從天上掉下來的？」

「回大人的話，絕無差錯，在場那一百多名債主看得清清楚楚，的確是貨真價實的銀票！那清洛香號還把銀票掛在大堂上，金街每日過往行人如此多，若是假的，不到三天就會被人識破了。」

「那就怪了，這安家的老底也就那麼回事，二百多萬兩銀子，殺了安翰池那個老匹夫他也拿不出來……」沈從元苦苦思索，越想越是百思不得其解。

「大人和安家太熟，一想便想到了安家，可那安家的女兒如今嫁了蕭洛辰為妻，這事情莫不是蕭家在搞鬼？」旁邊的湯師爺想了想，低聲提醒道。

「不可能，蕭家在軍中有勢力歸有勢力，可就他們那做派……只怕是比安家還要窮！」沈從元搖了搖頭，作為睿親王府的眼中釘，蕭家的情報早被睿親王和李家研究了不知道多少遍。沈從元想來想去，到底還是想法多得過了頭，於是不是太自信地道：「會不會是蕭家另有財源，我們一直沒有發現？」

「極有可能！」湯師爺如今越來越圓滑了，沈從元權勢日重，脾氣卻越來越差，他若是不配合，早晚也是個人間蒸發的下場。此刻這假設既是沈從元自己提的，左右先肯定一下終歸不會有錯，便又補充了兩句道：「這蕭家若真是另有財源，這次可說是露出狐狸尾巴來了。老爺若能查清此事，斷了蕭家的錢路，在睿親王那邊豈不又是大功一件？」

「豈止是大功一件？弄不好就是個頭功！蕭家本身就沒什麼產業，若是有錢，那錢從哪裡來？還不是從軍資摳出來的！若真是抓住他們貪污的痛腳，本官一道奏章上去，不止是斷了他們的財路，弄不好就給他們蕭家來個滅頂之災！」沈從元猛地兩隻眼睛放光。

相較之下，那安清悠和蕭洛辰的新鋪子開不開買賣，自己是不是要報當初被三番五次整治的怨氣，反而是小事了。

只是沈從元無論如何也想不到的是，就在他絞盡腦汁的同時，蕭家人自己也正迷糊著。

「二百多萬兩？五郎如今已經被皇上逐出門牆，他自己又是個從不存錢的主兒，哪來那麼多錢？去查，看看五郎這錢究竟是跟誰借的！」

便如蕭老夫人這等精明無比的女人，此刻也充滿了困惑。

「老奴已經派人查過了，京中各大錢莊和夠分量的富戶商號，均無大筆借貸之事，何況……」蕭達皺著眉頭回話，說到一半，忽覺這調查出來的情況有些不好聽，可是他對蕭家忠心耿耿，頓了一頓，還是據實稟道：「何況眼下這局面，尤其是……尤其是咱們蕭家，還有五爺名聲又不好，這時候只怕還真沒人敢借錢給咱們！」

「那就只有從安家那邊來了！想不到五媳婦居然真是有底子，她肯拿出自己的私房銀子來做生意幫五郎還帳，這還真是個對五郎有情義的……」蕭老夫人喃喃自語著，忽然放下煙桿，嘆了一口氣。

蕭家的情況她比誰都清楚，從大梁開國之時，蕭家祖先便留下一句話來：「為將之人身無餘財，則士卒兵佐悍不畏死！」

這麼多年來，蕭家的歷代家主們一直是這麼說的，也是這麼做的。

莫說是貪瀆軍餉糧秣，便是朝廷有什麼賞賜，他們也都第一時間拿出去轉贈有功之人，撫恤陣亡將士。正因為如此，蕭家才能在軍中有如此高的威望，更因為如此，當初大梁開國之時的十大名將之中，才只有蕭家能夠碩果僅存地延續至今。

到了這一代，蕭家雖然不至於「身無餘財」，但也絕不至於有錢到哪去。沈從元說蕭家只怕比安家還窮，這話還真不是虛言。蕭老夫人之所以給安清悠下馬威之後，便採取觀望的態度，其中一個最重要的原因，便是蕭家的財政問題到了不得不解決的地步。

當然與蕭老夫人想的不同，蕭家內部有人想的是別的事情。

「聽說了嗎？五弟妹今兒新鋪子開張，一出手就是二百多萬兩銀子！」

「早聽說了，妳說有這麼做弟妹的嗎？自己有錢到了這個地步，給咱們的入門禮卻只是那兩大甕什麼破香膏？」

「沒事，怕就怕她沒錢！開個香粉鋪子都能拿出二百萬兩銀子來給老五這種人糟踐，將來還怕沒有從她手裡弄出銀子的時候？」

「對對對，石頭裡咱們也榨出她油來！」

蕭家的兩個媳婦又開始竊竊私語，這妯娌之間的小話一直說到深夜。她們的日子過得也不寬裕，眼前就擺著這麼一個財主，哪由得她們不動心？

只是無論是那盯著錢的兩妯娌，還是盯著更大事情的蕭老夫人、沈從元，這一刻都是被那二百多萬兩銀子的高調開業晃了眼。安清悠這一招瞞天過海，不僅是讓那些債主看花了眼，更是讓所有人都想岔了道。

此時此刻，這小倆口並沒有回蕭家，新鋪子開業要忙的事情不少，他們索性就在清洛香號裡住了下來，房間就安排在正堂旁邊，方便蕭洛辰這個睡覺都豎著一隻耳朵的傢伙看牢那二百五十萬兩的巨額銀票。

「娘子，這差事好無趣啊，怎麼還不來個樑上君子什麼的……妳說就是睿親王、沈從元他們誰派個高手來夜探清洛香號也好啊！」

「你說你這傢伙怎麼變得比我這個女人還嘮叨？沒事趕緊洗洗睡吧，明兒還得做開店做生意賣貨呢……」

「睡睡睡！是妳睡我？還是我睡妳？」

「不正經！」

「怎麼叫不正經呢？這可是夫妻間的正經事！來來來，咱們來猜拳，妳贏了妳睡我，我贏了我睡妳……」

所有人都把事情想得複雜過了頭的時候，安清悠和蕭洛辰這小倆口卻是沒心沒肺地說著床頭話。他和她所考慮的，只是今天睡一個好覺，明天多賣點貨而已。

簡單，但是很快樂。

* * *

「夫人，您看，這個『香奈兒』香露可是道地的西域配方，主料用得都是最新鮮的花葉，副料更是多達一百三十多種！您瞧瞧這顏色，聞聞這氣味，這東西咱們中土沒有吧？這可是剛從清洛香號出來的新鮮物件，您不是要去茶會嗎？那就得顯出自己和別人不一樣的地方來！」

「清洛香號？這名字倒是沒有聽過，又是誰新開的香粉鋪子……」

「這清洛香號的東家您怕是還真聽說過，就是前左都御史安老大人家的長房大孫女，如今嫁了蕭家五爺蕭洛辰的那個？」

「喲，是她啊！聽說這安大小姐參加過選秀，可惜安家如今敗落，居然就嫁了蕭洛辰這麼個……不過，聽說這安大小姐調香的手藝是京城一絕，既是她的買賣，這東西想必是錯不了，多少銀子？」

「不貴，才八百兩！夫人，您是老主顧了，給您打個八折再去個零頭，六百兩怎麼樣？小的這裡可是真沒掙您什麼錢，就差賠本了……」

李富貴是「富貴商號」的東家兼掌櫃的，他這富貴商號比不得人家那些大門大戶般有實力，在京城之中頂多也就算是個二流的商號。雖說經營的東西不少，可生意也就一直那麼回事·也正是因為生意一直不上不下，李富貴才越發渴望有什麼新的發財門路。

自從在安清悠那裡看到了「香露、香膏、香皂」這三件套組之後，他眼前一亮，那以貨抵帳他是第一個上去簽字提貨的。

而清洛香號的東西也的確沒讓他失望，這種號稱用了西域配方的香露，似乎對那些貴夫人有一種異乎尋常的吸引力，一個上午已經賣出了四瓶。三百兩銀子一兩一瓶的香露，轉手就是六百兩銀子的入帳，一個上午比他平日做上十天掙得還多。

「這東西還真是不錯……」李富貴拿起一瓶香露放在手中把玩著，他已經在考慮什麼時候再去清洛香號一趟，這次似乎是該跟那位女東家好好談談，再多進點貨，反正那清洛香號連真金白銀都掛在大堂裡了，賣不出照樣可以退貨拿欠款，怕什麼？

李富貴心裡還在盤算著談判的事情，卻見街面上陡然跑過了一群孩童，孩子們不停高叫著：「唱戲的來啦！唱戲的來啦！」

猛一抬頭，卻見看熱鬧的百姓圍著一群人往自己這富貴商號的方向走來。等那所謂的戲班來到門前，李富貴啞然失笑，這哪裡是什麼唱戲的，分明是個雜耍班子，上面幾個小角頂盤拋火把耍得不亦樂乎。

只是這雜耍班子和一般的雜耍班子不太一樣，既不畫圈撂地，也不討錢要賞，就這麼一路向前走著演著，每每看到人聚到了一定程度，就停下來演上一些小段子。

「洗澡用皂胰，身上還有泥！洗澡用香皂，爽得不得了！去汗去臭味，香個噴噴……您猜怎麼著？老婆看我哈哈笑，臭男人不臭，這個倒是好！哎哎，我的香皂哪去了？我那婆娘說，這個東西真不錯，我也拿它來洗澡！」

這是唱快板的，說得雖然粗俗，但市井之中老百姓們最聽得懂的就是這個。

李富貴有些發愣，旁邊又是一個聲音傳來，卻是一個中年漢子扮作了一個行腳商，在幾個扮作長隨跟班的小角簇擁下，用一種低沉緩慢的聲音說道：「咱們做男人的日忙夜忙，風裡來雨裡去，皮膚都乾裂了。用了點大寶，真對得起這張臉。」

話音未落，兩個扮作家庭主婦的戲子，一邊高舉著大寶香膏往臉上抹，一邊尖著嗓子開始了聊天：「吸收特別快……」

「挺舒服的！」

「自從我用了大寶，皮膚變得又香又細嫩，我家那口子再也不去找姨太太了，這兩天都在我這裡過夜！」

「哎呀，這麼好的東西，我也得用！」

「用唄！這麼好的東西妳還等什麼，趕快拿起銀子……」

這些廣告的套話，卻是蕭洛辰把安清悠的想法與大梁京城的民風相結合之後的產物。只是出完了主意，倒讓安清悠直勾勾盯了他半天，極為突兀地說了句：「夫君，你不會也是穿越過來的吧？上輩子是在購物頻道工作的？」

蕭洛辰當然是原裝國產的大梁人，只可惜縱是以他這般才智高絕，愣是也沒聽懂妻子在說什麼。安清悠打個哈哈，立刻轉移話題。只是那小倆口邊打鬧嬉笑邊定下的這個段子，卻對另一個和他們打交道不多的商號老闆產生了極大的影響。

李富貴已經看傻了。

他經營商號多年，稀奇物件也不是沒見過，卻沒見過這麼宣傳自家貨物的。原來這名氣還能這麼打？這類雜耍班子不像雜耍班子，戲班子不像戲班子的隊伍不用多，只要有那麼二十組，一天之間已經足夠讓京城裡所有的人都知道有一種洗澡很好用的東西叫香皂，有一種能夠用來塗抹皮膚的香膏叫大寶了。

正自目瞪口呆，卻見那扮客商的漢子和扮主婦的戲子已經演完了他們的小段，幾個人眾口一詞地齊聲高叫道：「要想皮膚好，早晚用大寶！」

一個小段兒演完，那古怪的雜耍班子又向前走去，臨走前有人把一堆紙片向天空撒去，喊道：「清洛香號新品上市，經銷商遍布京城，上百家商號聯手開賣，歡迎各位蒞臨選購！」

湊熱鬧的眾人跟著雜耍班子向前湧去，也有人拾起了地上的紙片。這年頭可不是人人都識字，不少人圍住了一個書生模樣的人，起鬨地道：「王秀才王秀才，您給念念，這上面到底寫了些什麼？」

鄰居多年，街角住的這位王秀才，李富貴當然認識，他家裡的盤子碟碗還是在自己的商號買的呢！但看那王秀才見眾人圍著要他讀單子，很有一番讀書人的優越感，便故意咳了一聲，搖頭晃腦地大聲讀道：「你想擺脫污垢的困擾嗎？你想遠離難聞的味道走進香噴噴的生活嗎？清洛香號新品上市，從此改變你的生活方式……這都什麼亂七八糟，格駢全無，用詞太白！這破玩意兒誰寫的？就算是為了商號宣傳的文章，文筆也太拙劣了！既然有錢請人白唱戲，至少該找人寫一篇香物賦嘛，哪怕是寫一篇……咦？」

王秀才有一些文人迂腐之氣，這一點街坊鄰居們沒人不知道，只是他斥到一半忽然住了口，兩隻眼睛直勾勾地往站在街邊還沒回過神來的李富貴身上看去。

「王秀才，出了什麼大事？」

「王秀才，您倒是說啊！」

說實在話，安清悠畢竟不是專業的廣告企劃，那幾句傳單上的東西其實寫得很一般。不過，群眾都愛湊熱鬧，見王秀才忽然停口，都當是出了什麼大消息，一個個七嘴八舌催著王秀才快說。

王秀才愣了半天，總算蹦出話來：「大事倒是沒有，只是這單子上說，剛剛戲文裡唱的那個什麼香膏、香皂之類的東西……咱們街上這個富貴商號就有賣！」

「啊？」眾人不約而同啊了一聲，不少人已奔著富貴商號而來。這些人倒也未必是見張單子就想掏錢買貨，可是剛才那戲文中既是有人演了，便也想看看這香膏、香皂的新鮮物事到底是個啥玩意兒。

李富貴如夢初醒，他想的可和這些湊熱鬧的人不一樣，有人進店，就可能有進帳。他急忙從地上尋了一張紙片來看，卻見那上面的「經銷商」一欄中頭一個寫著的便是富貴商號，位置地址一應俱全，就連負責人也寫著他李富貴的大名……

沒辦法，誰讓他們富貴商號是頭一個提貨的呢！

李富貴愣愣地看著那些向他店裡走來的人，陡然大叫一聲，衝著自家商號裡就跑。

「去！把櫃上那些其他貨都給我撤下來，把之前從清洛香號帶回來的貨都給我擺上去！打今兒起，咱什麼都不賣，就賣他們家的東西！來人，備馬套車，我這就去清洛香號！」

這一瞬間，李富貴做了可能是他一生中最重要的一個決定，催著夥計去擺貨之餘，只見他又是一轉頭，趁著下人整車備馬的時候，奔著帳房就去，「店裡還有多少銀子，都給我提出來，碎銀子也要，一個銅子兒也要！」

就在某個三流商號老闆帶著自己所能帶上的全部現錢直奔清洛香號的時候，安清悠和蕭洛辰這小倆口猶自不知，完全沒有他們的行銷手段很可能促成大梁國第一個品牌化妝品專賣店的覺悟，正在大把地揮霍著機會。

「賣點兒什麼？二兩香粉？對不住，敝號新近開張，暫時不零賣，買貨五百件起！」

「嘖，沒見過這麼做生意的……」

既是坐落在金街這等繁華處，當然會有客人進來逛。身為清洛香號的大掌櫃，蕭洛辰倒是扮什麼像什麼，口才也不錯，只是這整整一個上午，卻是一件東西也沒賣出去。

原因無他，只因為安清悠以東家的身分下了死令，這幾天只做批發不做零售，而且就算是批發，門檻也高得很，可是新店開張，又哪裡有人會上來就賣這麼多東西？

「我們如果想在最短的時間內把分銷管道打通，就必須保證經銷商的利益。我的地盤我做主，這幾天咱們還真就不做零賣了。」安清悠如是說。

「不做零賣，咱們非得在金街這裡起店鋪幹麼？這裡的租金可是全京城最貴的！」

安子良前來探望大姊，聞之大為肉疼，他做生意雖然也是一把好手，但風格向來是有殺則殺，眼瞅著散客們來了又去，再想想他借給大姊那一萬多兩銀子，不由得肉疼。

「形象！」安清悠鄙視地瞧了弟弟一眼，恨鐵不成鋼地道：「什麼叫形象懂不懂？就是從一開始就得抬起這譜來，尤其做咱們這一行的，形象很重要！滿京城裡除了金街，哪裡還能有比這更好的所在？你師父號稱賺錢天下第一，就沒教過你這個？」

「我師父說我這個階段該學的就是跟著大姊多練練，他有要事須辦，前兒晚上就不知道上哪去了！」安子良哭喪著臉道：「這他娘的叫什麼師父？我原本不就是跟著大姊練嗎？如今又把我給踢過來了……」

大梁最是尊師重道，像劉總督這樣能把徒弟訓成一提起師父直接爆粗口的可不多，安清悠聽了噗哧一笑。她雖然不是專業的行銷人員，但對自己的行銷方式還是很有信心的，更重要的是，她對客人的需求有信心，對自己親自監督生產出來的產品有信心。

蕭洛辰懶得陪客人應酬，索性把瑣事推給了下面的夥計，他這個做大掌櫃的則懶洋洋地坐在櫃邊，看著人來人往，不一會兒居然打起了盹兒。

「蕭爺，我要買貨！」

一個急匆匆的叫聲在蕭洛辰耳邊響起，蕭洛辰半夢半醒之間，連眼皮都沒有抬一下，下意識地道：「對不住，敝號新近開張，暫時不零賣，買貨五百件起！」

「五百件沒問題啊，越多越好，您看我這些錢夠買多少？」

砰的一聲，有東西拍在桌上，蕭洛辰一下子睜開了眼睛，站在他面前的正是當初第一個提貨的富貴商號老闆李富貴，眼前一疊厚厚的銀票直接拍在櫃上，甚是顯眼。

「哎喲，李老闆啊，您突然大駕光臨，真是讓人受寵若驚啊……」蕭洛辰掃了一眼面前的一疊銀票，忽然覺得做批發也挺好，隨口說了幾句客氣話，又冒出了一句：「李老闆誠意十足，和您這樣的痛快人做生意就是痛快！」

「痛快就趕緊給我提貨啊！蕭五爺……啊，不，蕭大掌櫃，您看看我這些銀子夠買多少？」李富貴似乎比那賣東西的還要著急，指著銀子，彷彿擔心著什麼似的道：「蕭大掌櫃，清洛香號的貨，不會是漲價了吧？」

「沒漲價沒漲價，您這些銀票絕對符合我們的標準！」蕭洛辰笑嘻嘻地道，沒忘記順手往那門口掛著的帳目布條指去，樂呵呵地道：「李老闆，之前蕭某還欠您不少銀子，您既是要大批進貨，之前那些帳款是不是也……」

「都抵了貨！」李富貴不等蕭洛辰說完，直接打斷他的話，又伸手一拍腦門道：「您瞅我這記性！那上面有多少，全都給我抵成了貴寶號的香物！香水、香膏、香皂，蕭大掌櫃，您就可著勁兒給我辦！」

「不急不急，我們今兒還沒……那個，來人，把那布條給我取下來！」

半炷香的功夫，那張寫滿帳目的布條又被重新掛了上去，只是富貴商號的旁邊卻多了一行醒目的字：「所差帳款已經全部還清，立字畫押為證，清洛香號，絕對信譽！」

這「絕對信譽」四個字是安清悠特別囑咐要加上的，不加這四個字不放貨。布條是白的，欠帳的字是黑的，那還款的字跡卻是鮮紅色的。

而李富貴為了這四個字，居然還和清洛香號做過一次簡短的談判。

「李老闆，您知道，我們這香露、香膏、香皂這幾樣東西都是新上市，您一次要這麼多，怕是其他人再有要貨就不容易了！」

清洛香號的二樓今兒是第一次啟用，安清悠笑咪咪地坐在一張茶桌前小口小口抿著茶水，一點也不著急。

「他們要貨不容易才好呢……啊，不是不是，蕭五奶奶，您知道，我的意思是說，敝號這次可真的是很有誠意登門的，這買東西總得有個先來後到吧？這幾樣東西您本就要賣，我誠心要買，他們誰若是來得晚了，沒提上貨，那就怪他們自己沒早點帶著銀子上門來不是？」李富貴滿臉堆笑，比上次登門又積極了許多。

「那……也罷，誰讓李老闆是先來的呢！您這份誠意，我們清洛香號記住了！」安清悠故意皺眉地想了想，到底還是點了點頭，只是卻又加了一句：「不過，我們原本進貨包退的條件只是在開業當天的時候優惠一次，您再提貨可就沒這條件了……」

「沒問題，您蕭五奶奶做出來的東西還差得了？做買賣講究的是錢貨兩訖，一手交錢一手交貨，賺了是財神爺關照，賠了只怨自己，哪有動不動就找人退貨的道理？不退不退，您讓我退我都不退！」李富貴一臉願賭服輸只要你肯給貨的神色。

「還有，那欠帳抵貨的事情，有勞李老闆幫我們揚個名，還款的收訖落筆字據上多寫上『絕對信譽』這四個字！」

「這本來就是應該的嘛！別說四個字，四十個、四百個字也行，我寫！五奶奶，您說，讓我寫什麼我就寫什麼……」

李富貴照單全收，態度極好，安子良在旁邊看得目瞪口呆，這富貴商號抽風了吧？雖說早也預料到大姊的香物會賣得不錯，可沒想到有人都賣到魔障了？

李富貴當然沒有魔障，他在多年以來始終沒有找到更好的發財之路後，終於決定狠下心來賭上一把。眼瞅著那從未見過的香物和從未見過的銷售方法，他賭的就是照這個樣子下去，清洛香號的貨物很快就會在京城裡風靡開來。

京師之中臥虎藏龍，鼻子能靈敏地聞出錢味兒來的商賈所在多有，敢冒險的也不僅僅是李富貴一個。按照安清悠的囑咐，安子良已經藉劉總督的勢力，足足派出去將近一百組的宣傳戲班子。此時此刻，不知多少大街小巷裡正在上演著熱熱鬧鬧看白戲的場面。

「東家，雲水號孫老闆、琉璃堂王掌櫃、伯夷軒劉老爺子前後腳到了咱們店裡，指名要求見您。您看是一起談，還是一個一個談？」安花娘送走了一個李富貴，卻又報回來三個名字。

「當然是一個一個談，最初的這批經銷商是最有熱情的一批，要談好，要談細！」

大家都漸漸習慣了「經銷商」這個新鮮詞兒，安清悠把事情吩咐下去，又轉頭對著安子良道：「子良，一會兒若是來的人太多，你也幫大姊談上幾家，我怕是忙不過來。」

「也像剛才談的這麼硬？」安子良試探著問道。

「要比剛才談的還硬，越往後談的越要硬！」安清悠沒有半點猶豫地點頭，卻又輕輕嘆了一口氣，「十天啊，咱們開業前只準備了十天，存貨實在是不多呢……」

「存貨不多？」安子良嘿嘿地笑著，清洛香號的工廠作坊可就在他的地盤裡，材料都是上萬斤上萬斤的進，若說存貨有多少，還真是沒人比他更清楚的。大姊這是要惜售啊！難不成是要漲價？

安清悠並沒有漲價，囤積居奇這種事並不是她喜歡的風格。

可是，安子良也完全沒有預料到一個空白市場在獲得消費者認同之後的爆發力，所謂洛陽紙貴，當需求本身處於一種飢渴狀態的時候，流行這種東西，來得往往比預想的更快更猛。

五天，僅僅用了五天！

大街小巷裡，幾乎已經沒有人不知道清洛香號這個名號。無論是針對中端市場的香膏，還是針對低端市場的香皂，幾乎是出來多少賣多少。

而主打高端市場的香露，則成了貴婦圈裡的搶手貨。只是安清悠始料未及的是，這香露居然成了收藏品。女眷聚會上如果沒有幾件清洛香號裡出來的好東西拿出來把玩，妳都不好意思跟人打招呼。

雖然推出的幾件東西都是批量生產的產品，可是產量仍是跟不上。短短的五天，開業準備期中留下的庫存已經被一掃而空。

商人們開始囤貨，一門心思想賺高利潤的商人們開始炒貨。

數錢數到手抽筋是夥計們幹的活，富貴商號的老闆李富貴因為最早傾囊進貨，這幾天狠狠撈了一筆。他現在最喜歡的事情是到帳房去查帳，上午一趟、下午一趟、晚上一趟，每次查帳回來都會笑得合不攏嘴。

又是五天過去，原本三錢銀子一塊的香皂，已經被炒到了二兩一塊，而原價二兩一瓶的大寶香膏，則是足足翻了十五倍，變成三十兩一瓶，就這樣還供不應求。

至於主打高端市場的「香奈兒」香露，因為產量少，已經成了身分的象徵，不是說妳有錢就能買得到。當然，肯下狠心出血的例外。

就在這個貨源最緊張的時候，大家都認定一貫只做批發的清洛香號居然開起了零售。

當然，由於自家的存貨也不多，安清悠下令每日限量發售，而且每個客人只能購買一份。結果就是，每天天還沒亮的時候，清洛香號門口就排起了長龍，畢竟全京城裡只有這個地方是不加價的。

「我們清洛香號現在最需要的是口碑，口碑不但從貨色的品質上來，更是看你做生意的做派！一點點加價的小錢，咱們不急著賺，賺大錢的地方還在後面呢！」

古代沒有廣播、電視、網路，雜耍班子宣傳的方法可快不可久，如果要長久保持影響力，沒有比金街更好的地方了。每天那排起長龍的搶購者，就是清洛香號最好的活廣告。出讓小小的一部分利潤，換取口耳相傳的口碑，這一點安清悠看得很清楚。

「五爺，您就高抬貴手，多放點貨給小號吧！」

「五爺，您今兒無論如何得賣小的一個面子，小號可是請了京城裡最有名的天樂福班子來唱戲，就給您一個人唱！」

「五爺，都知道您最喜歡兵器，您瞅瞅，這是關外『天刀地鐵鋪』出品的碧落刀，刀長兩尺七寸，一代宗師豐冶子所做，比起那金龍鏢局的九環大金刀還要鋒利三分……」

蕭洛辰混世魔王的名號在商賈圈子裡早已沒人再提，甚至已經沒有人叫他一聲大掌櫃，清洛香號二樓的茶座裡每天都擠滿了人，有人扮可憐哀求，有人攀交情拉關係，還有人非常堅決地投其所好，而且眾口一詞，都是稱呼他為五爺。

安清悠開始掉過頭來研究生產問題，蕭洛辰卻是從頭兩天閒到了蛋疼的狀態，一下子變成了忙得不可開交。只是面對這些前來提貨的商人們，他也只能兩手一攤，苦笑著道：「諸位，不是蕭某不肯放貨，實在是蕭某手裡也沒有那麼多東西啊！」

蕭洛辰被眾星捧月般的拉著求著時，沈從元正狠狠地把一疊卷宗摔在了案上。

「飯桶！全都是飯桶！查了蕭家這麼久，竟然一點蛛絲馬跡都沒查到，你們說說，你們都是幹什麼吃的！」

辦事的從人們一個個低著頭跪在下面，莫說是接話，連個敢喘大氣的都沒有。

沈從元如今權勢越來越大，戾氣卻也越來越重，動不動便要人頭顱落地，誰在這時候敢拿自己的性命開玩笑？

這事其實也不怪他們，為將之人身無餘財，則士卒兵佐悍不畏死，蕭家真的比安家還窮，這裡面再怎麼查也查不出什麼花樣來。沈從元被那二百多萬兩銀子擺了一道，那決策之人選錯了方向，辦事的人就算是跑斷了腿都沒用。

「咳咳……咳咳……」沈從元怒火中燒，這次精力都放在調查蕭家的事情上，憑空錯過了整治清洛香號最好的時機，讓這小小的一個香粉鋪子居然真有要發展起來的架勢。惱怒之下，沈從元只覺得胸口氣血翻湧，一張面孔煞白，咳嗽不停。

「大人息怒！氣大了傷身，大人如今日理萬機，還是身體重要！」

這時候還敢說話的也就是湯師爺了，湯師爺幫著他撫胸拍背了一陣，沈從元這才感覺好些，兀自坐在椅子上喘氣，這才皺著眉頭問道：「那清洛香號如今的情形怎麼樣了？」

「還能怎麼樣？如今他們的香物早在市面上賣斷了貨，到處都是要提貨的人，金街香號的門口天天排起了長龍……」

「夠了！」沈從元一聲怒喝，打斷了湯師爺的話，又是在一陣咳嗽之下，忽然間喘著粗氣道：「我要去看看！」

「大人，那不過是個小小的香粉鋪子罷了……」

湯師爺微微變色，他這話倒不是有什麼輕視之意，而是但凡陪沈從元去和那對夫婦打交道，從來就沒有好果子吃。一提起去清洛香號，這位湯師爺隱隱有一種不祥的預感，如今沈從元的行事做派讓他越來越覺得不求有功但求無過，左右不過是一個拿人錢財與人出力的師爺，何苦出那份死力？多一事不如少一事。

「你懂什麼！」沈從元冷冷地打斷了湯師爺的話：「蕭家是百足之蟲，死而不僵，那蕭洛辰的帳目十有八九是為了皇上和宮裡落下的，若是讓這小子鹹魚翻身，指不定又讓他重新搭起了皇上這條線！」

沈從元的擔心並不是沒有道理，只是他千算萬算，卻不知在壽光帝面前，蕭洛辰不僅不需要重新搭線，而且可以很明確地說，這條線從來就沒有斷過。

「這個臭小子，還真是能折騰！還有他那個媳婦兒也有趣，這一招一式的，倒像是以前在生意場上打滾了一輩子的老手一樣！其實朕就說嘛，堂堂天子，難道還能欠了這群商賈的銀子不成？嘖，還什麼大掌櫃，他倒像是玩上癮了……」

壽光帝樂呵呵地放下了一份卷宗。

雖然依舊是瞧不起商人，但是很明顯的，這位大梁國的天子，對於有人主動去處理一堆說不清道不明的爛帳，還是很開心的。

陪著壽光帝在西苑某間亭子裡聊天的，正是那位號稱「天下第一忠犬」的東南六省經略總督劉忠全。

此刻他雖然沒著官服，倒是也不再做那市儈的大掌櫃之態。一身儒衣錦袍，頗有士人習氣。只是這一坐下來，那大腹便便的肚子更是明顯，怎麼看怎麼都有彌勒佛的感覺。

「臣以為，蕭洛辰如今對外既無官職，做些商賈之事倒也不錯。一來，省得他這個閒不住的性子再鬧出什麼事來，二來，臣近日研究那北胡權臣博爾大石之後，倒是覺得此事應該大肆宣揚，若是通過北胡在京內的探子傳了出去，說不定反倒有些奇效。」

要說天下最了解壽光帝的人，除了四方樓不常露面的皇甫公公，就要屬眼前這位劉大人了。以他的精明，自然不會和皇上扯什麼欠帳的爛首尾，一出口便是軍國大事。

「嗯，所以你肯陪著朕的義女折騰，調動人手，大街小巷弄出一百多個雜耍班子來，把這個事情搞得滿城皆知？」壽光帝呵呵一笑，眼神裡有幾分戲謔之意。

「皇上聖明！」劉忠全面不改色，張口先說了一句皇上聖明，這才慢慢地道：「只是，說到皇上這位義女，倒還真是頗怪異。臣仔細觀察了此女一陣，她初入商界應為不假，行事亦多有稚嫩之處，但這見識卻著實廣博得讓人有些匪夷所思，她那份所謂的商業計畫書……」

「那份怪名字的商業計畫書朕已經看過了，劉卿所言，朕亦有同感。朕這個義女不簡單啊，她若是男子，朕只怕早就將她收歸朝中為國效力了，可惜是個女子……」

壽光帝甚覺遺憾，沉吟間，忽然問道：「劉卿，你說真按著這份商業計畫書所為，短時間內能籌到多少銀子？」

◉　◉　◉

太陽緩緩從東邊探出了半個腦袋，京城裡最有名的金街被染上了一抹清晨特有的紫紅色。這裡本就繁華，最近幾日又因清洛香號的存在，讓這個地方更加熱鬧了幾分。

沈從元坐在一輛看似普通的馬車之中，透過車窗向外望去，臉上的肌肉有些微微抽搐。天剛亮，一條長長的隊伍已經從清洛香號的門口遠遠排了開去，沈從元粗略點了點，竟有超過兩百人之多。京城裡不是沒有人開過香粉鋪子，可是賣香物賣到這個分上，縱不能說是後無來者，但絕對是前無古人。

「之前那些走江湖的雜耍班子都拾掇了沒有？」沈從元從車窗簾子後面露出半張臉來，低聲地問著站在車邊的隨侍從人。

「回大人的話，已經按照您的意思收拾了，這三天都沒再見到這些清洛香號派出來的走街班子。」湯師爺扮作了管家，嘴唇上還貼了兩撇鼠鬚。

「嗯，事情辦得不錯！」沈從元甚是滿意，湯師爺連稱不敢，心裡悄然長出了一口氣。

那清洛香號派出來的走街班子消失無蹤不假，只是卻不是出自於湯師爺的手筆。這些人大街小巷地串了六七天，等到沈從元掉頭派人找碴，打砸了其中一個班子時，其他上百個戲班子一下子就好像人間蒸發了一樣，全都沒了蹤影。

湯師爺這裡實是夫子筆削春秋，左右這事情已經辦成了，沒必要再多說些可能會給自己找麻煩的事。

也因為如此，沈從元更覺得心驚。走街班子已經三天不曾出現，這清洛香號卻依然能夠熱鬧到這個分上，那買賣該有多熱門？

更令沈從元心驚的還不止是這個，如今時辰尚早，清洛香號還沒有開業，可是那長長的隊伍之中，卻已經有人談起了生意。

「老兄，商量一下，十兩銀子，把你這個位置讓給我怎麼樣？」

「不行不行，十兩銀子太少，我可是昨天半夜就到這裡排著了，最少十五兩。」

「十兩銀子還少？前幾日我在這裡買了一個位置，才花了不過區區五兩！」

「前幾日？前幾日那是前幾日的價碼，如今你再問問，這麼點兒錢，有人肯搭理你才怪！」

討價還價，雙方最後以十二兩銀子的價格成交。如今清洛香號門口天天排隊排成了長龍，倒是有些京城之中的閒漢在這裡面看出了生錢的門道，每天早早便到這裡占個位置，然後把地方讓給那些出得起價錢的後來者。

沈從元坐在馬車裡看著這一切，臉上的表情已經從震驚變成了駭然。他為官經驗豐富，自然知道即便以京城的物價而論，十兩銀子也足夠一戶尋常人家過上一個月了。如今區區一個清洛香號門口的位置就能賣上十兩銀子，這些人是不是瘋了？

肯花十兩銀子來買一個位置的人當然沒有瘋，沒過多時，清洛香號裡一個夥計模樣的人走了出來，高喊道：「開門嘍！」

排隊之人登時魚貫而入，看那架勢倒不像是在買香物，而是家裡有了急病之人等著買藥救命一樣。不多時，裡面有人買了東西出來，卻是早有人在門口等著，直接便從這些人手中收購提出來的現貨，價格比店裡的售價高了五六成不止。

當然也有那不肯轉賣的，這些人除了那些商賈派來爭購的夥計，便是那些有錢人家派來排隊的家僕。

人人把貨品抱在懷裡奮力向外擠著，生怕被人搶走似的。其中有一個書僮模樣的人費了好大的氣力，從人群中擠出來，跑到了距沈從元馬車不遠處的地方。

一名衣著頗為華麗的年輕人，像是這書僮的主子，迎上去急問道：「買到了沒有？」

「買到了，少爺，一式三件，香露、香膏、香皂都有，聽那清洛香號的二管事說，明天限量的數目還要減少，一直到下個月月初開訂貨大會之後才會增加。聽說，到時候還有很多外地客商要來……」

「好好好，這東西越少，才越顯得金貴，紅月姑娘想要這清洛香號的香物已經很久了，這次必將對我另眼相看……」

兩人一邊走一邊交談，聽那年輕公子的口氣，顯然是要用這清洛香號的東西去討某個歌妓的歡心。沈從元對這些事情沒興趣，再看得一陣，見不少從裡面出來的人都在談論著清洛香號下月初要開訂貨大會的事情。沈從元看著聽著，心中猛地一動，暗自高呼道：「上天助我！」

蕭洛辰的欠債之事事關宮中，若是真因此而討了壽光帝的喜，鹹魚翻身未必沒有可能。

今日沈從元親身前來，為的便是看看這清洛香號有什麼破綻，而今日的結果顯然讓他滿意。最起碼有三件事情可以斷定。

第一：清洛香號的生意雖然很興旺，但這貨物的確是不夠賣。安清悠和蕭洛辰不肯漲價，顯然是在憋著勁要給清洛香號壓場。

第二：清洛香號月底要開訂貨大會。

第三：他還有將近一個月的時間，如果動作快的話，還來得及安排後招。

「去查查清洛香號的材料都是從哪些商家進的。查清楚以後，或是派人威逼敲打，或是出價搶購，無論如何，別讓他們再賣到可以製香的東西。」

「再看看他們那香粉鋪子的作坊在哪裡，裡面幹活的工匠是誰，該嚇的嚇，該打的打，實在不行，找人給他們攤上些官司。總之，不能讓這些人再幹下去，就算是他們現有的工匠找不到，也不能讓他們再擴大人手。」

「這清洛香號的生意既是如此紅火，其他的香粉鋪子生意必受打擊，去看看京城裡哪家的調香師傅手藝最好，琢磨一下能不能把他們這香露、香膏之類的東西仿出來……飛鴿傳書！給江南的老太爺飛鴿傳書！江南那些製香名家有多少請多少，弄到京城裡來和這個清洛香號打對臺。」

沈從元連下了數道命令，他在江南任地方官時，官商勾結的事情可沒少幹，對於商賈之道亦是熟知。這幾條或為釜底抽薪，或為斷路劫殺，連仿製競爭的手段都用上了，端的是記記都是重拳。

而此時此刻的清洛香號裡，安清悠和蕭洛辰這對小夫妻卻是對沈從元的種種打算全然不知，兩口子坐在內堂，正在陪著一個頭髮有些花白的老管家談著話。

「老夫人讓我們回去？」安清悠有些皺眉，清洛香號的生意正在緊要處，這時候蕭老夫人卻讓自己二人回去？

「老夫人這幾日倒是誇五奶奶能幹來著，還說這清洛香號如今闖下了一片天地不容易，可是家總是要回的，老夫人想五爺和五奶奶了，讓您二位回去住上一兩天。」

來人正是蕭家的大管家蕭達，此刻這位為蕭家做事做了一輩子的大管家站在清洛香號的內堂之中，正專注地看著蕭洛辰和安清悠臉上的神情，見兩人似有猶豫，趕緊又加上一句：「二奶奶前幾日已經回府了，老夫人說好不容易幾房人都在，讓大家聚在一起樂呵樂呵！」

「二嫂也回來了？家裡怎麼沒派個人來知會一聲？」安清悠微微一怔，蕭洛辰卻是幾不可見地皺了皺眉頭。

當初安清悠嫁入蕭家時，二奶奶寧氏遠在外地省親未歸，如今這做嫂子的回到了蕭府，安清悠這個弟妹自然應該第一時間去相見。只是，這人既然幾日前就到了，今天府中才有人來通稟，這事情倒是有些蹊蹺了

「勞煩達叔回稟老夫人，我們明兒一早就回去！」安清悠思忖了一下，點了點頭。

蕭達暗暗鬆了一口氣，連忙回去稟報蕭老夫人。

「那位二嫂子和咱們是不是關係不太好？」

蕭達離開，蕭洛辰的眉頭依舊沒鬆開，安清悠這麼一問，讓他嘆了口氣。

「豈止是不好，簡直是糟透了，家裡我最煩見到的人就是她！」蕭洛辰苦笑道：「當初妳嫁過來的時候，母親特意放她回去省親，就是不想到時候鬧得尷尬。」

自從蕭洛辰的大哥為國捐軀之後，二哥蕭洛啟便順理成章成了蕭家的長男。從來家族繼承，若非傳嫡，便是傳長。二房那邊雖是庶出，卻占了個長子的名分，二嫂寧氏更是一心惦記著由二房繼承爵位，和蕭洛辰簡直是水火不容。

「咱們既是無心爵位，回去和她們說清楚也就罷了！」安清悠嘆道。

「很難啊！就算妳心裡真是這麼想，有沒有人信還在兩說，更何況母親……她肯嗎？」蕭洛辰

苦笑著搖了搖頭。

「你啊，也別老這麼倔強。老夫人那話沒錯，咱們就算是生意做得再好，家總是要回的，一家人總這麼個樣子不好……」安清悠拉起丈夫的手，動作雖然輕柔，語氣卻甚是堅定：「這次回去，我來替你說這事！」

◉　◉　◉

世間有些事情真的是沒法說，有些人拚了命也要去搶一個位置，有些人明明不想要某個位置，說出來都沒人信。

蕭府中的某間院子裡，此刻正響起了兵刃破空之聲。

寧氏手中那把柳葉刀，早已被她舞成了一片銀光。「破！」舞到酣處，寧氏陡然嬌喝一聲，那柳葉刀脫手而出，正中不遠處一根木樁上的靶子紅心，刀鋒深深切了進去，轉眼便將那木樁捅了個對穿。

「好！」烏氏拍紅了手大聲喝彩，秦氏卻是走了過來笑著道：「二嫂的功夫還是這麼俊！當年比武招親，這一記美人回翎不知削去了多少求親男人的帽子髮髻，小妹今日還記得二嫂那英姿颯爽的樣子呢！」

「都過去那麼多年了，老提那個事情做什麼，最後還不是敗給了我們家那個死鬼？」寧氏口中說得無所謂，臉上卻頗有自得之色。蕭家的幾個媳婦裡，她不僅出身最高，更有一身好武藝。只是上前拔刀時，卻見那刀柄距離靶子猶有一指多寬的距離，不禁又有些感慨，自嘲地笑了笑，

「十八九歲的時候隨手一擲，這麼粗的木椿也是輕輕鬆鬆地盡柄而入，如今使盡了全力，還差著這麼一根指頭，難道真是有些老了？」

「二嫂可不老，您這正是風韻十足的時候呢！若是您這樣都說老了，那半個京城的女人豈不是都該跳井去了？」秦氏連忙說道。

寧氏雖然知道這個三弟妹在拍馬屁，但聽在耳中，還是覺得很舒服。

「就是！十八九的多了去，便是差了一指半指，這招又有幾個女子能夠使得出？」烏氏跟在秦氏後面說好話，卻是憤憤地又加上了一句：「好比老五家的那個，年輕歸年輕，但就是十個她捆在一起，能使出這麼一招來嗎？」

話頭繞到了安清悠身上，寧氏臉色微微一變，慢慢地道：「說起咱們這位五弟妹，我還未見過，不知是個怎樣的人？」

「還能是怎樣的人？這些文官家裡的千金大小姐，有幾個好東西？在老夫人面前裝得人模人樣，給我們送進門禮的時候卻是現了原形，弄了一大甕香膏來糊弄人……」烏氏張口就罵，只是沒有罵出什麼重點來，倒是惹得寧氏饒有興致地問道：「香膏？這東西我倒是還沒見到，不過回京路上便曾聽人說起過，這清洛香號的香膏賣得可是極好，聽說外面已經炒成了天價。她既能把這麼多香膏送給妳們，和妳們當是處得還不錯？」

「不錯？不錯的話，她的那什麼『香奈兒』的香露賣得更貴，怎麼不送一大甕來……」烏氏猶自憤憤不已，秦氏卻不似她是個只知貪小便宜的粗胚，登時聽出了寧氏的意思，連忙把話接過來道：「二嫂這話可是罵妹妹們不成？就老五家裡那位，誰願意和她處？您是不知道，她送進門禮的時候，蠻橫無理不說，還派人打傷了四弟妹家裡的下人！當時我也在場，那惡奴叫一個凶啊……我和四弟妹去找老夫人哭訴，誰知道老夫人一句知道了就算了，到現在都沒個下文！唉，到底是親兒子，咱們這些庶出的幾房比不了……」

這句親兒子出口，戳中了寧氏的心病。她一心認為自己的丈夫該繼承蕭家的爵位，可是蕭洛辰的存在，卻像是在她心頭橫著的一根刺。從小到大，二房和五房的關係就沒好過，近年來更是有些水火不容的架勢。聽得秦氏既如此說，冷冷一笑，「比不了？有什麼比不了的？嫡出又如何？那老五再怎麼囂張，到頭來還不是要稱我們家那口子一句二哥？那老五家的還不是要尊咱們一句嫂嫂？什麼惡奴欺人，我倒要看看她這個大小姐究竟有幾分斤兩！」

說話間，寧氏掃了秦氏和烏氏一眼，冷笑著道：「妳們兩個的進門禮收了香膏，我可是什麼都還沒收到呢！」

寧氏倨傲，平日在妯娌之間處處愛拔尖，此時被秦氏一挑撥，更想會一會這個新嫁進門來的五弟妹了。

便在此時，門外下人來報，五爺和五奶奶回府了。

寧氏冷哼，淡淡地道：「老夫人可有派人來傳話，讓我們幾個一起過去見禮？」

「這倒是沒有……老夫人把五爺和五奶奶叫到了自己房中敘話，並未傳幾位奶奶過去……」

「好啊，他們倒是聊得親熱！親生的兒子回了家果然不同，我們幾個愛叫過去立規矩便叫過去立規矩，看得煩了卻是懶得搭理嗎？」寧氏聞言更怒，雙眼圓睜，砰的一掌拍在了桌上。

◉　◉　◉

寧氏發起了脾氣，蕭老夫人房中的安清悠卻是一貫的沉穩，進門先規規矩矩地請安行禮。

「兒媳拜見老夫人，老夫人福泰安康！」

「罷了，都坐吧！」蕭老夫人淡淡地點了點頭，看向安清悠的神色卻是有些複雜。沉默了一陣，這才說道：「聽說妳那個清洛香號做得不錯，可是這經商畢竟只是小事，有空多陪著五郎回來待上一陣更是正事。兩口子天天不著家，整天在店鋪裡住著，人家不知道的還當咱們蕭家有什麼不和，會說閒話的。」

從安清悠嫁入蕭家開始，蕭老夫人給了下馬威之後，就進入了一種耐人尋味的沉默。

小倆口回到府上，這位老夫人開口的第一句話便似是責怪，安清悠和蕭洛辰對視一眼，卻都聽出了弦外之音，蕭家對外如何暫且不說，對內還是要以一個「和」字為先的。

蕭洛辰猛地一喜，蕭老夫人和安清悠，是他生命中最重要的兩個女人。這婆媳兩人若能和睦相處，對他來說是天大的樂事。如今蕭老夫人終於露出點兒以和為貴的口風，又怎能不令他興奮？

「老夫人明鑒，正所謂家和萬事興，兒媳自進門之後，便盼著家中和睦，這段日子在清洛香號中待的時候多了些，也是想幫著夫君多……多料理一些瑣事。之前回家確是少了，還請老夫人責罰。」

安清悠操持清洛香號，說白了還是為了幫蕭洛辰處理和皇帝之間那些爛帳。

蕭老夫人點了點頭，對這個回答還算滿意，「妳左右都是幫著五郎做事，等這陣子忙完了，以後還是在家住也就是了，倒也不用請什麼罪。不過，我聽說，這清洛香號是妳的私產，如今妳是東家，五郎倒成了幫妳做事的掌櫃，是不是這麼回事？」

這話一出，蕭洛辰心中跳了一下，蕭家的情況他同樣清楚，眼瞅著母親對於安清悠釋出了些善意，怎麼又提起這個？難不成是對清洛香號動了念頭不成？

思及此，蕭洛辰搶著湊過去笑道：「娘，兒子的情況您還不知道？窮光蛋一個，外面還欠了不少債。這清洛香號本是您兒媳婦多方籌措銀兩才開起來的，其中還用到了安家很多前輩熟人的關係人脈，當然她是東家，我是掌櫃了！」

清洛香號得以開業，除了劉總督那二百五十萬兩作擺設的銀票外，安子良和劉總督加起來還借出了十萬兩銀子，剩下的便是安清悠用自己的嫁妝和技術向裡面投資的。

若說是東家，安清悠真還是當之無愧，而劉總督一方面幫了大忙，一方面也是安子良的師父，這所謂「安家前輩熟人的關係人脈」還真是當得。

蕭洛辰如此回答固是滴水不漏，卻也有抬著安清悠和安家說話的意思。

「你倒是知道疼你的媳婦兒，可是娘現在問的是你媳婦兒，又不是問你這小子，你那麼著急幹麼？我又不是老妖婆，還怕我把你這寶貝媳婦兒一口吞進了肚子裡不成？」

蕭老夫人不吃這一套，沒好氣地對兒子翻了個白眼，又轉頭對著安清悠道：「我倒是真不知道安家還有這麼有錢的長輩關係，一出手就是二百多萬兩銀子。罷了罷了，既是五郎也如此說，看來事情是真的了？果真妳是東家，妳男人倒成了掌櫃？」

蕭老夫人執意要當面掰扯這個誰是東家誰是掌櫃的問題，蕭洛辰看出了些端倪，安清悠又何嘗是笨人？眉頭幾不可查地微微一皺，忽然想到一事，難道蕭洛辰當初執意要讓自己做東家，擔心的便是今日？

陸之章 財源滾滾遭忌

誰是掌櫃，誰是東家？

對於安清悠和蕭洛辰來說，壓根兒就不是問題，但是對於蕭老夫人來說，卻極為重要。

「老夫人這是拿兒媳打趣不成？」安清悠忽然笑了，這是她在蕭老夫人面前第一次笑，而且居然笑得甚為歡暢。

「妳看我這樣像是在打趣嗎？」蕭老夫人不鹹不淡說了一句，似是語帶雙關，臉色有點陰沉。

「我猜老夫人定是在說笑！」安清悠就這麼穩穩答了一句，不待蕭老夫人說話，搶著笑道：「正所謂男主外，女主內，當初夫君覺得我一個女子若是做了掌櫃，整天在外面拋頭露面太不合適，這才主動挑起了做掌櫃的擔子。夫妻本一體，何來彼此之分？今兒我為東家，他為掌櫃，明兒若是夫君想做，他隨時可以做東家。易得無價寶，難得有情郎。左右不過是一個區區商號，些許黃白之物，又哪及得我夫君重要？」

安清悠這話擲地有聲，蕭老夫人聽得「他隨時可以做東家」的話，到底是點了點頭。

做婆婆的終究是惦記著自己的兒子多些，蕭洛辰卻聽得更是明白，自己的妻子是個至情至性之人，什麼商鋪銀子，都及不得自己所愛之人，若是人和感情都不在了，要那些錢財又有何用？

兩夫妻對視一眼，不約而同溫柔地微微一笑。

這番舉措落在蕭老夫人眼裡，思忖了一下，便明白了安清悠話中之意。看看兒子，看看兒媳婦，到底嘆了一口氣，「罷了罷了，你們小倆口的事情小倆口自己折騰去。五郎，家裡的事情你心裡清楚，若是家中有事，莫要撒手不管才好。」

蕭洛辰正色答道：「娘放心，孩兒本就是蕭家人，自家的事情便是比天大，兒子也扛了！」

安清悠表態在先，蕭洛辰承諾在後，蕭老夫人雖是個厲害的婆婆，卻非不通情理之人，忽然對著安清悠笑道：「妳這孩子其實不欠蕭家什麼，這些日子你們雖然不在府裡，但我一直派人盯著你們。當初我給妳臉色看……倒是有些小家子了。天下的婆婆哪有不觀察考校兒媳的，妳肯為五郎做到這樣，天下怕是有大半的媳婦兒都不及妳了。」

這是蕭老夫人第一次對安清悠露出了笑臉，言語中雖有自嘲之意，卻是把話挑明了說。

安清悠連忙道：「老夫人這是哪裡的話，這些都是兒媳應該要做的，孝敬婆婆是應當應分，如今只忙碌黃白之物，辜負了老夫人的一片心意，這是兒媳的罪過。」

幾人又閒聊了幾句家常，安清悠和蕭洛辰便回自己院子去了，倒是蕭老夫人抽了兩口煙，對旁邊的蕭達苦笑道：「人家都說兒大不由娘，如今我倒是琢磨著，你說我這麼些年來是不是對五郎管得太狠了？今兒看他陪著媳婦兒的樣子，我這老婆子忽然就覺得自己老了。年輕人有年輕人自己的天地，如今也該到他們粉墨登臺的時候了，我是不是應該放放手，偷個懶，享兩年清福才好？」

「老夫人不老……」蕭達連忙搖頭，只是他既忠心又不喜說那些諂媚之語，就這麼說了一句老夫人不老，便接不下話。

蕭老夫人把煙桿一敲，笑道：「還說不老？當年的蕭夫人如今都被叫做蕭老夫人了，連你這個大管家的頭髮都已經白了不少，可是能有我白得多？」

蕭老夫人本就不是優柔寡斷之人，此刻既是拿定了主意，反倒不再猶豫，只是笑了幾聲，又想起了什麼來似的自言自語道：「就是不知道五郎和五媳婦什麼時候給我生個孫子……」

眼下的安清悠和蕭洛辰卻是沒有想過孩子的事，兩人出了蕭老夫人的房裡，一路往自己的院子走，卻沒想到有人早待在了院子門口。

「老五，媳婦兒挺俊的，怎麼不給二嫂介紹？」

來人正是蕭家的二奶奶寧氏。此刻她正冷笑地站在中間，秦氏和烏氏分列兩邊，隱隱有唯她馬首是瞻的意思。

「二嫂意欲何為？」蕭洛辰眉頭緊皺，揚起下巴，毫不遲疑地頂了回去。

「嘖嘖嘖，蕭五爺好大的煞氣！聽說你娶了一個文官家裡出來的媳婦兒，怎麼還是這麼的凶樣？那些文人怎麼說來著……對，長幼有序！」寧氏哼了一聲，語氣之中更多了三分火藥味：「如今回家見了幾位嫂嫂，卻是連個禮都不懂得見嗎？」

「喲，二嫂這是長學問了？我原以為二嫂一身好武藝，人擋殺人，佛擋殺佛，沒料想這幾日不見，竟然跟我這個不知禮法為何物的人講起見禮來了？」蕭洛辰抬頭望天，納悶地道：「不對啊，這大白天的也沒出什麼妖星，太陽也沒從西邊出來，怎麼淨是些破天荒的事呢？」

「你……」

蕭洛辰不過懶得與女流之輩一般見識，可若是真要生了氣，那言語可是比刀子還鋒利。

寧氏登時柳眉倒豎，待要反唇相譏，忽然聽得一個女子的聲音道：「清悠見過二嫂、三嫂、四嫂，幾位嫂子福安！」

早先安清悠便聽蕭洛辰說過與二房勢同水火，卻沒想到竟到了這般地步。一般人家內部就算再怎麼心有芥蒂，還是保持著面上的和氣，可自己一回家便遇上了這二嫂親自來堵門，雙方開口便是一番毫不客氣的爭吵，看來二房與五房之間的關係，比勢同水火還棘手三分。

「不敢！五弟妹在京城之中大名鼎鼎，誰還不知道清洛香號有個不得了的女東家？妳這個禮，我可不敢受！」寧氏之前喊著讓蕭洛辰夫婦請安，如今安清悠真的見禮，卻見她側身避開了。

秦氏看在眼裡，心下大樂。她費盡心機，為的便是這場面。

寧氏性子高傲，這五房新嫁進來的弟妹也不是省油的燈，這兩房一為長，一為嫡，他們若是不鬥個兩敗俱傷，自己這三房哪裡有什麼機會？

卻聽寧氏又冷笑著說道：「聽說四弟妹派人來討進門禮，卻讓妳派人過去好一通教訓，連四弟妹院子裡的下人都給打了，可是咱們蕭家既有這進門禮的規矩，還真就不能不按著規矩辦，不知道我這個做二嫂的上門親自討這份禮，五弟妹又準備怎麼教訓我？」

與烏氏那等眼皮子淺，只想占小便宜的不同，這寧氏哪裡是來討禮的，分明就是打上門來挑事的。蕭洛辰最煩的便是這寧氏，好不容易盼到母親和妻子有和睦的一天，卻是出了門便碰見此事，登時是雙眉一挑，便要發作。忽然手臂一緊，卻是安清悠輕輕拉了他一把。

「這事實是我這做弟妹的疏忽了，之前二嫂並未在家中，本想著等二嫂回來，親自拜見時把這進門禮一併奉上。今兒既是二嫂親自來討，清悠哪有不從之禮？青兒，讓人把東西抬出來！」

此刻安花娘和郝大木等人都在清洛香號坐鎮，安清悠身邊只有青兒陪著，眼看這寧氏甚是無禮，這小丫頭心裡頗為不忿，可是安清悠的話又不能不聽，當下噘起了小嘴，委委屈屈地道了一聲是。

便是這短短的一句委屈，讓寧氏又抓住了話柄，「嘖嘖嘖，聽聽這不甘不願的樣子，這本就是晚進門的應當應分，如今倒像是我強討一般！早聽四弟妹說五房的惡奴了得，今日一見，果然名不虛傳，便是一個小小的丫鬟……咦？」

話音未落，只見安清悠房中的四個下人腳步遲緩地抬著一只大甕，費力地送到寧氏面前。

當初秦氏跑到寧氏那裡搬弄是非，郝大木未動一拳只把人掛在樹上的事情自然未提，只言安清悠縱容娘家帶過來的惡奴打人，那一個下人送了兩只甕的事情倒是沒有隱瞞。

寧氏本就懂武藝，此刻見這大甕足有半人多高，莫說是裝滿了香膏，就算是裝滿了凝脂豬油，只怕也有四五百斤。若真是一個人拎了兩只一路送過去，這人的力氣該有多大？

這五弟妹的手下真有能人……

寧氏眉頭微微一皺，正對安清悠重新看待之際，忽見四個抬甕過來的僕人齊刷刷地一個倒翻身，有門不走，卻是淩空幾個縱躍，翻回了院中，身手乾淨俐落至極。

「老五，你這是在向嫂子示威耍狠不成？」寧氏臉色一變。蕭洛辰在四方樓當差在蕭家內部算不上什麼祕密，這幾個下人身手不凡，顯然不是一般地方能訓練得出來的。

「二嫂說錯了，這可不是我的人手，是我媳婦兒的！」蕭洛辰悠哉悠哉地回了一句，心中卻也暗自發笑。

那些四方樓裡出來的人曾被安清悠救得性命，對她的尊敬猶在自己之上。這些人皆是耳聰目明之輩，既有身手，也不缺膽子，如今看著有人找上門來挑事，當然心裡不忿，這一下雖是始料未及，卻在情理之中。

「她？」寧氏打量了安清悠幾眼，忽然發現這個五弟妹顯然不像她外表所表現的那樣柔弱。

「下人好賣弄，讓二嫂見笑了！」安清悠微微一笑，不卑不亢地道：「這甕中的香膏是小妹親手所製，與我們清洛香號裡所賣的大寶香膏自又不同。若論其價值，只怕猶在我們店裡最好的『香奈兒』香露之上。這便是小妹的見面禮，請二嫂笑納。」

這話一說，站在寧氏身後的烏氏忍不住「啊」了一聲，身子猛地一晃，險些摔倒。

那「香奈兒」香露名氣雖大，價值雖高，出貨量卻是不小。

安清悠一個人便是本事再大也做不過來，誰都知道是清洛香號作坊裡的工匠按照安清悠的指示批量生產出來的東西。監製量產之物已是如此，那正主兒親手所製的東西又當價值幾何？

這幾日，清洛香號的香物在市面上價格節節攀升，烏氏早就將安清悠送來的香膏偷偷賣掉，雖說得了不少銀子，只是那價錢……

烏氏悔得腸子都青了，秦氏的臉色也不好看，她雖是比烏氏晚賣了幾天，可是同樣把那一大甕香膏當作了大寶……

便在此時，下人來報，說是外面眾多商賈攜女眷來訪，指名要見五爺、五奶奶。

這等事情安清悠和蕭洛辰早已習慣的了，這段日子裡清洛香號出品的東西一天一個價，他們兩個天天都被人圍著求貨，如今回了府，有人追到家裡也不稀奇，當下點頭說知道了，卻是轉過頭來對著三位嫂子道：「家中有客來訪，倒是有些事情都趕到一塊兒了。清悠要回院子裡應付那些女眷，不知改日再去拜會三位嫂子可好？」

話說到這個分上，已經是有下逐客令的意思了。

可寧氏本就是存心上門來生事，此刻哪裡會善罷甘休，當下冷笑著道：「當真是有了銀子忘了親戚，外面的那些商賈女眷尚且有功夫去見，自家的嫂嫂們卻是要趕走了不成？早聽說清洛香號往來富貴無數，今兒既是到了咱們家裡，我們幾個也想沾沾五弟妹的光，左右又不是外人，一起見見有何不可？」

寧氏說得生硬，秦氏卻是個眉眼通透的，自然聽出了寧氏想要伺機尋事的心思，連聲地附和道：「對對對，一起見，左右能進得內院的都是女眷，有什麼不行？說不定還能多交幾個朋友呢！」

這幾人在這裡起鬨，全沒留意到蕭洛辰露出詭異的微笑。

妳們想見那些來求貨的女眷？好好好，這樣最好！

蕭洛辰暗樂，面上卻做出無可奈何的樣子，對著安清悠把手一攤道：「這個……香號的事情耽誤不得，我先去前廳應付那些商賈，女眷的事情就拜託娘子了，幾位嫂子若是一定要留下來同見，那也……那也……我說，幾位嫂子，這做生意的事情說穿了也就是些討價還價的事，沒意思得緊，還是改日我和妳們弟妹……」

「別改日啊，今兒就挺好！五弟妹剛回家，我們妯娌之間多說說話怎麼了？左右都是自家人，若是五弟妹忙活不過來，我們幾個做嫂子的還能幫她操持不是？」

蕭洛辰越是作態，寧氏幾人就越是想往裡面摻和。

寧氏把頭一揚，留下來的意思更是堅定，秦氏和烏氏也紛紛稱是，就是不肯走。卻不知蕭洛辰差點笑出聲來，心道，莫說我對家裡人不照顧，這可是妳們自己死活要留下的，待會兒若是坐在那裡難受，可別說我沒提醒過！

蕭洛辰恨恨地道：「生意的事沒法耽誤，不行，沒時間了，我得去前面了，娘子，妳……妳自己小心！」說罷，直奔前廳而去。

蕭洛辰這般做派，更寧氏三人振奮，做生意不易，伺機生事難道還難嗎？

安清悠皺眉，嘆了一口氣，「嫂子們若是想留下也行，大家認識認識沒什麼不妥，只是我怕來的人多，我這院子有些小了，到時候誰進院誰不進院，倒顯得我們這清洛香號不肯一視同仁似的。來人，多備些椅子桌案、茶水點心，咱們就在這庭中擺起來便是！」

「這院子有些小？」寧氏三人看了看五房的院子，和自家的規制一模一樣。她們三位各主一房，對於這等布局自是極熟悉的，這地方雖然不算大，可也絕對不能說小。

其實說到底，蕭老夫人對親兒子多關照了一點，五房的門前比別房多了一大片空著的庭院，其間的花木已經露出了綠色的嫩芽，用來待客倒是別有一番風韻。

三人猶自狐疑，五房的下人卻早已經拉開了架勢。

這些人手腳利索，擺案置椅添糕點，鋪桌奉茶上水果，轉眼便搭成了一副清清爽爽的場面。和那庭院景色相得益彰，倒像是安清悠早就和相熟女眷們約好，特地安排好要開茶會一般。

安清悠素手輕揮，對三個嫂子笑道：「三位嫂子，請上座。」

「五弟妹客氣！」寧氏也不客氣，當先便在首位上坐下，只是心中卻不像她面上所表露出來的那般硬氣。

她剛剛留神看那些布置的下人們時，發現他們往來奔走之間的一行一動極是俐落，顯然是有身手的，而這些人又都是些從未見過的新面孔。既不是蕭府固有的老人，那便是安清悠從娘家帶來的了。

這五弟妹當真不是一般人，自己要在外人面前尋她晦氣，究竟能不能成？

寧氏在這裡暗暗心驚，安清悠卻是穩穩當當地坐在了主位上，端著香茗輕品，也不與三位嫂子多說，就等著那些來求貨的女眷過來。

該來的果然來了，卻不是一個一個地來，一來便是一大群。

「蕭五奶奶福安！」

原本還算寬闊的庭院，一下子被外來者占領，瞬間就坐滿了人，只是這些外人卻和寧氏、秦氏等人不論尊卑，滿院七嘴八舌，淨是向安清悠請安之聲。

寧氏等人瞧在眼裡自然不是滋味，可偏偏還沒什麼法子，人家是奔著正主兒來的，又不是奔著妳們這幾個蕭家的媳婦來的。

倒是安清悠回禮之際，沒忘了介紹自家的幾位嫂子：「這是我蕭家二奶奶，這是三奶奶，這是我四奶奶……都是小女子的嫂子，以後大家多親近親近！」

安清悠挨個介紹，寧氏三人只能站起身來各自還禮。她們本是要來挑事，自是不肯在什麼都沒搞出來之前先讓外人挑了禮去，只是這一個個點下來，三人心裡都生出了怪異的感覺：怎麼那麼像營中的官佐對著士卒點名呢……

「二奶奶福安，三奶奶福安，四奶奶福安……」

又是一堆七嘴八舌的問候，弄得三人頻頻起身回禮。

眾人女眷是為尋正主兒求貨而來的，一番見禮過後，又都圍在了安清悠身邊。其間也有例外的，如今清洛香號的物品水漲船高，有一些官宦女眷是來和安清悠攀交情的，不過這些人出身文官世家，有根深蒂固的文貴武賤的觀念，見著寧氏幾人，只微微點頭，這就算是見過面了。

寧氏三人氣極，但在沒捉著安清悠的麻煩前卻不好發作，回禮也不是，不回禮也不是，窩火之際，一陣陣逢迎拍馬的讚美聲傳來。

「五奶奶，這麼久沒見，您可是越發的美了！早先認識您的時候我就知道，就咱們五奶奶這相貌，這人品，一看就是大富大貴的主兒，如今清洛香號短短的時日便橫掃京城，瞧瞧怎麼樣，應驗了不是？」

「這話還用妳說？人家五奶奶是什麼出身？安老大人的嫡長孫女，出來做生意，那都是大材小用了！」

「就是就是，五奶奶調香的手藝京城頭一份……不，大梁頭一份！弄個橫掃京城的香號，還不是隨手之間的事情……」

寧氏幾人一個比一個不自在，雖然知道這些女眷們的目的是求貨，這些客套話當不得真，可是這溜鬚拍馬也好，虛言假意也罷，稱讚安清悠的言辭一句接一句灌進耳朵來，當真是聽得要多難受有多難受。

倒是也有些人另有打算，眼見著安清悠身邊實在擠不進去，搭不上話，便轉而奔著這幾位而來，坐在首位的寧氏首當其衝，只是那一張口談不了兩句，接下來便是：「哎呀，我說二奶奶，您是貴人，是五奶奶的嫂子，我家那商號裡找清洛香號的貨都找瘋了，我們家裡那口子整天為了這個事情吃不好飯睡不著覺，眼瞅著一天天人就這麼瘦下去，我一個女人也做不了什麼事情。今日見面即是有緣，小婦人厚著臉皮求二奶奶幫幫忙，您就幫著跟五奶奶說幾句好話，讓她放點貨給我們商號吧……」

拉關係拍馬屁的，扮可憐抹眼淚的，寧氏等人算是體驗了一把什麼叫做眾星捧月，更有那單刀直入，私下裡給蕭家三位奶奶許好處的，手邊銀票一掏，直言道：「咱這人做事就是實誠，奶奶，您要是幫小號提出貨來，提多少貨我返您多少銀子，提出一千兩的貨就返一千，提出一萬兩的貨就返一萬……啊，不，一萬兩以上，我返您一萬兩千兩……啊，不，一萬五千兩！」

白花花的銀票就在眼前晃動，蕭家的三位奶奶心裡卻正淌著血。

所有這一切都是有個前提的，就是要幫人家提貨，可若要提貨，還是要到安清悠那裡去，讓她們開口求安清悠……

「不是我不放貨，諸位也是做老了生意的，每天作坊裡的產量就那麼大，我也沒法子啊！」

「諸位別著急，我們正在想法子擴大作坊的規模，想必諸位也聽我們店裡的人說了，下個月初要開訂貨會，到時候不僅有現貨，有新品上市，還準備開始接受長期預訂……可是，現在真的沒有貨！」

安清悠正努力和這些七拐八繞攀上門來的女眷們解釋，三位奶奶卻越聽越是心涼，清洛香號的貨到底有多搶手，她們現在才算是真正見識到了。

眼瞅著那些女眷們什麼招數都使了，安清悠只是說沒貨，自己這幾人如今就算是上去幫著說情，只怕也還是沒貨二字，到時候十有八九要平白招來一番奚落不說，這上門挑事變成了開口求人，又怎麼拉得下這個臉？

可蕭家本就過得緊巴巴的，二、三、四房同樣正鬧窮，臉重要，還是銀子重要……

這時候，不是太聰明的人反倒是肯狠得下心。

「啪！啪！」隨著面前的誘惑越來越多，忽然響起了兩聲脆響，烏氏忽然狠狠往自己臉上抽了兩個耳光，雙頰登時通紅，她一把抓過面前某個商號老闆娘遞過來的一張三千兩銀票，咬牙道：「我幫妳說說去……」

烏氏到底還是沒扛住，只見她奮力擠開幾個女眷，殺進了人群之中，見到安清悠，便努力地換上了笑臉，「我說，五弟妹，這親不親的一家人……」

烏氏率先叛變。

「這個……四嫂可是要幫人求情？」

烏氏的演技實在拙劣，而安清悠倒是早就預料到一般，語氣雖然不重，卻清清楚楚，尤其是那「求情」二字傳到寧氏和秦氏耳裡，當真是如同針扎一般。

「是是是！我看那熙鳳樓的老闆娘人還不錯，想在五弟妹這裡討個人情……」

烏氏既是拉下了臉，便也豁出去了，什麼二、三、四房聯手施壓，這一刻直接拋到了九霄雲外。左右今天就算鬧出什麼事來又如何？頂多就是出一口氣而已，哪有手裡攥著的銀票實在？

「哪一位是熙鳳樓的老闆娘？」安清悠問道。

「我……我！」一個中年婦人擠不進來，只好一邊高喊一邊拚命舉著雙手。

「我們清洛香號做生意從來都是一視同仁，今兒來的朋友這麼多，我也不能當著大夥兒的面給妳一家照顧，何況我真的沒貨了……」安清悠淡淡地道。

這話一說，烏氏忽然很有再給自己兩巴掌的衝動，自己也是被銀子晃花了眼，當著這麼多人，五弟妹就算肯，也沒法說啊！倒是那熙鳳樓的老闆娘精明，幾句話就聽出了隱藏的意思。什麼叫「不能當著大夥兒的面給妳一家照顧」，不當著大夥兒的面卻又如何？

果然，安清悠接下來又道：「不過，我家四嫂既是開了口，我也不能駁了四嫂的面子。妳看這樣行不行，我娘家兄弟亦是這買賣的股東之一，前兩天他倒是提了一批貨走，我寫張條子給妳，去清洛香號找安子良安公子，至於他的貨是不是已經賣出去了，便是沒賣出去又肯不肯勻給妳一些，那就看你們自己談了！」

這話一說，當場就炸了鍋。清洛香號裡有貨沒貨，貨在什麼人手裡，誰也不知道，以沒貨為名囤東西炒價炒名聲的事情，她們也不是沒做過，安清悠突然開了個口子，所有人都是心頭大震。

「謝五奶奶體恤！」熙鳳樓的老闆娘本來已經做好私下再去使勁的準備，忽然聽得安清悠竟當著這麼多人的面說要寫條子，激動得差點跪下來。

「別那麼著急，我手邊真是沒貨了，我那娘家兄弟提走的貨也不知道是不是已經賣給了別人。區區一張條子罷了，很多事情妳怕是還得自己談。」

安清悠提筆寫了一張條子，熙鳳樓的老闆娘小心翼翼地接了，當真是比接金條還要戰戰兢兢，一把將那條子塞到懷裡，卻是想起了什麼一般，轉頭又衝烏氏大喊道：「謝四奶奶體恤！」

烏氏笑著點了點頭，知道那張三千兩銀票在懷裡揣踏實了，再看看周圍那些女眷，登時覺得這陽光怎麼就這麼明媚呢？這哪是來跑貨的人啊，分明就是一張張銀票，一根根大金條啊！

只是這等美夢沒做多久，正要大展身手之時，忽聽得安清悠叫喚：「四嫂……」

「五弟妹有什麼事？」烏氏連忙湊了過來，還有點狗腿的架勢。

「就算是法度亦不外乎人情，別說是做生意了。今兒四嫂您開了口，清悠也不能不賣您這個面子。」安清悠正色道：「只是如今這清洛香號的貨實在太緊，這等事情若是太多，我也是無計可施，今日只此一次，下不為例！」

「啊？一次？」烏氏脫口而出，見安清悠說得嚴肅，倒是不敢再造次了。不過，三千兩銀子揣在了懷裡，這腦筋便靈活了許多，五弟妹這話裡話外可是留著餘地啊！

這等事情若是太多也無計可施，那不太多但有那麼一點卻又如何？

今日只此一次，那明日卻又如何？

像烏氏這等愛貪便宜之人，如果說開口求人能收銀票，她完全不介意天天給安清悠陪笑臉，更何況人家也沒把自己怎麼著不是？自從嫁到蕭家來，她也是緊日子過得狠了，此刻看著安清悠竟是越看越覺得順眼。這哪是弟妹？分明是個救苦救難的活菩薩啊！

弟妹看順眼了，嫂子那邊可就未必，烏氏再瞧瞧坐在那裡的寧氏和秦氏，只見兩人居然都是眼神之中帶上了一絲鄙視，登時怒氣橫生，一眼瞪了回去。這兩人在這一瞬間就被她劃入了面目可憎的行列，怒目相向之餘，心生悔意。

我好好的跟著別人鬧騰個什麼勁？五弟妹這麼好的人，這兩塊料又怎麼比得了？要不是被這種人攛掇，我早和五弟妹交情更深厚了，這不是自己給自己找彆扭嗎？就算今日只此一次，之前都過去多少日了……

烏氏後悔極了，而且越後悔就越覺得寧氏、秦氏兩個人不是個東西，便也不坐回原位和她們在一起，就這麼站在安清悠後面，大有同仇敵愾之感。

這時候的安清悠卻顧不上這位見錢眼開的四嫂，口子既是開了，其他女眷眼睛都紅了，一個個圍上來叫個不停。

「五奶奶，您可不能只體恤熙鳳樓一家啊！」

「沒錯沒錯，五奶奶，咱們可是您在做姑娘的時候就認識的交情，您還記得嗎？那一次在通判府吃酒的時候，您還送過我一個香囊呢！」

「五奶奶，今兒人多，有些事情說不清楚，要不您說個日子，小婦人專門來給您請安？」

七嘴八舌，亂七八糟，一時間，安清悠渾身是嘴也沒法和這麼多人說清楚，不得不喊道：「大家都安靜一下！」

「五奶奶，咱們可是……」

周遭女人的聲音一個比一個尖，安清悠的聲音瞬間便淹沒在了眾多女高音裡。

「沒聽我五弟妹說嗎？都給我靜一靜！」一個女人的大吼聲從安清悠身後爆出，中氣十足，嗓門嘹亮，當真是雷霆萬鈞。

能喊出這一嗓子的，當然就是烏氏了。此刻，她昂首挺胸站在安清悠旁邊，很有護衛的架勢，居然還加上了這麼一句：「五弟妹不用擔心，今日萬事有四嫂在場，料也無妨！」

安清悠噗哧笑了出來，這位四嫂還真是個極品，但笑歸笑，還是客氣地道了聲有勞四嫂，接著轉過臉來，順水推舟地道：「諸位，不是我不想給諸位方面，打開門來做生意，誰不是想賣貨掙銀子？諸位也不是不知道，我家夫君那邊還有一大堆帳目要清呢！咱們又哪裡願意跟銀子過不去？如今清洛香號裡是真沒有貨了，各位不見我還是得開口求人，找我那娘家兄弟去調度嗎？這也就是四嫂和我是一家人，可即便是這麼親的關係，我也沒地方去到處求人不是？」

「對啊，我家五弟妹現在是真沒貨了，那香物也不是從天上掉下來的吧？也得做也得調，也就是我和五弟妹關係鐵到了這個分上，若換了旁人，你們看五弟妹肯不肯幫著開這個口？」烏氏很會把握時機地站了出來，幫著安清悠說話之餘，更沒忘了顯擺一下自己的身分，絲毫沒有當初曾經打頭炮卻落了個下人掛樹上的疙瘩。

只是，眾人哪裡肯信？有先例在前，登時又要蜂擁而上，卻見安清悠和四奶奶說著話，眼睛卻有意無意向著坐在首席上的兩位奶奶瞟了幾記。

夠資格來到安清悠這裡跑貨的女眷，沒一個是笨人，早有那眉眼通透的把這情形看在了眼裡。四奶奶張口就幫人提到了貨，那邊二房和三房的兩位奶奶可還沒吭聲呢！

天下熙熙皆為利來，世間攘攘皆為利往。

這些女眷今天來的目的，就是能從安清悠手裡要出貨來。如今人家已經指了道，自己若是再不懂得接著，那可真是白做這麼多年生意了。

呼啦一下子，寧氏和秦氏身邊登時便是人頭攢動，兩人的行情急漲。

「二奶奶，您就幫小婦人這麼一次，五奶奶不是說了嗎？今日一次，就一次，一次行嗎？」

「三奶奶，今兒咱們雖是第一次見面，可我就是覺得一見如故，這裡有兩千兩銀票您先拿著……什麼？您這是把小婦人瞧低了不是？這是小婦人我孝敬您的，我可沒說求您去找五奶奶說情，咱們這叫緣分！」

安清悠一直堅持不漲價，讓清洛香號對於這些商賈們而言，成了利潤最大的一個進貨源。

若是她真說了想提貨就要去殺人放火，說不定還真有人會主動幫她弄出幾檔滅人家滿門的事情來——當然，那得看是滅誰！

安清悠身邊陡然清靜下來，寧氏和秦氏兩個人身邊，卻猶如煮開了滾水般越燒越沸。事到如今，還有誰看不明白，再去求五奶奶只怕還是左一個沒貨右一個沒貨，只有在這兩位身上下功夫才有可能。

這些女眷們為了打開突破口，可以說是使盡了渾身解數，有人往秦氏手裡頭塞的銀票已經突破五千兩，正以一種上不封頂的速度向六千兩逼近，這還是口口聲聲喊著不用她去找安清悠開口說情的。

秦氏從來都是個有算計的，自然知道什麼不用去找安清悠說情只不過是個幌子，拿了人家的手短，只怕這銀票一接，自己就要步上烏氏的後塵，可是這真金白銀擺在眼前，說不動心那假的。

要不就……拿了吧……可是……

秦氏猶豫著，可是她躲在別人後邊挑撥攛掇可以，讓她也像烏氏那般豁出去，她還真未必有這魄力。手指頭動了好幾次，到底沒能接那銀票，轉頭瞥去，卻見寧氏正咬著牙關睜著眼，一動也不動地看著自己。

「二嫂，出了什麼事？」秦氏被她這模樣嚇了一跳。

寧氏淡淡地道：「沒什麼，我就是在想三弟妹妳……會不會也像四房那個沒骨氣的東西一樣，幫著這些人去說情罷了！」

寧氏向來潑辣，有時候便是在老夫人面前也敢鬧上一鬧，此刻雙眼直勾勾地盯著秦氏，倒讓這從不肯自己出頭的三奶奶發虛了。

那個……二房和五房往死裡鬥起來，我們三房才能有機會，銀子再好，終究沒有做世子繼承蕭家更重要……

人一覺得畏懼，就愛給自己找理由。秦氏腦子本就不慢，這時候找理由的速度亦是飛快，反覆安慰了自己幾句，陡然把頭一抬，故作鎮定地說道：「二嫂哪裡來的話？她們分明是設了一個局來羞辱咱們。二嫂既然坐得住，小妹焉能做那讓人恥笑的事情？有人來勸也好，許好處收買也罷，那位那邊我是絕對不會去的。也讓她們看看，咱們二房和三房就是這麼有骨氣！」

秦氏說得慷慨激昂，只是這言語之中卻盡數把事情推到安清悠等人頭上，什麼設局辱人之類的話一說，忽然也覺得自己好像很有道理，全然不想今天這事情是她們死乞白賴非得留下來的。

寧氏頗有些感動，拉著秦氏大聲道：「好！就是這麼有骨氣，我真是沒有看錯人！好姊妹，咱們走！」

「給了臺階都不知道下，還能拿銀子……這兩人有病吧？」烏氏憤憤地嘟囔了兩句，模樣倒是比別人更加不忿。

「四嫂，算了，讓她們去吧！」安清悠搖了搖頭，寧氏驕橫，秦氏只想躲在別人後面，這兩人不肯開口早就是她意料中之事，此刻該打的氣焰也打了，該讓她們吃的苦頭也吃了，把事情往死裡做不是她的風格，沉吟間，卻是想起一件事來，「對了，二嫂忘了我給她的進門禮……」

「嗄？就她那樣的，還給她進門禮？」烏氏瞪圓了眼，湊過來笑嘻嘻地道：「我說，五弟妹，這種人還搭理她做什麼？那一大甕香膏，不如……」

「來人，把那只大甕送去二奶奶院子裡！進門禮是老太太當年立下來的規矩，咱們五房可不能破了！」安清悠沒等烏氏把討要的事情說出口，便把話吩咐了下去。

「四奶奶，那大甕裡裝的是什麼啊？」有女眷過來和烏氏攀話，經過今天一事，四奶奶的行情明顯看漲。

「還能有什麼，進門兒禮唄！五弟妹親手為二嫂做的香膏……」

「那甕裡是五奶奶親手做的香膏？」那女眷陡然一驚，忍不住喊了出來，結果滿院皆驚。如今清洛香號的批量貨都已經一天一個價了，五奶奶親手做的香膏……這得是什麼行市？那大甕的個頭可真是大啊……

這女眷回過味來，聽到她尖叫的眾人，有比她動作更快的，跑貨跑貨跑了半天的貨，鬧了半天最好的貨就在自己眼皮子底下？一群人瞬間追了出去，遠遠的只聽有人高聲呼喊：「二奶奶，且慢，請留步啊……」

「唉，今天來的人這麼多，倒是讓她得了這個便宜去，只怕要賣上個高價了……」烏氏在一邊捶胸頓足，卻聽得安清悠道：「無妨，那本就是我送給二嫂的，何況她這人脾氣驕橫過了頭，這一甕香膏只怕是旁人出價再高都不會賣，倒是那些女眷……」

說到這裡，安清悠嘆了一口氣，烏氏在一邊連聲說道：「對對，那些女人只怕是要白跑一趟了！賣不出去更好，讓她自己看著賭氣，咱們更痛快！」

安清悠微微一笑，倒也不和這自己沒賣上高價也盼著別人不落好的四嫂爭辯。這些商賈女眷既然知道寧氏手裡有頂級貨，又哪裡是肯輕易甘休的？今兒白跑一趟，明天還會來，明兒買不到東西，後天還會堅持不懈。依著那位二嫂的性子，只怕以後有得她煩了。

安清悠在這裡搖頭微笑，京城中的另一處府邸中，倒是有人正一項項不厭其煩地檢查著手下辦事的結果。

「上次讓你去安排的事情辦好了沒有？那些賣香物材料的商家，該敲打的可是都敲打了？」

「既是大人安排的，他們誰又敢不從？那些賣材料的商家一聽是大人的意思，就算借他們一百個膽子，那也是不敢賣給清洛香號材料的。打今兒起，京城附近的商號沒人會賣給他們半兩材料。」

「嗯，做得不錯！那些工匠呢？」

「倒是查明了清洛香號的作坊便在城東安家的莊子裡，那些工匠連著他們的家小都在莊子裡做事，不輕易出來。小的帶人扮作山賊土匪向裡面衝了一次，那裡的莊丁護院著實扎手，弟兄們反倒傷了六七個人。」

「飯桶！來人啊……咳咳……」

「老爺老爺，小的們雖然沒有衝進去，可是也盯住了京城裡各大香粉鋪子，那清洛香號雖然原有工匠沒受影響，但是再想新招人也是很難。那些香粉鋪子還說，他們的生意被清洛香號擠走了大半，非常願意聯手一起對付清洛香號……」

「嗯，這還差不多，自己掌嘴二十，下去吧！」沈從元冷冷地斥退幾個派出去做事的下人，卻見湯師爺一臉喜色來報：「大人，剛剛接到了老太爺的飛鴿傳書，說是請了江南調香好手多人，連那檀香寺的主持了空大師也來了，如今已在路上！」

「了空大師也來了？」沈從元一下子從椅子上站了起來，大笑道：「好！好！真是天助我也！

清洛香號？你們兩個小輩有幾天便趕緊笑幾天吧，等本官我安排周全，讓你們哭都哭不出來！」

◉　◉　◉

蕭家的後宅之中，蕭家的大奶奶林氏正在幫蕭老夫人按摩著肩膀。

陡然聽到婆婆說起了當年，林氏微微一怔，手也停了。

「臘月的時候人沒了的，轉過年來開春的時候，二弟妹進了門……」

「記得當年妳男人沒了的時候，二房的媳婦還沒進門吧？」

林氏的聲音很低很低，雖然事情已經過去了很多年，但是那段日子對她而言，恐怕是生命中最痛苦的日子，若不是有這位婆婆一力照顧著、開解著、護著，她真不知怎麼樣才能挺得過來。

「洛堂那孩子雖然不是我親生的，但是他為人正派，做事又很有分寸，他若是還在的話，接掌蕭家亦是合適，只可惜天殺的北胡……人沒得早啊！」蕭老夫人拍了拍林氏放在肩上的手，似乎在回想著什麼，兀自出了一會兒神，才嘆道：「妳這個孩子，性子善良柔弱，如今又沒了男人，以後我們這些老的總有沒了時候，若是真有一天要分家單過，妳一個女人家，這日子可就過得苦了！」

蕭老夫人的話讓林氏嚇了一跳，連忙接口道：「老夫人，您可別這麼說，您是長生不老的老壽星，兒媳一直都伺候著您就好。上次那清虛道觀的李仙長不是說了嗎？您是王母娘娘轉世，長命百歲，福壽無疆的……」

林氏趕緊說著吉祥話，只是又提起亡夫，眼圈不知怎麼就紅了。

林氏性子雖然軟弱，但不是蠢笨之人，蕭老夫人對長房的諸多照顧，她豈能不知？

好比那看似全無道理的「進門禮」，說白了就是為她這個長房的寡婦定下的。後續的弟妹們進門送禮財物事小，藉著這個由頭定下各房長幼的次序才是重點。這麼多年過來，她仰仗著這位婆婆的照顧，那幾個弟妹雖然都不是省油的燈，可是長房還真沒吃過什麼大虧去。

「福壽無疆？關起門來說一句，萬歲爺都做不到喲！和尚道士們這麼說，不過是弄兩句好話多騙幾個香火錢罷了。如今五郎都已經娶了媳婦兒，有些規矩再留著也沒什麼用了，該變的東西不妨順其自然，就讓它變吧……對了，楓兒那孩子最近過得可好？這幾天怎麼沒見到他呢？」

蕭老夫人口中的楓兒，便是蕭洛辰的大哥蕭洛堂留下來的遺腹子，蕭家的長房孫子蕭齊楓。這孩子如今六七歲，生得斯文瘦弱，還真不像是個將門世家出來的孩子。

林氏聽得婆婆問起，連忙到門口喚人去將他領了來。

蕭老夫人一把把孩子摟進懷裡，疼愛了一番，才對著林氏說道：「楓兒如今大了，也該學些他這個年歲該學的東西。我尋思著五郎那個媳婦兒……說到底，她也是宮裡選秀出來的，大市面見過不少，不如送楓兒去她那裡調教一下，也好多學點東西，妳看怎麼樣？」

「啊？」林氏忍不住驚呼，女兒是娘的小棉襖，兒子是娘的心頭肉。老夫人突然說要將蕭齊楓送去給五房的弟妹管教，如何能不讓她震驚？

老夫人今日忽然提起往事，又說起這個，到底是要幹什麼？

「既是老夫人的意思，想來也是楓兒這孩子的福緣……只盼著老夫人能跟五弟妹那邊多提點著些，讓她……讓她善待楓兒這孩子，他自幼身子就弱……」

想歸想，蕭老夫人的話說出來，林氏到底還是沒敢說出任何拒絕的話來，只能期期艾艾地求著婆婆跟五房那邊多照顧自己的孩子。

「別擔心，再怎麼說，這個家裡還沒什麼事能瞞得過我這雙老眼。五郎媳婦若是敢對楓兒不好，我這個做婆婆的頭一個便饒不過她。說起來，這事兒對楓兒只有好處，沒有壞處。」蕭老夫人又拍了拍林氏的手以示安慰，「更何況，遇事也別往淨壞了想！五郎那媳婦的手段自然是有，若再是個肯善待人的……說不定這倒是你們娘兒倆的福緣了！」

昨日二、三、四房在安清悠那裡弄了個灰頭土臉，老夫人今日便提出要把長房孫子送到五房院子那裡管教，林氏心裡固然是七上八下，作為當事人的安清悠此時此刻則是全然不知，她的心思全都放在了另一件事情上。

「清洛香號對面的那一溜鋪子，一夜之間全都換了招牌？」

「回五奶奶的話，一共七家鋪子，京城裡的四大香商，暈香樓、八香樓、彩聚坊、仙粉堂都在對面掛起了招牌，江南的雲和香號、天香樓和關西的盛粉堂做得更是直接，把他們在京裡的香號直接遷到了咱們對面。」

安花娘天還沒亮就趕回了府裡，一夜之間出了這麼大的事情，她這個清洛香號的二管事自然不敢怠慢，而安清悠那張一貫淡然的面孔上，竟也難得露出了一絲凝重。

清洛香號的驟然崛起，其實關起門來說，是一件非常突兀的事情。在短短不到一個月的時間裡橫掃京城，就好像是突然竄起的炮仗，如今固然是聲名鵲起，可安清悠心裡總有一絲隱憂。

所有的一切發生得太順利了，順利得令人不安。

安清悠絕沒有天真到認為僅憑幾十個走街串巷的班子和一堆貼滿京城的廣告單，就能讓清洛香號達到天下無敵的地步。有人在自己身後默默地推波助瀾，劉總督的勢力不是白搭的，壽光帝在其中又暗自添加了什麼力量，怕是只有老天爺才曉得。

所以，安清悠一直小心控制著清洛香號的發展節奏，出貨量低固然受限於產量和要為清洛香號增加話題的考量，更重要的是她一直在等，等著那些盯著蕭家的人出手，等著看那位劉大掌櫃對如今清洛香號的反應，尤其是等著壽光帝對蕭家開始經商掙錢之後的態度。

為將之人身無餘財，不僅僅是能夠讓士卒兵佐悍不畏死，同樣是掌握軍權之人對於帝王的一種表態。其實，單純掌有兵權不可怕，皇上總要選武將去帶兵的，可若是掌兵權之人有了錢，那龍榻上的九五之尊才會睡不安穩。

安清悠和蕭洛辰都懂這個道理，尤其是蕭洛辰，他的統御之術壓根兒就是出自於壽光帝這位師父的真傳。

之所以在替老爺子還帳的過程中同樣支持著安清悠厚積薄發的策略，是因為他也有些事情想要看個清楚。蕭家日子過得吃緊誰都知道，多少代人拚死拚活提著腦袋為皇家賣命，人命都不知道往裡面搭進去了多少條，想要過一點人前顯貴且人後富裕的好日子不過分吧？

問題在於，壽光帝能夠容忍蕭家富到什麼程度？

蕭洛辰需要有個清楚的認知。

「現在同行們出手了，嘖嘖嘖，京城四大香號聯手，再加上江南關外的也來湊熱鬧，能夠有這手筆的，想來也只有那位如今等著做太子的睿親王了……哎，不對，那個什麼江南的天香樓，好像是那位的產業？」

「哪位？」安清悠一怔，隨即反應過來，小倆口對視一眼，異口同聲叫道：「劉大掌櫃？」

清洛香號的幾樣拳頭產品如今早已名滿京城，有些客商跑到京城來採購後，運到外地高價出售也不是什麼新鮮事，而那天香樓更是江南最為著名的香商之一。
劉總督在京城裡不能拋頭露面，可若在江南，那當真是人的影，樹的名，跺跺腳半個大梁國都跟著晃悠。作為老字號香商的天香樓是劉家的產業，早就是公開的祕密。
問題是，如今劉大掌櫃那二百五十萬兩還押在清洛香號的大堂裡示眾，自家商號的對臺戲便已經唱到了清洛香號門口，這不是左手打右手嗎？
「這位大掌櫃不會是兩頭下注吧？難不成他想在睿親王那邊……」
蕭洛辰自言自語了幾句，隨即搖了搖頭。
劉總督對壽光帝是絕對的忠心，大梁國裡真正知道全局之人，寥寥無幾，他便是其中之一。無論如何，這個號稱天下第一忠犬的劉大掌櫃，這個時候絕對不會做出什麼腳踏兩條船的昏招來。
猶豫這事做什麼？去看看就知道了！
被動的猜測向來不是這對小夫妻的風格，套馬備車這幾個字，幾乎是同時從兩人口中發出。
安花娘等人下去籌備，就在這要出門的當口，忽然又聽下人來報：「五奶奶，大奶奶求見！」
「怎麼都趕在一塊兒了？」
安清悠微微皺眉，香號那邊出了這麼大的事，大嫂怎麼偏在此時登門拜訪？
安清悠無奈，還是讓下人去請林氏進來。
無論從蕭洛辰先前的介紹、還是從這段時間的觀察來看，這位孀居已久的大嫂確實是善良，平時亦是與世無爭，從沒有摻和過什麼，如今忽然前來，難道是有什麼急事？
「給大嫂請安！」安清悠規規矩矩地行禮，林氏一邊回禮，一邊有些忐忑。
一個六七歲的小男孩跟在她身後，模樣雖然頗畏縮，只是一雙圓圓的大眼睛東瞧西瞧，似是對於自己這個五嬸很好奇。

「這就是大嫂的兒子楓兒？」安清悠好奇。

「正是……楓兒，還不跟你五嬸請安？」見得安清悠穿戴整齊，林氏又遲疑地說了一句：「五弟妹這是要出去？」

「嗯，鋪子裡有些事，大嫂可是有急事？」安清悠讓著兩人進去坐下。

「沒急事，我真的沒急事，不過是閒來無事，尋思著帶楓兒這孩子過來跟五弟妹串串門子，那個……五弟妹若是有事，那便先忙妳的，我……我本沒有什麼事，就是來串個門子……」林氏說得有些混亂。

安清悠眉頭微皺，琢磨著出了什麼事，蕭洛辰進來笑道：「說起來我們夫婦其實也沒有什麼大事，只不過是去鋪子那邊打個晃兒罷了。大嫂若是閒來無事，倒不如讓妳弟妹陪著，一起去金街逛上一圈？」

安清悠登時醒悟，馬上跟著邀請這位大嫂。

林氏本就是個沒主意的人，此刻被一通熱情相邀，也不知怎麼的，就帶著孩子上了五房的車馬。只是眾人一路朝著金街行來，卻不知有人恰恰比他們先到了。

一輛馬車靜靜停在了距離清洛香號不遠處的路邊，身邊人來車往的川流不息，靜立在車旁的幾個長隨卻如釘在了當地般紋絲不動。

他們身旁頗為熱鬧，什麼賣餛飩的小販、要飯的乞丐，幾個書生打扮的人還圍在一個算命師的攤位前測字問卜。只是這些人看似輕鬆，眼睛卻時不時往馬車周圍掃去，時刻防備著有沒有人會對馬車中所坐之人不利。

「熱鬧是熱鬧，看來京城中的有錢人還真不少，倒不知咱們手邊這些東西，若是拿出去給那些收貨之人，能賣得多少？」

一個老者把玩著面前的幾個瓶瓶罐罐，清洛香號的香物在外面雖說是緊俏得很，可是放在他這裡卻顯得普通，隨手挑了一些香膏塗在手上臉上，戲謔地笑道：「朕這個做皇帝的也是日忙夜忙，用了點兒香膏，可對得起這張臉了！呵呵，也虧這兩口子想得出這句詞兒來！」

這老者正是當今聖上壽光帝，此刻他一身錦袍，與那些逛金街的普通富戶沒什麼兩樣，正是微服私訪來到了此處。

旁邊一個在車廂裡陪著說話的大胖子亦不是別人，正是總督劉忠全，他陪笑地說道：「都是陛下聖明，我大梁才有如今這繁華盛世！」

「這馬屁還是少拍，這些年來，天下不知道有多少人，都說你這個六省經略是靠拍馬屁拍出來的官，這倒楣名聲還沒背夠？」壽光帝笑罵，卻甚是高興。打趣了劉總督一記，又問道：「你這劉大人既是幫著那小倆口用銀票來鎮場子，卻又把自家的商號拿出來和清洛香號唱對臺戲，這葫蘆裡賣的是什麼藥，可就連朕都猜不透了。這麼巴巴地拉著朕來逛著金街，總不會是為了你家那新鋪子要開業，怕少了賀客吧？」

「陛下哪裡來的話？想當年先皇去世之時，百業待興，京中便是這金街，又何嘗不是一片蕭索？臣自當年追隨陛下起，目睹這大梁江山幾十年來如何一點一點興盛起來。這聖明二字絕非是阿諛，實是臣發自肺腑之言。」

劉總督就是劉總督，就算是墊場話也說得擲地有聲。

壽光帝拈鬚微笑，劉忠全又道：「臣之所以將自家的香粉鋪子擺到了清洛香號的對面，實是一番為了朝廷與皇上的心思，如今陛下意欲用兵北胡，那件重要的事情，說不定便由此而解。」

打仗亦是打錢，壽光帝自然深明此理。之所以要調劉總督這位理財高手進京，為的便是錢糧，劉總督雖然說得隱晦，但是壽光帝心裡卻如明鏡一樣。

雖然已經做了多年的儲備，可這等傾國之戰遠不比邊境上的一兩場戰役，事到臨頭真動了手，就連這位大梁天子也覺得各處都需要錢，他最近甚至都動了加稅的心思，若不是怕此舉動靜太大，讓那些有心人有了防備，早下明旨了。

如今劉總督居然說這等大事說不定便能由此而解，壽光帝登時來了興趣，又看看那清洛香號雖然人來人往，心中卻還是有些難以置信，沉吟著道：「這香粉鋪子的營生，做到清洛香號這般，已是極為難得，若說是能彌補軍資，只怕還是差得太遠了……」

壽光帝隨手撩開了半幅車窗簾子，遙遙望去，只見那高掛著的欠債布條迎風飄蕩，上面的欠條早已經被劃去了大半，取而代之的是那些被消清了帳目的商賈們寫下的收據，旁邊還無一例外加注了清洛香號絕對信譽的字樣。

每換上一張，便為清洛香號的聲望加了一分。

短短不過月餘時間，安清悠和蕭洛辰便已經將那百多萬兩銀子的虧空清欠了大半，可是這等事情比起傾國之戰中那動輒千萬兩的經費，只能算得上九牛一毛。

「這小倆口倒是有心機，就算是不能夠為朕解了那大事之憂，能夠掃掉宮裡和四方樓中一百多萬兩銀子的欠款，那也是好的……」壽光帝轉過身來，再看向劉總督時，雖然面上猶自帶著輕鬆的笑意，一雙眼睛裡卻是不經意間精光一現，「不過，這大事既是劉卿提出，想來必有緣由，卿有何良策，不妨詳細奏來。」

便在壽光帝認真起來的時候，安清悠則是剛剛下了自家的馬車。

在來清洛香號的路上，安清悠就在不停找話題話家常，只是林氏總是心神不寧，經常是一個話頭沒說幾句便聊散了去。

安清悠越發奇怪，但是林氏不說，她這個做弟妹的也不好強問。等到下了車時，便隨口對著同來的蕭齊楓笑道：「楓兒，京城就屬金街最繁華，你以前來過嗎？咱們家的鋪子開在這裡，在這金街上也算是有了個點，以後五叔和五嬸帶你到這裡玩可好？」

「好啊好啊，楓兒早就想出來玩了！」蕭齊楓正是愛玩的年紀，聞言高興不已。只是安清悠正自微笑，卻瞥見林氏面色大變，不禁微微一怔。

自己說要帶楓兒出來玩，大嫂的反應竟是這般大，難道她的心事與這孩子有關？

安清悠正納悶，蕭洛辰用低得不能再低的聲音道：「今兒這事可有趣了，不光是一口氣開了七家同行在咱們對面，來的人也是嚇人呢，妳猜猜街邊那輛灰布馬車裡坐的是誰？」

「夫君說的是哪一輛？」

金街上車水馬龍，這等從人群中一眼便瞧出古怪的本事卻非安清悠所長，費力尋找了一番，還是沒發現。

「街對面，從咱們這個門口算起，停著的馬車中的第五輛，看出什麼古怪了沒有？」

安清悠本就敏感，此刻經丈夫指點，仔細觀察，果然看出了不少古怪。

那輛馬車周圍之人看似各有各的忙活，可是有意無意總擋住了其他人前行的道路，無人能夠走到那馬車周圍一丈之處。

「四方樓的？」

這些人雖然打扮各異，可是安清悠總覺得他們身上都有一種似曾相識的氣質。細想間，倒是想起家裡那批從四方樓中轉投之人來，當下問道：「劉總督開了鋪子，那自然是……啊，不對！難道車裡坐的是老爺子？」

「孺子可教也！」蕭洛辰讚了妻子一句，臉上卻是苦笑。四方樓的護衛手段他自然是熟得不能再熟，看著那灰布馬車周圍的眾人舉止，便知道這次護衛的是誰，只是壽光帝忽然微服來到了金街，意味著什麼，這卻是耐人尋味了。

「只要不是去給對面的同行開業做賀客就好！」安清悠看到蕭洛辰若有所思，笑著打趣。

兩口子同時一笑，卻聽得身邊不知是誰喊道：「五爺和五奶奶來了！」

呼啦啦一下子，湧上了一大群人，一張張笑臉早把安清悠和蕭洛辰等人圍了個水洩不通。

「諸位莫急，咱們屋裡坐。我先為大家介紹一下，這位是我大嫂，這是我侄子蕭齊楓……」

很多人立刻熱情地向林氏請安。

前幾天蕭家有位四奶奶一出頭求情，便有人從清洛香號提了一批貨走，當天便有人把主意打到了蕭家另外幾位奶奶身上，只是三奶奶一直閉門不見，二奶奶更是不好說話，去找她的人無一例外碰了個灰頭土臉，據說這位二奶奶還放出話來：「為了幾個臭錢就想讓我去找老五家的陪笑臉？做夢！以後有提這種事情的，一概打了出去，讓他們也知道知道，什麼叫做我們二房的骨氣！」

二房的骨氣到底有多硬沒人知道，不過，聽說五奶奶送去的那一大甕作為進門禮的香膏，到底還是被二房收了，也高價轉賣給了某家商戶。

眼見這位蕭家的大奶奶看著比五奶奶還要和氣柔弱，此時不拉拉關係，更待何時？

只是林氏今天心裡有另一件事情裝著，對府內的事情也很少摻和，哪裡肯為這些人去做說客。

但被眾人圍著說道，一時間有些手忙腳亂，中間偷閒看向蕭齊楓，又呆愣起來。

蕭齊楓那邊比自己還混亂，一堆人逗著他說笑，手裡攥滿了各式各樣的見面禮，小楓兒被哄得笑個不停。

林氏心中微微一顫，自從丈夫去後，自己在蕭家雖然得老夫人照顧，過得還行，可是這孩子卻跟著自己閉院而居，有多久沒見他這般笑容了？再看看身邊那些對著自己說好話的女眷們，她心裡明白，這都是衝著自己那位五弟妹的面子來的。

老夫人說的沒錯，這五弟妹當真厲害，若是楓兒能由她教導，比跟在我身邊強多了……

林氏忽然從眾人的環繞中站起身來，對著安清悠道：「大嫂有點事，弟妹可方便單獨聊聊？」一群女人登時驚了，這又是哪一家通過大奶奶搭上了蕭五奶奶的線？

安清悠點了點頭，這位大嫂不屬於那種為利而轉之人，她憋了一路的話，總算是想說了。

便在安清悠和林氏私聊的時候，劉總督正笑著進言：「臣斗膽請問陛下，天下之大，朝廷獲入最巨者當為何物？」

「天下之大，還有誰比你劉總督更清楚，你這個做大掌櫃的反而來問我？」壽光帝笑罵一句，卻還是回答道：「朝廷歲入，除了田賦丁稅，便是鹽鐵之利，此乃國之四入，至於其他……哪一樣東西是天下人必不可缺的，那便是朝廷的最大收入。」

只是劉總督居然能由此延伸出別的東西來。

「那皇上以為，此物並非人之必需，若朝廷之入卻又如何？」劉忠全指了指萬歲爺面前。

順著劉忠全的手指一瞧，卻見車廂中的一張小案上，正放著一只小小的茶盞，薑紅色的茶水兀自冒著熱氣。壽光帝微微一怔，脫口而出：「茶葉？」

茶葉雖比不得鹽鐵，但其中獲利亦是驚人，劉忠全這些年替壽光帝執掌江南，早將江南的無數茶園明裡暗裡攥到了手裡，而其中大半收入，又被他祕密遞解進京，此番征伐北胡的銀錢消耗，茶利的「奉旨密入」在其中實屬重要來源之一，壽光帝自然是心中有數。

「尚不止茶利，好比陛下面前這只青瓷茶盞，燒造得精妙。若說是平常必需，用陶器粗瓷亦未必不可，可這天下的細瓷之物，又有多少？」劉忠全似還不滿足，笑著道：「陛下可是忘了，那江南六大市舶司與海外夷人來往，極少有人來咱們大梁買鐵買鹽的，所購者一為茶葉，二為瓷器。單是這兩項，每年給朝廷上繳的銀子又是何數？」

朝廷收入，田賦丁稅和鹽鐵之利這四項大頭自然是占了一大半，剩下的除去諸般名目的稅賦之外，倒是由朝廷專營專辦的江南六大市舶司貢獻最多。

江南對內對外商貿的收入著實了得，單是茶瓷兩項，每年便各有數百萬兩銀子入帳。

壽光帝面色微變，以他的精明自然不難理解劉總督接下來到底要說些什麼，又看了一眼那車窗外的清洛香號，慢慢地道：「你是說這香……」

壽光帝話說一半便停了下來，劉忠全素知萬歲爺的做派，一臉堆笑地接了上去說道：「這段日子裡，臣觀皇上這對徒弟夫婦的所作所為，果然是得陛下真傳。這香物雖小，可若是有諸多手段大力推廣，未必不能成為天下人皆用之物。況其消耗之快，遠勝其他物事，這一波又一波地製貨，又一波接一波地被用掉，回頭成了習慣還得再來買……臣以為，此業若是治理得法，數年的功夫雖未必及得上鹽鐵，卻不輸於茶瓷。」

一個小小的香物，竟然能有如此大的潛力。

壽光帝竟有一種久違的興奮和衝動。若是真有一個不輸茶瓷的行當，那不僅僅是打北胡的問題得到了解決，還是能夠一代代傳下去的營利。

不過，壽光帝畢竟是壽光帝，興奮歸興奮，轉眼便想到了關鍵所在，沉吟著問道：「卿的意思是……官辦？」

「民辦官管而非官辦更佳。此物本是奇巧之物，官辦未免失之於靈活。臣以為，可效仿戶部分發鹽引之法，由天下富戶向朝廷購買申請營辦之權……臣有密摺，請皇上指正。」

壽光帝接過那密摺來，越看越覺得此事靠譜。

「聚天下名富香商而至京城，引富人之資而入其業也，故京城之勢一起，天下自有仿效之商……好好好！我說你劉大掌櫃為什麼要配合老九那邊唱上這麼一齣對臺戲，鬧了半天是要開始聚勢了！此等以引勢利誘之法，何愁此業不成我大梁的一股有力財源？劉卿做事果然是讓人放心！」

壽光帝看得心花怒放，便是安清悠在這裡看到了這密摺，只怕也會佩服這位劉總督。

任何一個產業的興起，若是有了政府的扶持，其發展速度不是民間推廣所能比擬，而劉總督不僅以過人的眼光看到了這個產業的前景，更在奏摺之中詳細寫明了諸般事宜，如何引富戶入資此業，如何將京城的推廣經驗套用他地，尤其是那聚香商而至京城的點子，甚至隱隱有了後世招商引資外加設立產業優勢帶的雛形。

壽光帝看完了奏摺，固然是龍顏大悅，卻也精明地說道：「這一齣對臺戲既是為了起勢，只有這麼六七間鋪子不夠吧？想來你劉大人還有後手。今天死活拉著我來這金街，怕不是只為了遞這密摺吧？」

密摺當然是在哪裡都能遞，可有些事情卻是非得到現場做才行。

劉忠全笑道：「皇上聖明，臣的小心思剛露了出個苗頭，皇上便什麼都明白了。這香料之業若想聚勢，開頭還真得有一個熱熱鬧鬧的動靜。臣想，最大的動靜，莫過於皇上微服私訪中不經意露上那麼一面了……」

「好你個劉忠全，主意都打到朕的頭上來了！」壽光帝哈哈大笑，回神之間，又若有所思地道：「也罷，如今這清洛香號雖然剛剛崛起，卻是有一家獨大之勢，若想讓更多人都進入這個行當裡來，還真得有人跟他們兩口子唱上兩齣對臺戲。那間天香樓是你家裡的產業吧？想來今日你既拉著朕來，那開業的諸般準備必是已經做好了。讓他們該掛匾的掛匾，該點炮仗的點炮仗，朕就做一回你的賀客又有何妨？」

「臣代天下萬民叩謝皇上，此業若起，不知是多少人又有了飯碗，皇上功德無量啊！」

人有了飯碗，就不會造反，尤其是那些沒了土地的老百姓。而且朝廷多了一條財路，想做什麼就更容易些，尤其是準備開疆擴土的時候。

無論是壽光帝還是劉總督，地位到了這個分上，考慮的早已遠不是皇上和四方樓那些糊塗帳，那不過是區區小錢。如果想要像鹽引茶引般又多引出一條歷久不衰的財源，只有一個清洛香號遠遠不夠。

只是，此時此刻，身為始作俑者的安清悠卻完全沒有想到，自己也許就成為了某隻蝴蝶，輕輕扇動了一下翅膀，便使這個世界掀起了一場風暴。

安清悠現在的想法還很簡單，搞定皇上和四方樓那筆爛帳，順便掙上一大筆錢，讓自己兩口子過得更舒服順心。好不容易嫁了個自己想嫁的男人，總不能每日為了開門七件事煩惱不是？

當然，日子過得順不順心，也不全在一個錢字上。

「大嫂，您說什麼？要把楓兒過繼給我們？」內室之中，安清悠霍然而起。

「五弟妹，這事情我是這麼想的。我這個做大嫂的，沒五弟妹妳這麼有本事，楓兒這孩子跟著我，只怕將來也是個吃苦的命……倒不如……倒不如跟著五弟和五弟妹，將來也能算是一條出路。求五弟和五弟妹看在我那過世的夫君面上，將來能夠對楓兒多些憐惜照顧……」林氏斷斷續續說著，卻早已紅了眼眶，說到最後，還泣不成聲。

安清悠一臉的錯愕，五房又不是老來無後的那種，便說是要兒子，難道自己不會生一個？這大嫂怎麼好端端地要把兒子過繼給自己？

安清悠連忙安慰林氏幾句，中間卻是藉口拉著蕭洛辰狐疑地低聲道：「你給我老實交代，這過繼的事情你之前知道什麼風聲沒有？這個……你不會是某些方面不行吧？要不然大嫂幹麼要把楓兒過繼給咱們？」

這倒是有些陰差陽錯了。

蕭老夫人不過是讓林氏把楓兒交給安清悠教導一番，可林氏沒那麼精明，她自己心亂如麻，想過了頭，不知怎麼就鑽進了牛角尖，一時轉不過彎來，竟想把孩子過繼。

男人別的不行還好說，某方面若是被人懷疑，那可是死也要爭個清白的，何況像蕭洛辰這等心高氣傲到了極點的男人？

「咱們成親都快一個月了，我行不行妳還不知道？娘子，我蕭洛辰敢對著天下所有人說，咱們絕對是生得出自己的兒子！」蕭洛辰瞪圓了眼。

安清悠「哦」了一聲，又問道：「你就這麼肯定？不會是以前跟別的女人生過吧？」

「沒有！絕對沒有！我敢肯定地說，咱們絕絕對對可以生出自己的兒子……妳不信咱就使勁地生……絕對不存在什麼無後過繼之類的事情來！」蕭洛辰連忙表忠心。

這一著急，說話的聲音自然就有那麼點大。傳到了旁邊的林氏耳裡，把她給惹急了。

「五弟這是不允了……」林氏說著又要哭，兩口子手忙腳亂地去安慰。折騰半天，安清悠忽然來了一句：「大嫂，您說這過繼的事情，可是老夫人提出來的？」

「弟妹怎知？」林氏愕然抬頭。

「除了母親，誰還能提得出來這樣的主意？」蕭洛辰苦笑。

安清悠對家中事比丈夫要敏感得多，仔細把今天的事情想了一遍，皺著眉頭問道：「若是老夫人提起的事，那怎麼著也不該是要讓大嫂把楓兒過繼給我們，事情怎麼會變成這個樣子……難道其中另有緣故？咱們都先別著急，大嫂，老夫人當初是怎麼跟您說的，您好好再跟我們說上一遍。」

「那個……這婆婆其實也沒……」

林氏話沒說完，忽然聽得外面響起了震天的鼓樂聲。那一溜七間唱對臺戲的香號，竟是同一時間開始奏樂了，奏的還是同一個曲子。

「當初老夫人與我說，讓楓兒由五弟妹教導一番，我想老夫人這話必是有因。今日看了五弟妹在眾人面前談笑自如，我才知道果然是她老人家看得分明，弟妹妳能教給楓兒的，我這個當娘的反而給不了，倒不如把這孩子……」

「哎喲，大嫂，您這是想到哪去了？老夫人讓我這做弟妹的幫著妳帶帶楓兒也就罷了，就算是話必有因，也絕不是過繼的意思！」安清悠有些哭笑不得。

這位大嫂平日裡不爭、不搶、不摻和，好不容易有一次找上自己，沒想到卻是想太多了，這都什麼和什麼啊？

蕭洛辰倒如釋重負，縱然外面的鼓樂鞭炮聲一陣比一陣響，也擋不住他恢復吊兒郎當的樣子，他湊過來笑嘻嘻地說道：「我猜母親是想進一步考考妳這個做媳婦的，一來繼續再看看人品，二來瞅瞅妳待其他房會是如何，這三來嘛……左右有母親她老人家盯著，楓兒是不會吃虧的，莫不是想瞧瞧妳會怎麼教咱倆將來的兒子？」

「去去去！我若是不會帶孩子，難不成你就敢不要我了不成？」安清悠瞪去一眼，瞥眼卻見林氏尚在一邊，臉上泛紅地道：「亂說什麼有的沒的，大嫂在這裡呢……」

蕭洛辰樂呵呵地道：「好好好，是我亂說！只是大嫂又不是外人，聽了有什麼打緊？恭喜娘子賀喜娘子，估計在母親心中，妳已是進了一步了！」

「不跟你瞎說了……」安清悠啐了一口，心中卻也是如是想的。

不過，她才嫁過來多久，老夫人已經連孫子的教育問題都在擔心了，這是不是……是不是太急了一點？

安清悠顧不得臉紅，與林氏道：「沒事，大嫂，一會兒咱們回去的時候，我先好好跟老夫人聊聊。楓兒是妳身上掉下來的肉，我幫著教導無礙，可若真要過繼，我也幫妳擋回去，總不能讓大嫂沒了兒子！」

安清悠打定主意，門忽然被推開，楓兒從外面跑了進來，叫道：「娘！五叔、五嬸！外面好奇怪啊，那些人怎麼一下子就都走了？」

「楓兒，你怎麼又不聽話了？娘和你五叔、五嬸正在裡屋說話，沒吩咐你進來，你怎可擅自亂闖？當心你五叔、五嬸說你沒規矩！」林氏臉上淚痕未乾，陡然見到兒子進來，登時板起臉來訓斥。

她這幾年來也是不容易，一個婦道人家又當爹又當娘，嚴父慈母的角色一個人都得做。

楓兒委委屈屈地噘起了小嘴，林氏很不高興，正要喚伺候楓兒的隨身婆子問話，卻見安清悠抱起了楓兒笑道：「大嫂莫要生氣，小孩子本就愛玩愛鬧，沒必要太拘束，何況都是自家人……」

話說到一半，安花娘忽然從門後探出頭，猛對安清悠打眼色。

「楓兒，你剛才說外面的人都走了？沒事，嬸娘帶你到外面看看去！」詫異歸詫異，安清悠面色卻是不動聲色，抱著楓兒向外走去。

幾人來到外堂，不約而同吃了一驚。

在半個時辰前，清洛香號裡還是人擠人，此刻卻是空蕩蕩的，彷彿是打烊了一般。門邊一個華服男子悠然自適地坐著品茶，身後兩名長隨肅手而立，聽得有人從裡面出來的腳步聲，當下轉過頭來，對著安清悠幾人笑道：「打開門來做生意，如今客人上門要買東西，卻是不見掌櫃。讓人等了半天，這就是清洛香號的待客之道嗎？」

這人的話音方落，他身後兩名長隨早已怒喝出聲：「大膽，見到王爺，焉敢如此放肆無禮，還不跪下？」

那華服男子一雙眼睛目光炯炯，直勾勾地盯著安清悠幾人中為首的男人，面上雖有笑意，目光卻是隱含著狠厲。

蕭洛辰見了這華服男子，詭異的笑意自眼底一閃而逝。只見他當先一步向前跪倒，再抬起頭來的時候，卻是換上了嬉皮笑臉的神色，「草民蕭洛辰，攜家眷拜見睿親王。」

「民婦蕭安氏，參見睿親王。」

「民婦蕭林氏，參見睿親王……」

睿親王看到蕭洛辰以平民之禮跪拜，甚是得意。

他早就想來這裡了，別的不說，單看蕭洛辰在自家商號對他跪著說話，就是一大享受。

不過，蕭洛辰卻是跪拜後就站了起來，引得其中一名侍衛斥道：「大膽！王爺沒叫你起身，你膽敢自行站起！」

蕭洛辰眼睛裡掠過一絲嘲弄之意，卻是紋絲不動，那喝斥的侍衛劈頭問道：「這位大哥嗓門倒是大，不知道怎麼稱呼？」

那侍衛幾乎是下意識張口便答：「不敢……」剛說了兩個字，忽然覺得不妥，幸好急中生智，大聲道：「不敢在王爺之前與你這草民議論，剛才說的你沒聽見嗎？還不快快回去跪下！」

「厲害厲害，如今真是王府的狗都會動腦子了，王爺真是調教有方啊！」

蕭洛辰嘻嘻一笑，陡然身形暴起，那侍衛只覺得眼前一花，對方就來到自己身邊，只聽他在自己耳畔低聲說道：「好比你這傢伙，腦子轉得倒是快，只是光這樣就想嚇唬我蕭洛辰，還差的太遠。你不說名字也沒關係，你猜猜我查得到查不到你祖宗八代？若是再敢在我的店裡亂吼半句，信不信我在某個月黑風高的夜裡刨了你家祖墳？」

那侍衛腦子不慢，當然明白自家主子若是真有實力，早就把蕭家抄家滅族了，何須這般作態？蕭洛辰這廝凶名在外，如今雖被貶為草民，但是天知道他還有什麼暗地裡的勢力，便是背著人痛下殺手都有可能，更別說刨墳掘墓的缺德事了。

那侍衛傲然冷哼了一聲，卻是昂首挺胸，不肯再搞些什麼狐假虎威的名堂了。

「好！好！好！」睿親王拍了幾下手，笑容不變，「蕭洛辰到底是蕭洛辰，都落到做商人的地步了，居然還這麼狂妄，本王今天算是不虛此行了。聽說清洛香號的香露、香膏風行京城，很多人就算是有錢也未必買得到，倒是想請問蕭掌櫃，我在這裡等了許久，不知能不能買些香物回去呢？」

「買貨？」蕭洛辰眉頭微皺，隨即笑著對著櫃上高叫道：「前廳散客一位，欲購香品香物，今兒限售的貨賣光了沒啊？」

「回大掌櫃的話，今天的份一大早就賣光了，沒貨！」櫃檯邊幾個大夥計都是出身四方樓，這時候可不管什麼皇子不皇子，他們只認安清悠和蕭洛辰這兩口子。此刻聞弦歌而知雅意，那一聲「沒貨」叫得極是響亮。

「你還真是鐵了心了，沒貨？好啊，掌櫃說沒貨，東家又怎麼說？」睿親王好像早有預料，望著安清悠道：「蕭安兩家，說到底若是一心為國，未必沒有東山再起之日。今日本王親自上門，亦是有惜才之意，不知道蕭五奶奶這個做東家的又如何說？這可是最後的機會了，不妨再好好想想。」

這話一說，清洛香號中的眾人都是一怔，蕭家是太子黨，向來和睿親王水火不容。本以為睿親王上門不是來砸場子，便是來逞威風，怎麼這話一說出口，倒像是在……求和？

一片詫異的目光，就這麼投向了睿親王身上。睿親王似乎很享受這般情景，逕自端起熱茶，悠哉悠哉地吹起了上面的茶葉沫子。

便在此時，一個女子聲音響起，那聲音很慢很輕，但語氣裡卻透著不容置疑的堅定。

「沒貨便是沒貨，我夫君剛才已經說得很清楚，王爺難道沒聽見嗎？」

睿親王搖了搖頭，出嫁從夫，果然又是如他所料。

「皇上尚且在位，太子雖被禁於宮中，名分終究在。我夫君雖被貶為平民，可效忠的依舊是皇上，是大梁國。我們清洛香號遵法度遵朝廷，王爺若要強買強賣……我雖是女子，卻也知道有時候一個小小的岔子能引得出許多動靜來，說不定不慎還給您弄了個前功盡棄的結果，王爺以為如何？」

安清悠這話說得滴水不漏，隱隱更有警告之意。

睿親王眼下形勢大好，自是不願什麼亂七八糟的旁枝末節，倒是蕭洛辰如今成了光腳不怕穿鞋的，真要鬧起來，傳到了今上耳中，還真不定給他捅出什麼婁子來。

「唉，所謂冤家宜解不宜結，聖人說仁不以權立，非弄個你死我活，又是何必呢？這樣吧，今日貴寶號既是限售的配額已滿，本王也不亂了規矩，倒是本王最近要大婚了，我那王妃亦是蕭夫人的舊識，她最近使清洛香號的東西使上了癮，依本王之意，大婚之時和日後睿親王府的香物，由你們清洛香號專供如何？」

清洛香號的夥計們甚是興奮，對面那七家香號的幕後老闆是誰，大家心裡有數，正擔心的時候，睿親王大婚忽然要來採買清洛香號的物事，可見權勢再高，身分再金貴又如何？若是真要選用最好的東西，還得到我們清洛香號來！

安清悠坐在正廳中，透過大門，遙遙向著院外的金街看去，只見外面車水馬龍，那七家新開張的鋪子鼓樂鞭炮響個不停，縱然賀客如織，開張最重要的一件事情卻還沒有做。

人的名號，商的字號，那一溜七家的商號，居然沒有一家掛匾？這開業中最重要的一件事，怎麼還沒人做呢？

不！不對勁！

安清悠的心裡陡然閃過一個念頭。

柒之章　萬歲巧設擂臺

便在安清悠猛然警醒的時候，停在街角邊的某輛灰布馬車旁，卻是一陣慌亂，那些扮作遊人和小販的四方樓護衛們驟然散了開去，新換上的一群人都是剛才沒露過臉的，只是都扮作了去清洛香號對面幾間商號道賀的客人。

馬車的車簾緩緩拉開，一個錦袍老者悠哉下了車，朝著清洛香號對面的一溜商家掃了一眼，淡淡地問道：「怎麼都沒掛匾？劉大人家的產業是哪一家？」

清洛香號之中，安清悠忽然笑了，笑容溫婉，猶如春風拂面。

睿親王目光閃了閃，暗道：這女子，可惜了，當初求之未得，後來幫沈家做媒亦是未得，倒白便宜了蕭洛辰這廝……

思及此，睿親王對蕭家的恨意又多了幾分，只是面上自是不肯露出半點異狀來，猶自嘆道：「都是大梁肱骨之臣，何必非要走到如此地步？不過是給我們王府裡供些王妃用的香物罷了，又何必呢……」

「王爺素有『賢王』之名，今兒不知道又是學哪一位古時賢王的做派了？莫不是想以這買香作為由頭，把我夫君拉到睿親王府的那邊不成？只可惜京城之中誰不知道，我那夫君雖說行事孟浪，但說一不二，要讓他倒戈是難上加難，倒是區區一個女子，說不定反而好對付。」安清悠笑道。

睿親王心頭微微一驚，面上卻是眉頭一皺，頗為無奈地道：「我與蕭公子雖然道不同不相為謀，但是蕭夫人也不必把事情想得如此複雜，不過是購香之事……就算如此，兩國交兵尚且容得各自使者往來其間，大家留上幾分說話的餘地，有何不好？說不定等到哪一日……」

安清悠聞言，莫名沉默了下來。

對方這番話說得好聽，可是對面那一字排開的七家商號，誰又不知道定是他這位王爺在背後撐腰？什麼為王妃大婚採購專用之物，什麼由清洛香號為王府特供，如今懾於這位王爺的淫威，外人早已遠遠躲開了，說不得一踏出這門，他隨便另找個由頭，立時就可以把事情扭曲成蕭家被他睿親王收拾得沒了脾氣，乖乖地把貨品奉上。

那七家唱對臺戲的尚未掛匾，等的不就是睿親王上演這麼一齣入虎穴得虎子的英雄戲碼？商場不比官場戰場簡單，若是在開業之初弄出清洛香號被睿親王收拾服貼的故事來……就這麼兩招雕蟲小技……睿親王還真當我這個弱女子好欺？安清悠心裡暗罵一句。

誠如她所想，睿親王之前吃過蕭洛辰這個混世魔王的虧，對他略有小怵，可若把算計重點放在安清悠身上，那便又不同了。

睿親王這番話，其實不需要安清悠真的點頭，開出張貨單，只要她表現出猶豫地想要答應的態度就夠了。即使她不肯答應這買賣，只有她稍有猶豫，他出去以後便可編派另一番說辭。

睿親王暗暗冷笑，什麼王府香品特供，他根本就不在乎。

清洛香號外面早有人蓄勢待發等著去街頭巷尾傳消息，故事可以這麼說：安家本有靠向睿親王之意，可惜和蕭家意見相左。正所謂三人成虎，眾口鑠金，清洛香號可以滿大街吹拉彈唱發傳單，睿王府又豈是缺了這等人才？

只要聲勢造得足，兩家裡的其他人聽到消息後，難免不會有想法。到時候讓他們彼此猜忌，睿親王又一次對天下人表示容人之心，豈不快哉？

當然，若是安清悠真被唬住，表現出心動，夫妻之間能夠生出什麼芥蒂更好。

睿親王府裡可不只有沈從元那麼一個出主意的，這番作為早有人幫他籌謀，便是事有不成，對他睿親王而言也沒有什麼損失。更何況，只需要走上這麼一遭，左右都有人造謠生事，這盆髒水潑定了。這等沒什麼危險，既出風頭又勝券在握之事，向來是他最喜歡的，哪裡能不親自登門？

睿親王這算盤打得響，安清悠忽然嘆了口氣道：「王爺此言不錯，說到底不過是立場不同罷了！今日退一線，將來……唉，還望王爺他日能夠念及今日這番餘地，來人，取提貨單據來！」

「蕭夫人當真是明理之人！」睿親王大喜過望，暗忖女人到底還是女人。

蕭洛辰在旁邊聽著卻是微微一怔。

睿親王今日前來顯然是沒安好心，以他的精明，自能猜出個八九分出來，怎麼事到臨頭，自家娘子居然開起了提貨單據？

「大人，您說王爺怎麼會在裡面耽擱了這麼久？莫不是出了什麼岔子吧？」

「難說得很，那對夫妻沒一個是省油的燈，王爺向來自視甚高，這次也是在府裡頭憋得狠了，要趁這商號聯盟開業之時的熱鬧，好好顯一顯手段……」

清洛香號對面，沈從元一臉的悠然。

他此刻正坐在七家聯盟中最大的一家「天香樓」中，這天香樓選的鋪面位置極佳，他坐在三樓靠窗的座位上，剛好可以手捧香茗，俯覽全局。以他現如今在睿親王府裡的地位，這七商聯盟，坐鎮現場指揮調度的重責大任，自是當仁不讓。

沈從元看了旁邊的湯師爺一眼，「瞧把你們慌得……之前教你們多少次了？臨大事有靜氣，左右這入清洛香號的主意又不是本官出的，那裡面若是事成，我們自然一鼓作氣借勢而上，若是王爺吃了癟，我等出來收拾局面亦是好事一樁。給人出一百次好主意，倒不如在人焦頭爛額的時候出來救場更實惠。」

說到這裡，沈從元頓了一頓，又道：「什麼叫進可攻，退可守，咱們現在的位置便是。好比這天香樓，雖說是天下首富劉大人家中的產業，如今還不是要在本官手中掌控著運轉？這便是位置的重要性。把自己的位置放對了，比把事情做好了更重要，你說是不是啊，趙公子？」

沈從元雖在睿親王府中地位高漲，但並不知道劉總督祕密進京，此刻他雖是一副成竹在胸的樣子，心裡卻未必那麼泰然。

睿親王忽然採用了別人的計謀，就能看出最近誰在王爺面前最紅，而根據沈從元的風格，有些人養起來就像養狗，時不時也要調教敲打一下。

「大人說得當真是再對也沒有了，小的心裡的位置只有一個，便是全心全意要做大人的一條忠犬……」趙友仁一臉諂媚地跪在沈從元面前，態度極為恭敬。

「忠不忠的先放一邊，究竟是誰給王爺出了這個點子……此等心思細密之人不簡單，定要抓緊時間查清楚！」

趙友仁在王府裡做了這麼久的男寵，心裡究竟有沒有什麼變化先放在一邊，這逢迎阿諛的演技倒是越發純熟了。

幾人各自懷著心事談話，都沒注意到便在此時，一個錦袍老者正慢慢走進了天香樓的大門。

在這錦袍老者的身邊，同樣有一堆人似是來賀喜的，只是他們推來擠去，在有意無意之間，讓周圍的眾人始終無法走近那老者身邊。

◉ ◉ ◉

香露八百瓶、香膏兩千盒、各色香胰子三千七百件……單是這數目，便可以說是自清洛香號開業以來極為罕見的量，尤其是在市面上這些東西已經緊俏到了極處的時候，就更顯得手筆之大。

「夫君可是覺得，咱們清洛香號特別供貨給睿親王府不妥？」

安清悠寫好了一張貨單，抬起頭來，就這麼當著睿親王的面，衝著蕭洛辰問了這麼一句。

「這個嘛……」蕭洛辰沉吟，他素來反應快，眼瞅著自家娘子似是另有主意，這當口也不著急配合表態，只是含糊其辭。

「我這也是為了咱們鋪子著想，如今這京裡的香號鋪子越開越多，將來這行當也未必是咱們一家獨大，既然睿親王府這等大客戶要求特供，多少總是一個穩妥的出貨路子。你瞧瞧對面正要開業的七家香商聯號……」

安清悠這話說得欲言又止，當真是為自家買賣打算的小婦人模樣。

蕭洛辰心中大定，差點笑出聲來。

香商聯號？莫說是七家，便是七十家、七百家聯號，按照他家娘子的性子，只怕也是壓得越狠彈得越高，非得和對手爭個高下才甘休，哪有什麼先弄個固定客戶的道理？

不過，他表面上當然還是不動聲色。

「這……罷了罷了，想來我便是不允，以睿親王府之能，未必不能從外面那些商家手裡購得貨來！既然如此，賣便賣了！」蕭洛辰故意擺出臭臉，冷冷地瞥了睿親王一眼，這才傲氣十足地道：「不過，蕭某有一個條件，王爺回頭拿了貨去，可要向外人說明，這香物別家都比不過我們清洛香號，這才由王爺開口要我們專供的！」

「那是自然，本該如此！」睿親王鄭重地點了點頭，心裡卻是痛快。這次果然沒白走，蕭洛辰啊蕭洛辰，你自詡聰明，可就是太傲了！我堂堂皇子，將來是要登九五之位的，焉是你這等只知與人爭高低之人可比？出去以後，怎麼對外界宣揚，還不是在本王一念之間？

一想到這對夫妻終於被自己算計了一次，睿親王極是暢快，卻聽安清悠在一旁說道：「我家夫君這話原也不錯，既是應了這事，也請王爺須給我們清洛香號揚個名。久聞王爺才氣縱橫，文章了得，小婦人斗膽，想請王爺為我們清洛香號留一份墨寶如何？當然，這份墨寶不會請王爺白白落筆，到時候王府上大婚所用的首批香物，就當是我們夫妻送去的賀禮……」

安清悠這話倒是合情合理，空口白話，不如落些憑證來得實在。

她這話一說，睿親王反倒覺得此事越靠譜，暗地裡冷笑：想和本王玩簽字畫押的把戲？

「這有何難？取筆墨來！」

夥計立即送上筆墨紙硯，睿親王當場揮毫，不假思索地寫下了一副對聯。

上聯曰：「聞得萬里清香味，品鑒工法可稱百術。」

下聯曰：「釀有千年洛花露，調製手藝盡在一堂。

對聯這種文體不比詩詞文章，兩幅白紙寫起來容易，卻是極少有在上面落款的。

留墨不留名，自然是將來多了許多可以含糊的餘地，而自古以來，那些有心於大位的皇子們更不會隨便在墨寶上留名。

睿親王是李家傾全力扶持的皇儲人選，做起事來當然更是加倍小心。不光是字不落款，字體選的也是蠅頭小楷，就這麼密密地寫在兩張寬大的薄紙上，就算清洛香號想把這幅對聯掛起來都難，旁人一看，還以為上面趴著兩隻瘦長的毛毛蟲呢！

睿親王一氣呵成，暗地裡又是一番冷笑。

妳這小婦人真是自作聰明，原本還想著此番做局多少要花些本錢，由得妳這麼自以為穩妥的送禮換落筆，本王這下子連這本錢也省了。

安清悠瞥了那欠條般的兩幅薄紙一眼，也沒說什麼，倒是蕭洛辰走了過來，瞧了又瞧，冷笑道：「王爺好大的手筆！」

睿親王卻是臉色如常，輕嘆一聲道：「蕭兄何必太過計較，這幅字如今對於你我，誰都不太方便招搖地掛出來，有些事情大家心知肚明也就罷了！」

「好一句心知肚明……」蕭洛辰猶有不甘之意，卻懶得計較，親手把那提貨的單據摺好裝入一個信封，用火漆珍而重之地封上封口，交到睿親王手中，只是不免又冷言道：「王爺這買賣做得當真精明，就這麼兩行蠅頭小字，就換了我們大筆的貨去……」

「好了好了，少說兩句吧！」安清悠打斷了蕭洛辰的話，打圓場道：「王爺別放在心上，他這人說話就是這麼生硬，倒是王爺您莫忘了剛才所言，多少留點餘地，將來不知何時……還望您記得今日這情誼。」

「蕭夫人言重……言重了，哈哈哈，本王豈是沒有容人雅量的狹隘之徒。蕭兄是不可多得的人才，有朝一日，說不定還有他為國效力的機會呢……」睿親王隨口打哈哈，嘴上說得漂亮，心思卻早飛到九霄雲外去了。

睿親王擔心夜長夢多，再在這裡留下來也沒什麼意義，出了清洛香號的大門，腦子裡不知怎麼又泛起個念頭來。

那蕭安氏雖然笨了點兒，調香的手藝倒真是不賴，將來把蕭家滿門抄斬時，不妨留她一條命，發配到哪個尼姑庵裡做個專門製香的姑子去……

睿親王越想越得意，那邊清洛香號的內室之中，安清悠卻是一把抓住蕭洛辰問道：「那提貨的單據！單據！你到底做了什麼手腳？」

事情來得很突然，兩人在睿親王面前虛與委蛇，當真是全靠默契。就好像什麼七家聯號一出，以後生意未必好做，安清悠說此話時，蕭洛辰便心裡發笑。而安清悠看著蕭洛辰裝模作樣地在那裡換單據，自然也猜得出蕭洛辰不動點手腳才怪。

爾虞我詐，你堂堂的睿親王不就是打著出門不認帳的主意嗎？誰看不出來啊？誰玩不出來啊？把算盤打到我安清悠頭上，你且看看我會不會以牙還牙？

蕭洛辰笑吟吟地看著安清悠，以他的身手本事，當著對方的面，在把一張貨單封進信封裡的時候動點手腳，還真不是什麼難事。京城裡變戲法的好手，都敢在眾目睽睽下表演隔袋換物這類把戲，更別說四方樓裡那些明裡暗裡的手段……這手段只能算是基本功。

「小瞧人了不是？」蕭洛辰嘻嘻一笑，從懷裡掏出一疊厚厚的紙片來，最上面的那一張，正是安清悠開出去的提貨單據。

安清悠接過來一翻，下面是一疊厚厚的銀票。細細回想剛才幾人的舉動，不由得笑道：「是不是在用信封換睿親王那副對聯時，順便動了一下手腳？想不到我這夫君還有這等妙手空空的功夫，不但來了個偷樑換柱，還弄了個順手牽羊！」

「我不是早就說過，妳男人若是改行去做賊，定然是個日盜千家、夜走百戶的飛賊巨盜，咱不過是不屑於為之罷了。正所謂竊鉤者誅，竊國者諸侯，竊美人心者……」

蕭洛辰笑嘻嘻地胡言亂語，只見安清悠咦了一聲，從那堆銀票裡挑出一張紙來，上面彎彎曲曲，寫得都是些像文字一樣的東西。

「這是什麼？」安清悠奇怪地問道。

蕭洛辰的臉色一下子變得凝重，盯著那張紙看了半天，才緩緩應道：「這是北胡文！」

「北胡文？上面寫了什麼？」安清悠並不識得這個時空裡的北胡文，但是見著蕭洛辰少見地露出了沉重的表情，不免有些驚訝。

蕭洛辰緊緊地盯著那寫滿北胡文的信箋，越看眉頭擰得越緊。

他沒有回答安清悠的問題，而是良久後才吐出幾個字來：「睿親王這廝……該殺！」

這張紙箋正是睿親王和博爾大石往來的書信。

北胡雪災剛過，京城中雖然韃虜叩關之說流傳不休，但博爾大石的戰略依舊是先統一漠北諸部，再掉過頭來揮兵中原。睿親王不想打仗，一開戰，朝廷勢必啟用蕭家，對他爭位大計不利。

從北胡使臣進京索要大梁的安撫「歲幣」開始，這兩人便勾搭在一起，如今更是隱隱有內外相援的架勢了。

這封書信以睿親王的身分擬就，言語之中極盡逢迎之能事，不但將兩國永為兄弟之邦，絕無戰事等等陳詞濫調又信誓旦旦保證了一番，更暗示睿親王和李家一系將在朝中對北疆將士有所掣肘，待得睿親王登基之日，必將蕭家斬草除根云云。

「這封信應該是先用漢字寫好才譯成北胡文的，那些北胡人的遣詞用字可沒這麼講究。我猜這中間幾句的原文應該是『兩國百年狼煙，實為武夫之人好大喜功欲擁兵自重之禍。吾與大石賢弟情同手足，豈不願休狼煙而恤民願哉？蕭氏一門俱為舉世之禍，非盡除之不足以平邊界之公患耳……』，哼，好一個公患，睿親王可真看得起我們蕭家！」

蕭洛辰講解著書信上的北胡文，猙獰之色一閃而過，捏著那書信又看了一遍，嘆道：「那博爾大石漢書讀的只怕比中原的讀書人多，這封信睿親王卻偏要遣人譯成北胡文……他是怕對方沒領會他的意思，卻未曾想到連一封私函尚且如此做派，將來就算他能做皇帝，這些強者為王的馬背牧民，又怎麼會對他有半點尊重？若是有朝一日朝中再無主戰之人，那才真是亡國之日……他當真是為一己之私，什麼都不顧了！」

蕭洛辰的聲調從嘆息漸漸轉為激憤，安清悠是第一次見到他如此殺氣騰騰，連忙勸道：「睿親王只是老爺子擺出來的一顆棋子，用來迷惑對手罷了。老爺子意欲向北胡用兵，此事不是你我早就心知肚明的嗎？太子名義上雖是被圈禁在宮中，還不是沒動到他的身分地位？睿親王既有此等書信，不是給老爺子和夫君幫了一個大忙，多迷惑了那北胡人一番？」

蕭洛辰哈哈大笑，眼中卻不經意掠過一絲憂色，搖了搖頭道：「如今之事雖然是老爺子搗鼓出來的一齣好戲，可是咱們這位萬歲爺擺出來的棋局……當真只有他自己才明白。莫說是睿親王，便是劉總督、安老爺子、蕭家上下……乃至妳我，誰又不是他手中的棋子？他老人家一心想做千古留名的明君，這盤棋下來下去，怕是下到最後才知道誰是棄子，誰是贏家……」

這話一說，安清悠心裡咯噔了一下。

蕭洛辰是壽光帝親手調教出來的，若論對於這位大梁天子行事風格的了解，當真是不輸那位號稱天下第一忠犬的劉總督。今日壽光帝便在門外，怎麼又出此言？

「不過，娘子有件事情倒是說得不錯，這封信還是得讓那位王爺殿下發出去的好！」

蕭洛辰目光何等銳利，安清悠表情的小小變化自然逃不過他的眼睛，只是這當口不是夫妻二人談心的時候，外面的局勢瞬息萬變……蕭洛辰望著那疊從睿親王身上順手牽羊來的銀票，喃喃地道：「錢啊錢，這東西可真是讓人難受。掛在堂上那百萬兩的銀票是別人的，好不容易從對頭那裡摸來一把銀子，卻又要還回去，難道這東西真是身外之物？」

安清悠亦是苦笑，只是也知北胡之事茲事體大，只能笑道：「別在這長吁短嘆了，要做什麼就快去，把你那偷雞摸狗的本事再使一次！」

「偷雞摸狗？說得太不堪了吧？為夫這番本事若非為了軍國大事，便只用在偷香竊玉上，娘子不是早已知曉？」蕭洛辰哈哈大笑，攬過安清悠的腰肢，在她唇上輕輕一吻，便飄然躍出了門外。

此時此刻，睿親王心情極好，這次到底是挖了一個坑把蕭家套了進去，之前與蕭洛辰交手吃的那些癟，也沒有那麼讓人鬱悶了。

出了清洛香號，幾個王府的手下迅速湊了過來，瞅著主子心情好，登時有人拍馬屁道：「王爺到底是智勇雙全，此番單刀赴會，深入虎穴，果然是馬到成功啊！」

「那還用說？王爺是什麼人，蕭家不過是米粒之珠，也敢與皓月爭光？」

搶著來誇的不止一個人，睿親王雖然受用，卻故作淡然，「嚷嚷什麼？那蕭洛辰亦非等閒之輩，今日本王也是費了一番功夫才將他壓下！一個個都別光說好聽的，該做什麼做什麼去！」

一行人便這麼前呼後擁地走到了香號聯盟中為首的天香樓門前，天香樓的規模猶勝清洛香號，今日開業自是熱鬧非凡，賀客也好，看熱鬧之人也罷，一層層將門前圍了個水洩不通。

睿親王本就是靠著名聲起家，又是在這大庭廣眾之下，自然不肯做那驅趕民眾的做派，甚至擺出了親民的笑容，讓兩名侍衛在前面開路，偏在此時，人群裡有人高叫道：「今天天香樓開業，進來賀喜之人一律有大禮相送，不管你買不買貨，進店就有好東西白送！大家快去啊，晚了可就沒有東西拿啦！」

睿親王一愣，七家商號聯盟，他是幕後最大的主子，卻沒聽說今天開業會有這等安排啊？略一遲疑，周圍人流竟似剎不住般向天香樓中湧去。

一時間，後面人擠前面人，場面大為混亂。

這一下可就苦了正準備扮親民的睿親王，他身邊雖有護衛，但此刻猝不及防，便被夾在人潮裡裹著向前湧去，甚至被一個湊熱鬧的民眾撞了一下肩膀，差點站立不穩。

王府的親衛們大驚，睿親王金貴，豈是旁人所能碰得？更別說如今正是敏感時刻，萬一有刺客怎麼辦？便是沒什麼刺客，王爺若是擦破了皮，他們這些親衛也是要掉腦袋的。

領頭的親衛無奈，只好高聲叫道：「睿親王在此，誰敢無禮！」

可惜，這一通喊瞬間就被淹沒在吵鬧聲中，倒是王府的侍衛們聽見，如同得到了什麼暗示，齊刷刷發作，也不管什麼賀客，拳打腳踢，在一片哭爹喊娘聲中，清出了一條道來。

睿親王好不容易擠進天香樓中，沒料想會在自己的地盤上弄得如此狼狽，原本大好的心情被打亂，頓時惱怒道：「是誰出的主意，說什麼開業要送……咦？」

一個「咦」字出口，睿親王一雙眼睛直勾勾地盯著廳裡，如同中邪般，一動也不動。

廳裡一位錦袍老者，正笑吟吟地望著這位大梁國裡如今風頭最旺的睿親王，不緊不慢地品著手中的一盞清茶。

其實，若是有心人稍微留意，就不難發現今兒天香樓的開張有些古怪。

睿親王正是如日中天的時候，按說七大香號開張，少不了來捧貴人抱大腿的官員們，可是睿親王進天香樓時既已報出了名號，卻沒有官員跑到外面來迎接。

那些官呢……

就在那位悠然品茶的錦袍老者身後，前來賀喜的官員們正整整齊齊地站成了好幾排。一個個按照職司品階高低，垂手而立，與上朝時的情狀極為相似。要多規矩有多規矩，要多老實有多老實，連大氣都不敢喘。

「父……」

睿親王這「父皇」二字還沒說完，耳邊有人低聲提醒道：「不要跪，叫黃先生！」

睿親王微微側頭，眼前那張臉正是壽光帝信任的老太監皇甫公公，當下顫聲道：「父……啊……啊……黃先生，您老人家也來了！」

皇甫公公提醒不要跪，睿親王便一揖到地，做足了恭謹之態，反正他賢名滿天下，對人作揖是常事了，旁邊倒是有人正暗自樂呵。

蕭洛辰此刻扮作了一個臉色蠟黃的精瘦漢子混在人群裡，適才那什麼開業送好禮的把戲，自然是他所為

黃先生？老爺子這是打的什麼算盤，莫名其妙到這對臺戲上來做賀客就罷了，居然還搞起欲蓋彌彰這一套，想要刻意暴露身分嗎？

蕭洛辰正納悶，忽然看到皇甫公公回過頭，目光朝人群掃來，更在自己臉上稍微停留片刻。

蕭洛辰心中一凜，知道這老太監定是認出自己了，那視線頗有警告之意，這是在提醒自己不要亂來了？

不亂來就不亂來，反正該做的都已經做了，適才混亂中撞了睿親王一下的人便是他，銀票也好，書信也罷，這當兒都回到了睿親王懷中，至於那清洛香號開出來的貨單，當然也被動了手腳。

如今他便老老實實看戲好了。

蕭洛辰笑嘻嘻地扮作老百姓看戲，這邊睿親王卻是把戲演了個十足，恭敬地對壽光帝道：「適才場面太亂，未及看到黃先生來訪，招待不周，還請恕罪。還有，那些護衛們……他們也是擔心我

的安全，這才急了彈壓……」
壽光帝微微一笑，「無妨，老夫今日不請自來，也是唐突。所謂民生六業，這商字雖排行最末，亦是世間不可缺少之事。睿親王能夠親臨，足見心有百姓。大梁有此等賢王，當為國之幸事矣。」
睿親王在七大香號背後撐傘，放到其他皇子身上，可說成是自甘墮落，與民爭利，可是到了壽光帝口中，卻輕輕巧巧地變成了「心有百姓」了。
此言一出，睿親王心中大喜，看來父皇今日乍來此地，絕對不是壞事！至於那些站在壽光帝身後的官員們可就有點激動了，想不到睿親王竟得聖寵如斯……
此刻天香樓裡來賀喜的不僅僅是睿親王和李系一脈的官員們，亦有不少登門道賀的商賈。他們除了來自京裡，更有七大香號從各地招攏來的外地商人。這些外地商人並不識得京中權貴，更對朝廷風向尚無所知。
「這位黃先生厲害啊，竟能讓睿親王如此恭敬？」
廳裡已經有人開始竊竊私語，一個外地來的商賈低聲詢問此次來京剛認識的同行。
「睿親王禮賢下士之名天下皆知，這黃先生八成是位名士吧？嘖嘖嘖……這可真是有賢王的風範……」旁邊那位來京也沒多久，兩個不知內裡的人碰一塊兒了。
當然也有那懂行的，賀客中某位與宮裡往來甚密的賀客終於忍不住，撇了撇嘴，對著這兩人低聲道：「沒見識的土包子，什麼名士能讓睿親王恭謹成這樣？這位乃是……」
這明白人也不敢多說，說話間伸手指了指天。那兩位賀客雖說是見識短了些，腦子可不慢，見狀連臉都驚得白了，這……這是當今聖上？

這些商賈賀客來歷五花八門，有不少甚至是從對面清洛香號裡剛剛出來的，那邊要貨歸那邊要貨，這邊賀喜歸這邊賀喜。雖然大家心知肚明睿親王和蕭家不和，但行商之人誰會和銀子過不去？

只是，壽光帝這一出場，那可當真是大地震一般，眾人心中的秤桿登時齊刷刷偏向了七大香號一方，蕭家再有勢力，清洛香號的香物再好，這種種好處加在一起，都比不上皇上今天這一露面啊！

誰還高得過皇上去？

更別提有些商家原本打的便是抱睿親王粗腿的主意，攀上了這棵大樹，這清洛香號的香物雖說目前賣得挺火，可誰也說不出會不會就是那一陣風，若是抱住睿親王府的大腿，以後還愁不能財源滾滾？就算是藉此機會脫離商賈身分，混上個官身，那也不是不可能啊！

「今日賀客如此之多，便連老夫也是未曾料想到，足見睿親王平日甚得民心，不錯！」

壽光帝似是嫌這火燒得不夠，拈鬚微笑間又誇了幾句，睿親王府和李家那一派的官員們，已經眼睛裡都有笑意了。

睿親王強壓心中的狂喜，面上故作鎮定，雙手朝天遙遙一拱，恭敬地道：「這都是皇……黃先生平日裡對我的提點教訓，這都是皇上英明，才有我大梁這開明盛世。我既身為皇子，自然是平時裡按照父皇的教誨行事，這往來繁華，民心所向，不過是沾了皇上的光罷了……」

睿親王短短幾句話，不聲不響地拍了壽光帝一個馬屁。

至於民心究竟是怎麼所向，連皇上都這麼說了，誰還敢言半個不字？

壽光帝臉上的笑意多了幾分，「好好好！得民心而不驕，不錯！對了，剛剛聽說你們今日開業，對於今日所來這賀客也好，金街上湊熱鬧的百姓也罷，都有好禮相贈，送的又是什麼啊？」

「這好禮……」睿親王微微一滯，七大香號聯手開業自然是真，卻壓根兒沒有什麼入店送大禮的計畫。

睿親王畢竟沒有行商經驗，一時被問住了，腦子裡只轉著一個念頭：這是哪個王八蛋弄出這麼個點子來，居然連我都不知道！待父皇走後，定要宰了這廝！

睿親王心中發著脾氣，卻不知道門外那些圍觀的民眾裡，扮成市井漢子的蕭洛辰看著睿親王臉上的表情，痛快至極。

我的好王爺，你不會是真當開業要送好禮吧？這可是你罩著的買賣，難不成被老爺子這麼劈頭一問，你就稀裡糊塗接了……

蕭洛辰正竊笑，卻見睿親王氣定神閒，朗聲道：「當今聖上經常教育臣子，行事當以誠信而示天下，我身為皇子，更要以身作則。既是說了開業進店有禮相贈，自然是要送……來人，把給大家準備禮品呈上來！」

睿親王這話一說，蕭洛辰忍不住噗哧笑出了聲，那些湊熱鬧的百姓更是大聲歡呼，倒是七大香號裡的夥計們全都傻了眼。

送大禮？沒聽說啊！原本還以為是有人以訛傳訛，現在卻連睿親王也這麼說，那應該是真有這事了，只是……既是要把開業禮品呈上去，卻不知要呈上去什麼？好在這事不歸我管……

睿親王這話說得斬釘截鐵，夥計們卻是你看看我，我看看你，沒有行動。原本就沒分派這方面的人手，這時候哪裡有人領命而行？

我的王爺啊，你是白癡啊？這當兒光想著在皇上面前作態，怎麼就看不出這什麼開業送禮的事是有人成心搗亂呢？

在壽光帝身後的那些官員們當中，有人已經在肚皮裡把睿親王罵了無數遍。

這人就是今日現場的總指揮沈從元。

他原本是一門心思等著看睿親王從清洛香號那邊鎩羽而歸，再出來做那收拾殘局的好人，誰料想這睿親王看意思倒是從清洛香號那邊大搖大擺回來了，可是這收拾殘局的事情還是有，而且……而且這殘局比他想像的難收拾多了！

早在壽光帝問這開張大送禮送什麼的時候，沈從元便暗自叫糟，可自己和睿親王之間隔著的不是別人，是當今天子。說話提醒不敢，不說話提醒又不對，沈從元難受地站在那裡，彆扭萬分。

就這麼稍一躊躇，睿親王那邊已經把這開業送大禮的話頭接了過來。皇上是不是真以誠信示天下尚且不論，別人要是想當面跟萬歲爺玩一把翻臉不認帳試試？

沈從元心裡大恨，可還是得替主子兜著，於是把心一橫，從官員們的行列裡走了出來，稟道：「黃先生、王爺，今日民眾甚多，遠多於這幾家香號準備的禮物，若是發生哄搶推擠之事，不僅是好事成了壞事，更易給二位的金貴之軀帶來危險。這天香樓下官亦是有份子，此刻卻想討個差事，這開業送禮的發放之事，可否交給下官安排？」

這話一說，壽光帝身後的那些官員們登時有人在心裡大罵沈從元無恥。

這經商之事雖是大家多多少少都有份額，可畢竟商人地位低下，誰又肯把這事情擺在桌面上？更別說當著皇上的面自承有股份，難道連咱們做官的臉面都不顧了？

沈從元卻是不管四周投來的異樣目光，什麼臉面之類的東西，比起在皇上面前把事情搞砸，這玩意兒算個屁！經商怎麼了，萬歲爺他老人家不是說了，這叫「心有百姓」！

只要能幫王爺解圍，其間的好處豈是一點點臉面所能比的？

難怪你們這些傢伙一個個都想著抱粗腿，事到臨頭卻是我沈從元成了王府裡的第一能人，天下無能之輩何其多也！

沈從元在心裡給自己打氣，那邊睿親王卻和他想的不一樣。

難道這開業送禮的事情，竟是沈從元出的主意……

睿親王心裡瞬間升起了一絲怒氣，卻見沈從元一邊稟報，一邊冒著風險給自己打眼色，瞬間醒悟這事有蹊蹺，於是立刻換上了輕鬆的笑臉道：「沈大人這是主動請纓了？今天這人來的真是不少，黃先生，您看這……」

壽光帝何許人也，沈從元能看出這什麼開業送禮之事是有人搞鬼，他更是早就察覺到了，他問及此事，不過是興之所致，想看看睿親王會如何應對而已，此刻有人出來救場，沈從元和睿親王之間的小動作，更是一點不差地落在他眼裡，只是面上滴水不漏，笑吟吟地道：「這事你們看著辦，老夫今日本是賀客，犯不著什麼事情都告訴我！」

沈從元如蒙大赦，直奔後堂，抓過湯師爺劈頭先問：「這幾家香號備了多少存貨？若是應付外面那些看熱鬧之人夠不夠？」

湯師爺雖然沒資格位列前廳，但作為沈從元的隨身師爺，早被前廳發生的事情嚇得臉都白了。這七大香號雖然各有存貨，可哪有備上什麼開業禮。

關鍵時刻還是沈從元冷靜，一見湯師爺這般模樣，便知事有不好，立刻沉聲下令道：「藉著這開業的由頭，今日只送不賣，有那想要買東西的，一律讓他們訂貨！」

「天香樓以陛下和睿親王在場，須保安全的名義，不許散客入內！那些看熱鬧想討便宜的，讓他們到其他幾家去領！馬上派人到京城內的各大商號其他店面去調貨，有多少存貨全都給我送到金街來！」

「讓夥計派送東西時多長點心眼，手動得慢一點，讓那隊伍排得長一點，走得慢一些……」

憑心而論，沈從元這一連串的命令絕對稱得上是調派得當，可沒準備就是沒準備，既是要送東西，送什麼、每個人送多少、貨品外面採用什麼包裝、入店民眾該如何安排……這些看似全都是小事，偏偏這些小事都要花時間、費人力。

「開業大吉，進店有禮喔！」

隨著各大香號門口的一陣吆喝聲，天香樓旁邊的六家香號一字排開，終於開始迎客入店。期待已久的圍觀眾人立刻魚貫而入，很多人固然是有著貪小便宜的心思，但更多人卻是好奇心占了上風，連皇上都來了，這七大商號送出的進店大禮又是什麼？

「恭喜恭喜，開業大吉……」

許多人說著同樣的話，那一雙雙眼睛卻是瞅著櫃檯瞅著夥計，進店賀喜就有禮，上哪兒領？場面甚是混亂，好在七大香號本是業中翹楚，又有睿親王府在背後撐腰，便都把最精幹的管事夥計派到了金街上，此刻各司其職，雖然手忙腳亂，但該調貨的調貨，該分發的分發，倒是還勉強應付得過去。

只是，既無準備，這顧客手裡會落到什麼東西就難說了。有人得了些廉價的香粉，卻見別人得了不錯的胭脂，自然是心有不甘，那臉皮厚的出了店又進來想要再領，很快被人識破。

沈從元那邊倒是迅速有了應對之法，每人限領一份，誰也不許多要多得。

可群眾的智慧是無限的啊！

你有張良計，我有過牆梯，人這麼多，哪能一個個都記得臉？更何況是六家香號。出了這家入那家，你八香堂的夥計總不會這麼快就知道我剛才在仙粉閣領了一份贈品吧？

這一天，金街上熱鬧與混亂交織，而從皇帝到皇子，從官員到平民，幾乎是每個人都有著各式各樣的心思。

◉ ◉ ◉

「五奶奶，對面一溜香號開始往外送東西，顧客們正大批往他們的店裡進呢！」與對面的熱鬧相反，此時此刻的清洛香號裡，卻是說不出的冷清。

「知道了，密切留意對面的動靜，若有任何消息，隨時來報。」

安清悠淡淡地回答著，任憑對面鬧出天大的事來，她依然沒什麼情緒波動。主事者不慌不亂，清洛香號裡的一干人等也慢慢鎮定下來，做事越發有條理。

當然，也有穩不住的，林氏一臉焦急地道：「怎麼連皇上都來給他們做賀客了，這……這可如何是好？五弟呢？出了這麼大的事情，他這個當家又跑到哪裡去了，怎麼就留弟妹一個女人家在店裡守著……唉！我今兒帶著楓兒來，可是給你們添了大亂了，我還是趕緊回府……」

「五奶奶，不得了了，對面那天香樓來的賀客……是皇上！」

安清悠聽在耳中，心中苦笑，她也沒想到皇上會突然出現，還做了對手的賀客。以這位老爺子的精明，他若想暗中走訪，那還不是一般人能夠張揚出來的。如今這等消息連自己的手下都打聽到了，哪裡還不明白這是萬歲爺有意暴露身分？

此時蕭洛辰必是正在對面親自盯場。

一時間，蕭洛辰臨走前說的話又浮現在心頭：「如今之事雖然是老爺子搗鼓出來的一齣好戲，可是咱們這位萬歲爺擺出來的棋局……當真只有他自己才明白。莫說是睿親王，便是劉總督、安老爺子、蕭家上下……乃至妳我，誰又不是他手中的棋子？他老人家一心想做千古留名的明君，這盤棋下來下去，怕是下到最後才知道誰是棄子，誰是贏家……」

可是，越是困惑，越是得鎮定。

安清悠笑道：「大嫂何必擔心？萬歲爺說不定是微服出訪，剛好趕上了對面幾家鋪子開業而已。說起來，這等熱鬧倒是不常見，既是趕上了，咱們便一起到門口看看去。」

說著也不遲疑，一把抱起了楓兒，向外走去。

林氏幾乎是下意識跟著安清悠邁開了步子，心中卻是忐忑不已。瞧五弟妹說得輕描淡寫，事情又哪裡會是這麼簡單？皇上微服出訪便逛到了睿親王的鋪子裡，有這麼巧的嗎？

來清洛香號大門口，安清悠抬眼看去，只見對面雖然熱鬧萬分，但那進出人群卻是極為混亂，若是壽光帝和睿親王那邊早已有協議，他老人家親自出馬，怎會出現如此情景？

細細一想，安清悠忽然噗哧一笑，一臉輕鬆地對著林氏道：「這開業送禮之事，十有八九怕是出自您那位五弟的手筆。這招原是我想著給自家鋪子用的，他倒好，先送給這些唱對臺戲的了。」

林氏不明所以，這五弟妹一直和自己在一起，便是蕭洛辰有什麼舉動，也未曾聽說有人來報啊，她又是如何得知？還有那自家的招數送給了對手，又是怎麼一回事？

這當兒卻不是和林氏解釋這些事情的時候，這是一種默契，一種很多夫妻間難有的默契。

安清悠對著身邊的夥計問道：「門房的安阿四呢？這傢伙本該管著大門口，這時候卻又到哪裡去了？」

安阿四原本跟著安子良到城外莊子裡做了工坊的大管事，待諸事上軌道，安子良回城外工坊坐鎮後，他又主動回來做了門房。用這個老江湖的話來說，跟著五爺、五奶奶做事才叫痛快，有錢難買我樂意！

「五奶奶，小的在此，您有什麼吩咐？」安清悠話音剛落，安阿四便不知道從哪裡冒了出來。

「我給你半個時辰，派人向城裡各處散散風，就說今日七大香號開業，店裡的貨全都白拿，送出來的東西比清洛香號的還要好，誰要是去晚了，可就拿不著了！」

「說他們的東西比咱們的還要好？」安阿四微微一怔。

「就說是聽說的，話再說得含糊一點，各買各貨，各有各誇，反正我們便算是不說，他們也是要宣揚自己的東西如何如何的好，不如我們先幫他們把譜擺出來。記得，先從金街周邊的街道開始，選那些最可能讓人在短時間內到達現場的區域散消息。」

安阿四得令，手腳極是俐落，第一時間便派人去聯絡那些銷聲匿跡了一段時間的走街班子。

「金街那邊七大商號聯合開業，今兒白送東西啦！聽說比清洛香號的東西還要好！」

「去了就能白拿，不拿白不拿，拿了不白拿，白拿誰不拿？去晚了可就沒得拿啦！」

「不光是能領東西，這七大香號聯手開業，好熱鬧的場面啊！聽說皇上還微服私訪到了那裡，那可是皇上耶！戲文裡倒是常演萬歲爺微服私訪的故事，可這正眼前的微服私訪你見過沒有？」

曾經在清洛香號開業之時立下汗馬功勞的走街班子，再次披掛上陣，這次他們倒是沒有打扮成搶眼的模樣，這種事情大可不必招搖過市，更何況，當初走街串巷時，他們早就和京城大街小巷裡的長舌婦混得極熟了，稍一點火，就能引發意想不到的結果。

「哎？二叔，您是從金街轉回來的？聽說那邊有人發東西，是不是真的？」

「還真是有這麼回事！你瞅瞅，這是我剛從那邊領來的香粉，還有胭脂，這下你二嬸可有得用了！七大香號聯手開業，那叫一個熱鬧啊！」

「三嬸，聽說皇上居然還微服私訪到了金街？有沒有這事啊？」

「當然了，我跟你說，今兒我可是開了眼了，皇上離我就這麼近！哎呀，要說這皇上可真就不是一般人，那叫一個威武氣勢，什麼叫真命天子？人家那眼珠都是兩眼仁的，渾身都是冒著一層淡淡的白光，當真是天上的真龍下凡……」

壽光帝本是斯文白面，談不上什麼氣勢威武，更沒有渾身冒光。

他老人家正在天香樓裡穩穩當當地坐著，身邊有一堆護衛。尋常百姓除了極個別的幸運兒，哪裡有那麼容易一睹真顏？但這完全不妨礙老百姓們按照自己的想像添油加醋地吹牛。

「有這等好事？那我也要到金街逛逛去！清洛香號的東西咱買不著，弄些別的物事來，也讓我那婆娘少埋怨兩句！」

「我可得趕緊去金街轉轉，多少瞅上一眼萬歲爺，咱也沒白湊這個熱鬧……」

於是，壽光帝完全不知道自己在不知不覺間，成了人潮聚集的理由之一。

他坐在清洛香號對面的天香樓裡，興致勃勃地拿著下面人呈上來的贈品。

身邊雖然是眾官雲集，權貴滿屋，可他的眼睛卻牢牢地看著外面那些萬頭攢動的老百姓，看著那些升斗小民手中吃力攥著的香貨上。

民需可用，民需可用啊！

壽光帝猛然站了起來，雙眼驟然閃現一抹奇異的神采。

到了他這個層次，真正在乎的完全不是什麼清洛香號會如何，七大香號開業怎麼樣，他關心的是，這個行當究竟有沒有潛力像劉總督說的那樣，成為千家萬戶生活中必不可少之事。

而今天看到的這些，對他來說已經足夠。

「不錯！吾兒德才俱佳，甚得民心，朕今日看在眼裡，甚感欣慰，甚感欣慰啊！」壽光帝站起身來掃視了周圍一圈，忽然改口。

睿親王搶先跪地道：「父皇過譽，兒臣實不敢當。兒臣自知身為皇子，一舉一動都是天家臉面，故而向來是謹遵父皇教誨從事，不敢有半點懈怠。」

睿親王跪著說起了場面話，這等做派一出來，周圍的官員們登時是呼啦啦跪了一地。緊接著，那七大香號聚攏而來的商賈、天香樓外圍觀的民眾，無不一層接一層跪地，山呼萬歲。

「罷了罷了，朕今日本是微服私訪，弄得這麼興師動眾的反倒是不美！」壽光帝笑吟吟地擺擺手，似乎全沒有自己故意露破綻在先，主動改口在後的意思。邁著步子向門口走了兩步，又說道：「記得……這天香樓應該是劉大人的產業吧？派人去江南告訴他，讓他把這產業經營好，朕給他那孫女換個婆家！」

這話一說，混在人群中的蕭洛辰暗自發笑，劉總督老早就祕密到了京城，這事他自然知曉，如今老爺子居然還要派人去江南轉告，這可當真是做得一番好戲。

可是，這等話聽在某些人耳朵裡又是另一番意思，劉總督的孫女劉明珠，正是當初和安清悠一起參加過宮中選秀的。

選秀第二名的劉明珠，當時是許給了太子作側妃。萬歲爺這話是什麼意思？這豈不是暗示太子要倒之時便在眼前，讓劉家從這等干係裡脫離出來嗎？

有那熟知本場掌故的卻是想得更遠，這選秀之後雖然算是有了名分，但若是成親之前夫家便已身亡，由宮中重新指婚的例子並不是沒有。皇上這話難道更是在表明太子不僅名分即將喪失，連性命也將不保？

似這等宮闈內幕，沒法去查，也不能去查，已經有人猜想，必然是太子殿下在宮中形同圈禁之時又犯了什麼禍事，以致於皇帝起了殺心。

不過，所有的一切在這時候已經不重要了，首輔李閣老自不用說，那是和睿親王府一榮俱榮一損俱損的關係，如今江南忠犬劉總督與睿親王也有了默契，更關鍵的是，皇上還默許了。

一內一外大梁國裡最大的兩個朝廷重臣是不是都已經倒向了這邊？

有人欣喜自己上船早，有人急著這大腿抱得還不夠牢。

壽光帝卻是不在意這些巴巴地來給睿親王捧場的官員們是怎麼想的，他老人家心裡比誰都明白。緩步走到門口，向著對面的清洛香號凝視許久，這才神色複雜地說道：「前些日子這香貨席捲京城，朕亦是有所耳聞，今日看此業若是假以時日，未必不能如茶葉生絲一般，說不定便又是天下一大業。此番皇兒探查民生，亦是一件好事。既是要做，那便要拔個頭籌，只是做事當須像今日金街派禮一般，光明磊落，言立行正，讓上至官宦，下至百姓之眾人心服口服，這才顯得我皇家堂堂正正之風！」

周圍的商賈們立刻眼冒金光，皇上都說這行當將來可能會如茶葉生絲般成為天下大業，又有京城商機無數的例子在前，他處亦是可以照此而行，自己這番來此，為的不就是這個嗎？

至於那些官員們想的又是不同，這事難不成是皇上給睿親王出的題目？形勢都發展到這個地步了，皇上對睿親王的考校還能有幾輪？這時候再不賣力把這「香」事搗鼓出個名堂來，難道還等著機會錯過再去捧別人已經捧剩下的「臭」腳？

壽光帝微微一笑，這就是陽謀，為帝者，就把自己所欲立於眾人之前，只需要幾句話，就能一舉數得。

善攻者，動於九天之上。

「今天出來得夠久了，有些人想必是已經擔心得很，回宮吧！」壽光帝大笑地擺了擺手，只見街頭巷尾的屋簷上，憑空閃出了許多人來。身上的平民服色一脫，露出了裡面穿著的大內侍衛服色，轉眼之間，四方樓的暗衛紛紛散開，把原有的位置讓給了這些替換上來之人，整齊的隊伍將皇上簇擁在正中，接著皇甫公公便高叫道：「擺駕回宮！」

「兒臣恭送父皇！兒臣定謹遵父皇教誨，堂堂正正地拔個頭籌！」

睿親王恭恭敬敬地行禮，見那大隊走遠，這才抬起頭來，卻是瞥了一眼對面的清洛香號，心中暗道：父皇要我光明磊落地打敗蕭家？是了，這是拿蕭家做磨刀石！若是對付這種對頭都能讓人心服口服地勝出，那才叫有帝王風範！堂堂正正就堂堂正正，難道憑我睿親王府的權勢財力，全力投入這等香物行當，還能贏不了嗎？

此刻睿親王心情大好，區區一個清洛香號並不放在眼裡，正往大堂走去之時，忽聽得人群中有人高喊道：「不會是皇上一走，這七大香號就一起打烊了吧？開業大禮還有沒有得送啊？」

一聽有那不開眼的弄出這麼個市儈叫聲來，睿親王勃然大怒，這個什麼無聊的開業送大禮，差點壞了今天的大事，這無知愚民中居然還有人這般可惡？

偏偏這一聲喊，竟有不少人回應，一時間，場面又開始吵雜起來。

睿親王當然不可能與這些平民百姓一般見識，叫過了今日立下了救場大功的沈從元，臉色不善地低聲怒道：「開業送禮開業送禮……這麼個倒楣主意是誰出的？本王要重罰！」

沈從元一臉的無可奈何，這個時候又不能不把話挑明，只好苦笑道：「王爺還看不出來嗎？這主意可不是咱們這邊的人想出來的。以王爺身分之尊貴，難道還會少了賀客？以七大商號聯手開業的聲勢，難道還會少了進店的顧客？除了對面那家跟咱們不對盤的，還有誰會混在人群裡喊出這等缺德話來？」

沈從元把嘴向著對面的清洛香號微微一努，睿親王登時醒悟，這等勾當，除了自己的死對頭，又有誰能做得出來？

「讓人去查，把那個混在人群裡鬼叫的傢伙揪出來，直接給本王暗地亂棍打死，還有……趕緊讓他們給我把這個該死的開業送禮給停了！」

睿親王當機立斷，沈從元卻是暗暗嘆息，這位睿親王自詡聰明過人，卻沒有真材實料。能引起如此混亂的，十有八九是蕭洛辰親自出馬所為。以此人的本事，哪裡是睿親王府的手下能揪得出來的？

心中雖如此想，這等直指王爺能力不足的事情卻不能去做。沈從元低頭應下，派人傳令，只是有一件事情卻不能不說：「王爺明鑒，這……這開業送禮之事，雖然是咱們著了人家的道，可此時卻萬萬不可收手，王爺可是忘了誰曾是親眼目睹此事之人？他老人家一走，咱們便改弦易轍，那可成了什麼……」

睿親王回過了味兒來，剛剛父皇還誇自己得民心，頃刻改了主張，豈不是明著告訴所有人，自己是在對今上陽奉陰違？抬頭看了看蜂擁而來的民眾，知道想要堵住所有人的嘴是不可能的了。

「那你說該怎麼辦？就這麼看著這些愚民白拿咱們的東西？我可是才在父皇面前承諾過，此間產業要做這香業的魁首！難不成開業第一天就損失如此之大？」睿親王氣餒地道。

「這開業送禮該發還是得發，不但要發，而且要發到底。這是小錢，金街裡咱們要做最後一批打烊的商家。王爺莫忘了萬歲爺那頭……臣已派人到各大香號去加緊提貨，今兒就算是虧多少，咱們也得死撐著。」

沈從元倒是有一股狠勁，左右已是虧定了，不如藉此機會把自家買賣的名號給打出去。有清洛香號的例子在前，此間損失未必不能靠人氣賺回來，更何況此事早晚會傳到皇上耳裡，索性把這守信的形象給做足。只要皇上認可，哪是小小財貨損失可比？

「看來，也只有這樣了。只是……只是，這……沈大人，你真能確定這是小錢？」

睿親王無奈地嘆了一口氣，事到如今，他也沒什麼更好的法子，只能按照沈從元所言行事，可是這金街之上……人怎麼那麼多啊！

原本就繁華的金街，今天好像熱鬧加倍，人擠人的，人潮一浪接一浪，竟似無窮無盡一般。

這幫老百姓都瘋了嗎？不過是送幾個香物，犯得著趕在這天逛金街？

睿親王心裡極為悲壯地吶喊著，看看那不斷從店裡白送出去的貨物，想想自己剛剛對父皇立下的堂堂正正拔頭籌的保證，他忽然有點想哭。

遠處，居然還有人源源不斷地朝這兒趕過來……

●　●　●

「娘子真是有默契！我不過想給對面那幾個唱對臺戲的傢伙搗搗亂，娘子這一把借勢燒火，卻燒得他們焦頭爛額，哈哈哈！開業第一天就賠了一大筆，我真想看看那位王爺和沈從元此刻的表情！」

清洛香號的內堂裡，蕭洛辰一邊和安清悠及林氏等人說著今天現場的諸般事情，一邊時不時爆出大笑聲。

「弟妹真能沉得住氣，當時那輕鬆自若的樣子實在是有大將風度，若是個男子，十有八九是個談笑用兵的儒將呢！」林氏笑道。

之前她來見安清悠時，多少有點無奈之意，說什麼過繼之類的話，也非自己所願，可是，此時親歷了一場事情，倒是對這位五弟妹有了些發自內心的佩服。

「大嫂，您就別誇我了，今兒對面那些人固然是損失了些財貨，可咱們也談不上勝了什麼，只不過是暫時消了他們的一點優勢而已。依著弟妹看，頂多只能算是平手罷了。」

安清悠這話一說，蕭洛辰亦是點頭，林氏對於經商是十足的外行，不由得愕然道：「平手？」

「說平手還是勉強的，總的說起來，咱們其實一直都落在下風！」安清悠苦笑。

今日對面那七大香號聯盟，雖然在開業送禮上吃了虧，但同樣在派送贈品的時候把氣勢名號打響了。這一行中，品牌和流行度有時比什麼都重要，如今京城之中人人皆知，兩相比較之下，只怕七大香號還占了點便宜。

更別說壽光帝今天忽然露面，這麼一齣戲演下來，不知有多少人會因為這樣而去找七大香號合作，由此而來的生意亦不知會出現多少。說是平手，其實是不想刺激林氏罷了，若真論起來，清洛香號遭受的壓力可謂是前所未有的大。

林氏不懂這些，但她卻有一好處，不懂的事絕不亂摻和。眼見著安清悠和蕭洛辰都有凝重之色，登時換了話題。妯娌兩個嘮嗑了幾句閒話，話題又轉到了楓兒身上。

「楓兒，今日的事情你也看到了，可有什麼感覺？」

安清悠隨手抱過楓兒，卻是話一出口就覺得不妥，這麼大點兒的孩子，知道什麼呢？

楓兒的回答也讓人絕倒：「金街很熱鬧，今天有什麼事兒？五嬸，我餓了……」

三個大人面面相覷，今兒一大清早就趕到鋪子裡，折騰了半天已經到了晌午，該用飯了。

「我若是每天都能只想著看熱鬧和吃飯，日子過得別提有多舒坦了……」蕭洛辰幽幽嘆道。

「少廢話，你和孩子比？」安清悠瞪眼，轉而又下令道：「來人，讓廚上備飯！」

清洛香號裡備飯之時，對面的天香樓中早就擺開了宴席。外面的開業送禮依舊忙碌又咬牙切齒地進行著，但真正拿贈品的卻都是些普通百姓。

那些睿王府一系的官員和各大商號招攏來的客商，此刻都已經進了內堂。只是睿親王並沒有著急坐上早就為他預備好的首席，而是在某個房間中和沈從元商議著些什麼。

「沈大人，今兒這事意外之處頗多，你說我一會兒出去時，要怎麼應對？」

睿親王故作誠懇，每當他覺得事情棘手，旁邊又恰好有人能夠幫他解決麻煩時，他便會露出這副禮賢下士的模樣。

「變數既多，王爺自也須以變應變。今日最大的變數並非那來搗亂的蕭家，而是皇上親臨之事。陛下既是看好此業，又欲以此事考校王爺，王爺行事自當做些調整才是。」

沈從元不緊不慢地說著話，他很享受這種時候，有時候指揮人不一定是作為上位者，能夠讓比自己更有權勢之人按照自己的意思行動，反而會給人更大的快感。

「沈大人有以教我？」睿王爺那禮賢下士的派頭更足了。

沈從元淡淡地道：「側重者有三，一是強調皇上恩德，從而突出皇上對王爺您的喜愛之情，二是大談香物此業乃是王爺看重之事，請眾賓客鼎力相助，三是今日開業送禮之事，可以說成是咱們七大香號實力的體現，請大家想一想京城老百姓如今誰還不知道咱們這塊產業？此三條由殿下登高一呼，則諸事定矣！」

沈從元能迅速成為睿親王府第一紅人，確實並非無能之輩。

這三點當真是切中要害，翻手之間，便將一切變數都變成了向睿親王有利的方向發展。

睿親王甚是贊同，卻又想起一件事來，「這蕭家三番兩次與我作對，當真是不誅之難消本王心頭之恨，不過今天他們雖然鬧騰了一番，卻不知到底還是中了本王的手段！沈大人請看，這是何物？」

說話間，睿親王掏出了那件從清洛香號裡詐來的信封，大笑道：「這便是那清洛香號開出來的貨單，香露八百瓶、香膏兩千盒、各色香胰子五千七百件，都是給我睿親王府特供之作！有此一物在手，怎麼給蕭家編編故事，就看本王的心情了！」

沈從元臉上的肌肉微微一跳，低頭看那信封，只見上面的火漆完好未損，心裡卻不知怎麼著，就是有那麼一點不安。

清洛香號裡那兩口子就這麼容易被睿親王忽悠住？沈從元怎麼想怎麼覺得不靠譜，如今外面還有滿街的百姓追著七大香號領東西呢！

不過，這等擔心卻是不忙說明，那主意又不是自己出的，沈從元巴不得別人出的主意砸鍋。

「王爺出來了！」酒席中有人喊道，就見睿親王從內室緩步而出，微笑著道：「今日有幸與諸位相聚，本王有禮了。」

睿親王拱手作揖，可是在場眾人誰敢受這一禮？大家誠惶誠恐地起身回禮：「王爺太客氣了，下官等人今日得見王爺，何其有幸？」

「王爺真不愧是一代賢王，吾等只盼殿下日後能夠多加教誨，好為朝廷效力！」

「小的給王爺磕頭請安了……」

廳中登時一片紛亂，什麼拍馬屁、表忠心，各說各話，更有那有些外地趕來，沒見過世面的商賈，居然忙不迭地要下跪磕頭。

睿親王心裡罵了一句土包子，臉上依舊是高貴中略帶謙和的神色，「諸位也看見了，今日七大香號開業，便連聖上也忍不住登門，這固是本王蒙天恩，可也是聖上愛民的仁厚之心。本王和諸位共飲此杯，遙祝父皇福壽無疆，萬歲萬歲萬歲！」

「萬歲萬歲萬萬歲！」眾人齊聲應諾，共同舉杯，對著遠方遙遙一敬。

睿親王是不是盼著壽光帝長壽這事尚在兩說，可是這幾句話說得卻是漂亮。

原本看著清洛香號席捲京城賺了大錢，這七家聯號也想為自己奪位多開一條斂財之路，外帶順便打壓一下蕭家，可是形勢隱隱就變成了睿親王得了皇上的「教誨」才來做這事。

睿親王微笑地掃視了一眼在場之人，又端起酒杯道：「今日父皇曾言，這香業假以時日，當不遜茶葉桑絲之道。本王也曾當著父皇的面親口立下承諾，定要堂堂正正地做個此中榜首。日後這七大香號的成敗與否，全仰仗諸位，本王在這裡先行謝過了。」

這段日子裡，京城香物大熱人人知曉，壽光帝的金口玉言也都聽在了耳中，若是真有新業可興，睿親王出頭也是順理成章之事。

一時間，眾人都很興奮，只覺得自己不光是趕上了好事好時候，更是找對了路子。跟著睿親王，要財路有財路，要官路有官路，哪裡還有不成事之理？

於是，場中又是一番盡忠之類的表白。

睿親王心情大好，笑道：「當然，要做這業中魁首，自然也是要有實力的。好比咱們七大香號今日聯合在金街上駐店開業，向京城百姓廣送香物，這便是明證。何謂雄厚，此便是雄厚之所在。之前或許有些人徒仗小小新品火了一把，但這焉是一時一刻之事？好在他們迷途知返，到底還是明白了哪處才是正途！」

這話一說，眾人都是微微一愣。睿親王說那「徒仗新品」之人，除了對面的清洛香號，還有誰來？可又說這迷途知返云云，難道清洛香號也投向了睿親王的麾下？不可能吧？

一片錯愕之間，沈從元卻是微微苦笑。自己對睿親王所說的三件事，前兩件辦得倒是漂亮，可是到了第三步，王爺果然又犯了得意忘形的毛病。擺實力的話沒有說到位，這開業送禮會讓京城民眾都把目光聚集到七大香號上的事情更是壓根兒未提，就這麼急匆匆地要把給清洛香號挖的坑亮出來了？

同樣苦笑的，還有七大香號中原本的幾位東家。王爺，您倒是春風得意，好不瀟灑，可是這送出去的財貨，可都是我們出的，眼下店外面還是裡三層外三層有人排隊等著白拿，就是為了打出去個名聲，也沒這麼個打法啊！

這些人卻是不比睿親王這等不通商務的門外漢，他們都是行裡的老手。

此事若是交給他們來做，如何聚攏人氣，如何壓低贈品成本，如何控制禮物種類等等，諸般事卻是比旁人強得多了。

可是此刻既無準備，問題的核心又莫名其妙變成了是大家掏銀子墊貨，讓睿親王在萬歲爺面前撐場，也難怪他們苦笑連連了。

不過，對於這些事情，睿親王是全不在意的，他此刻正得意洋洋環視眾人，好不容易深入虎穴玩了一把單刀赴會，不拿出來炫耀，那真是太可惜了。

「好教諸位得知，這清洛香號自蕭洛辰夫婦以下，已經向本王表了態！」

睿親王大模大樣地咳嗽一聲，伸手從懷裡摸出一個信封，上面的火漆完好無損。

此言一出，當真是滿座皆驚，論及睿親王府的死對頭，毫無疑問是蕭家。

論及與睿親王私怨最大的，只怕便是那蕭洛辰了。

此事京中無人不知，無人不曉，若說清洛香號倒向這邊，在座之人只怕會嗤之以鼻，可是說這話的，偏偏是睿親王本人。

「諸位，在座的都不是外人，有些以前的事情，本王便是不說，想必各位也明白。不過，那清洛香號眾人，已決意痛改前非。此後蕭家是蕭家，他們是他們。那蕭洛辰既肯改過自新，本王也就既往不咎了。還有那蕭洛辰之妻安氏，也是代表安家遞過話來，說是以後要和蕭家撇得清清楚楚，明明白白。」

這話可當真是個天大的消息，眾人已經聽得都有些呆傻了。

睿親王卻很滿意眾人的呆滯，他想看的就是這個。

什麼彼此為國留才，什麼彼此留一線，這些都是在清洛香號裡忽悠那對夫妻的託辭，今天這事情要的就是這個震驚的效果。

越是這樣，傳遞出去的消息越有人信。畢竟睿親王這等身分的人，怎麼會在大庭廣眾之下信口開河？越是這樣，越能讓人認定此事並非空穴來風。清洛香號裡面究竟發生了什麼事，蕭洛辰夫妻二人到底在這重壓之下，是不是和睿親王有什麼協議，這事在外人眼裡根本就不可能搞清楚。

睿親王也根本就不需要有人搞清楚，他只需要那些對方陣營裡的人懷疑就足夠了。

只要消息傳出去，那遠在千里之外的蕭家父子會怎麼看待蕭洛辰？蕭家又會怎麼看待安清悠這個媳婦？蕭洛辰和安清悠能不能對各自的家裡撇清干係？蕭安兩家之間會不會生出芥蒂？乃至那些暗地裡仍舊支持著太子的朝中官員們，究竟又會對蕭安兩家抱持什麼態度？

最好是他們內部亂成一鍋粥才好。

正好父皇來替本王立了一次陣腳，如此大好的形勢，對手越亂，本王越有各個擊破的機會。

睿親王越想越得意，只是臉上半點不顯，故作淡然地道：「似這等人本王都能容得，還有什麼人容不得？諸位只要忠於朝廷，盡心做事，當然是有大好前景。那清洛香號已經倒向咱們這邊，見面禮便是孝敬本王香露八百瓶、香膏兩千盒、各色香胰子五千七百件。諸位請看，這便是不用花我睿親王府一分銀子的貨單。」

睿親王這是要讓大夥兒眼見為實？眾人倒吸了一口涼氣。清洛香號的貨品已經緊俏到了極處，從開業至今，誰也沒見過有這麼大批量的出貨，這些物件放到市面上，只怕轉手便是十餘萬兩銀子。能拿出這樣的手筆來孝敬睿親王府，那蕭洛辰夫妻投靠睿親王之事，定非虛言。

睿親王眼裡也閃過了一絲興奮之色，隨手撕開那信封上的火漆，掏出貨單一甩一抖，動作如行雲流水般一氣呵成。那姿勢要多瀟灑有多瀟灑，果然是皇子風範，與眾不同。

眾賓客看著那貨單已經傻了，他們當中有些老手見過無數的貨單，可這張貨單一出，他們都是兩眼發直，一張嘴張大了，久久合不攏。

只見那張從信封中掏出來的紙上，清清楚楚寫了些東西，但上面並非是什麼貨單憑證，而是密密麻麻的一堆蠅頭小楷，寫的乃是：呸呸呸呸呸呸呸……

而下半頁紙上卻是大半空白，只有一個斗大的字：呸！

滿廳皆靜，所有人低著頭，連大氣都不敢喘，便是那原本等著為王爺擦屁股的沈從元也不例外，沒人想去做點破此事的出頭鳥。

睿親王發表了一通慷慨激昂的演說，隨後那廳中卻開始了一輪荒唐的寧靜。

而此時此刻的清洛香號裡，安清悠剛陪著林氏和楓兒吃完了午飯，蕭洛辰則是正在一邊很沒形象地打著飽嗝兒。

「注意著點兒，大嫂在呢……」安清悠瞥了蕭洛辰一眼，低聲提醒道。

「嗯……」蕭洛辰咕噥一聲，飽嗝兒倒是不打了，卻是拿過一根牙籤更沒形象地開始剔牙。

「你是死人啊？楓兒也在看著呢！長輩有樣晚輩學，莫要帶壞了小孩子！」安清悠瞪眼。

「嗯……」

蕭洛辰咕噥一聲，牙也不剔了，卻是開始直接戳牙齦……

安清悠差點暴走，卻聽得林氏噗哧一笑，這位五弟沒正形可是出了名的，當下便藉口要哄楓兒睡午覺，抱起孩子先進了內堂。

待林氏離去，安清悠便一把揪住蕭洛辰的耳朵，怒氣沖沖地道：「你個死人頭，這是要幹麼？當著大嫂的面出醜，提醒你好幾次你都心不在焉，想什麼呢！」

「輕點輕點……」蕭洛辰連聲求饒，等安清悠把手放開後，又壞笑道：「我在想，睿親王究竟會在什麼時候打開咱們那張貨單，是在人後打開看呢？還是在眾人面前？要不，咱倆打個賭，若是他在人後急著打開，今晚就我在上面，若是在眾人面前攤開，今晚就是妳在上……」

「呸呸呸！左右都是你把我……」安清悠啐了一句，又道：「當然是人前攤開啦，就睿親王那裝模作樣的性子，還不得在眾目睽睽之下才會撕開火漆，以示睿親王府沒動手腳？」

捌之章 ● 山不轉換人轉

壽光帝從金街出來，一路招搖過市地回到宮中，只是那平日皇上獨處休息的金龍閣裡，卻多了一個人。

一個很胖很胖的人，由皇甫公公親自出馬，祕密接進宮裡來的。

「劉卿這次勞苦功高，朕觀那香物之業，當真是民需可用。只是這次朕占了你的便宜，公開在眾人之前點出了此事，世人只怕都以為是朕看明此業了。」壽光帝滿臉笑容，顯然心情甚佳。

劉忠全早就跪倒在地，正經八百地奏道：「陛下何出此言？臣對那香物之業雖然觀察依舊，但心中其實也並非十分確定，之前所奏種種，不過是推測之論。倒是陛下短短半日便看明此事，更在數言之間撥動天下人進入此業。此等決斷，便是古之明君尚且不及，將來史書上，必將記陛下這一筆。」

劉忠全是明白人，自是知道自古帝王最重視的便是後人的評價。這香物之業究竟會發展成什麼樣子暫且不論，那等史書上的名聲，他是絕對不能和皇上搶的，身為最知皇上心思的天下第一忠犬，這種事情還用得著人提醒？

果然壽光帝渾身上下甚是舒坦，龍顏大悅，很大度地道：「哎，劉卿切莫自謙，你的眼光獨到，謀事妥當，朕豈會不知？此業若興，朕一定會告訴天下人，這香物之業乃是你我君臣齊心協力開拓之舉！」

「皇上厚愛，臣必肝腦塗地，以報天恩！」劉忠全大聲高呼，抬起頭來，卻是換上了一副笑嘻嘻的面孔，「皇上，臣有一事擔心，您不會真的給臣的孫女換個婆家吧？」

「換婆家？啊……哈哈哈！」壽光帝哈哈大笑，揮了揮手，笑罵道：「好你個劉忠全，當真是圓滑得可以！這是要朕給你一顆定心丸不成？放心，將來太子即位，你那孫女最少也是個皇貴妃，等打完了這一仗，朕讓皇后親自頒給她太子側妃的金冊如何？你心裡明白，今天這戲可不止是為了那香物之業，你倒是猜猜，今天這京城之中，又有幾隻白頭鷹會偷偷飛往北胡？」

那白頭鷹是北胡特產，速度之快，認路之準，遠勝於信鴿，只是飼養成本極高，馴化之技更是難上加難，能夠在京城中偷偷擁有此物的，幾乎板上釘釘是北胡人的暗探了。

君臣兩人一起大笑，壽光帝忽然想起什麼似的，搖了搖頭又輕嘆一聲，「不過，此時倒是有些對不起朕那個愛胡鬧的徒弟，更對不起朕那個新收不久的義女了。這番折騰一輪下來，只怕老九那裡更是水漲船高，那七大香號的聲勢大振，他們那個清洛香號的生意，怕是要變得難做了……」

「為君分憂是臣子的本分，蕭洛辰雖然看似胡鬧，可是大節向來無虧。臣觀那安氏亦是個明理知義的女子，區區一點困難，他們當可克服得了，陛下大可放心！」

劉忠全連忙寬壽光帝的心，其實他心裡也是有點打鼓，這小倆口可是不吃虧的主兒，之前的種種安排不光是沒有和他們通氣，可說是連他們也算計在裡面了，他們不會真鬧出點事來吧？

壽光帝微一沉吟，到底點了點頭，「劉卿言之有理，這夫妻二人各有所長，如今成了一家……嗯，天下之業為大，一家之商為小。正所謂響鼓須用重錘，這時候也該是讓他們也發發力敲敲鼓的時候了。」

壽光帝這一發話，劉忠全心裡卻是打了一個突，萬萬沒想到自己這幫著寬心，居然給皇上寬出這麼句話來。響鼓是不假，可是人家小倆口替您萬歲爺還帳在先，如今要開拓香物之業又作為靶子在後，還用重錘敲？陛下，您就不怕把這響鼓給敲漏了？

壽光帝似是看出劉總督在想什麼，拈鬚淡笑，語氣裡居然多了幾分商量的口氣道：「劉卿放心，這兩人朕心裡是有數的，錘子重一點，也敲不破他們那張鼓，只是這事嘛……朕想著還得由你出面才好。愛卿剛才不是也說了，為君分憂是臣子的本分……」

劉忠全心裡登時湧起一種哭笑不得的感覺，皇上會覺得對不起那對夫妻，足見這小倆口聖眷猶濃，且在皇上心裡分量不輕，可是這響鼓用重錘的差事，居然落在了自己身上……

敢情皇上想起這對小夫妻來，也是頭疼啊！

◉　◉　◉

「怎麼還不來啊……」安清悠懶洋洋地靠在清洛香號的一張躺椅上，自言自語地念叨著。

「怎麼還不來啊……」蕭洛辰也跟著念叨。

事情是明擺著的，七大香號突兀的聯手開業，裡面居然有劉總督的產業，壽光帝裝模作樣地微服私訪，更是顯得欲蓋彌彰。

棋局可以布，自己二人在萬歲爺手裡也必然是棋子，事先不通氣可以理解為上有謀算，要把戲演得逼真，事後若是再不來個人安撫解釋一番，那可不是老爺子的作風了。

這樣的問題若是都看不出，安清悠還怎麼會是安清悠，蕭洛辰還怎麼會是蕭洛辰？只是這一路等將下來可真是耗功夫。對面那七大香號的贈品發了一天，總算是到了打烊時分。金街上的行人漸漸散去，林氏也帶著楓兒回蕭府了，可是他們等待的人卻還沒有來。

「要不，咱們打賭吧？我賭一會兒來的是皇甫公公。老規矩，我贏了今晚我在上面，妳贏了今晚妳在上面……」蕭洛辰百無聊賴地開始找話頭，這次換來的是安清悠的一個白眼。

「去去去！這事情哪裡會是皇甫公公來？你心裡也明白來人定是劉大掌櫃，不用故意輸給我哄人開心！」安清悠似乎是有不祥的預感，等來等去等得極為煩燥，抓住蕭洛辰的話柄，撒氣道：

「咱們家什麼時候有那上面下面的老規矩了？同一個賭局要兩次就沒意思了！這樣吧，我賭劉總督，我贏了你睡床下，我輸了你睡床上！」

「睡床下？這個……不好吧？」蕭洛辰愁眉苦臉，轉眼間又冒出了新壞水，賊兮兮地笑道：「我睡床下也不是不可以，妳真捨得？」

「捨得啊，有什麼捨不得……」

兩口子拌嘴打發時間，忽有下人來報：「五爺、五奶奶，門外有一位劉大掌櫃求見。」

「阿嚏！」坐在清洛香號門外的馬車裡的劉忠全，猛然打了個大噴嚏，這是誰在念叨我呢？

劉總督沒把一個噴嚏放在心上，看著安清悠和蕭洛辰小倆口並未親身相迎，居然只是派個下人引路，不由得苦笑起來。

罷罷罷，那香物之業的前景，其實有不少還是安清悠那份名字古怪的「商業計畫書」所帶來的體悟，那七大香號之事的安排上沒有通氣，這小倆口難免有情緒，先由著他們吧！

等進了清洛香號內堂，引路的下人竟沒有帶他到什麼書房靜室之類的地方，而是一路向著小倆口的私宅而來。劉忠全走進房間，見安清悠獨自一人站在屋中，見了劉忠全也沒露什麼異狀，只是不動聲色地行禮道：「晚輩蕭安氏，給劉大人請安了。」

這禮行得雖是規矩，可越是這樣，越讓人感覺到生分。

不過，劉忠全何許人也，壓根兒就不接這碴。左右一看，屋內並無旁人，便皺著眉頭道：「怎麼是妳一個人在此，蕭洛辰呢？」

「倒教劉大掌櫃見笑了，我夫君剛剛打賭輸了……」安清悠伸手向床邊輕輕一指，淡淡地道：

「他如今正一個人堅持著要睡床底下呢！」

「啊？」劉忠全苦笑，這對夫妻打什麼賭他沒心思管，他們小倆口有情緒也早在意料之中，只是蕭洛辰這次居然耍賴耍到了床底下？

「蕭洛辰，是我，皇上派我來看望你們小倆口了，有什麼不高興的直說，出來吧……」

「不行！男子漢大丈夫，說不出來就不出來！」

既是早有心理準備，劉忠全自是耐得住性子，忍受著巨大肚子帶來的彎腰不便，逕自走過去蹲下來對著床底下之人安撫著，可蕭洛辰似乎是打定了主意，今天就準備在這床底下過夜了，死活就是不出來了。

「你這頑劣小子！」劉忠全又好氣又好笑，不過這等事情到底還是難不住他，眼珠一轉，笑罵一句，站直了身子，朗聲喝道：「皇上密旨！傳前虎賁校尉蕭洛辰、清洛香號東主蕭安氏上前聽旨！」

「吾皇萬歲萬歲萬萬歲！」安清悠立刻上前聽旨。

蕭洛辰卻是頑抗到底，堅決地待在床底下高叫道：「聖旨？我不聽！不就是想讓我出去嗎？」

劉總督有些哭笑不得，他大半輩子碰上的迎聖旨場面不知道有多少，可是傳旨傳到了自己這個分上的，只怕還真是大梁國裡頭一份了。可這也是沒法子的事，蕭洛辰這小子莫說是不肯接旨，就算是抗旨不遵都不知道做過多少回了。

擺規矩什麼的，對這傢伙來說就是完全無效，自己今天本就是既要安撫，又要傳令，皇上要興香物之業，要留名青史，這兩夫妻還真是非用不可。

只是，這小倆口都是精明的主兒，看這架勢，定是知道自己會來，哪裡還有不折騰的？

好在還有個肯規矩接旨的安清悠，雖說早知道這位清洛香號的東家同樣不是個好擺弄的，可是有得說，總比沒得說要強？

劉忠全索性不理蕭洛辰，逕自把臉一轉，對著安清悠微笑道：「賢侄女快快請起，老夫臨來之際，皇上有言，你們夫妻站著接旨便是，不用如此多禮。」

「劉大掌櫃，您怎麼不早說？害得晚輩在這裡白白跪了半天。下次再趕上您為東家傳訊，早打個招呼唄！」安清悠迅速站起，這「早打招呼」幾個字，更是語帶雙關。

劉忠全一臉苦笑，心說，下次我是說什麼都不來了。

思及此，劉忠全大悔，皇上派自己來，自己怎麼忘了派徒弟安子良來？他們到底是一家人，且不說這親戚之間好說話，就算是被擠兌，也輪不著他這個天下第一總督不是？

「好啦好啦，我的蕭五奶奶，妳就少念叨幾句好不好？皇上有皇上的打算，這不是派老夫來了嗎？知道你們受了委屈，萬歲爺那邊也是記掛……」

這當兒也只能讓皇上背背黑鍋了，其實七大香號聯盟之事是他一手促成，這事卻萬萬不能當著這小倆口說出來，只能含含糊糊來上一句皇上自有皇上的打算。

當初以他敏銳的目光察覺到這香物之業的巨大潛力，但是光憑清洛香號一家，想要說服上頭可是不易。別的不說，若是將一個有可能成為朝廷大利的產業都放在蕭家身上，只怕壽光帝便是第一個不答應。一手掌兵，一手拿錢，就算皇上暗地對蕭家信任有佳，又怎麼可能不掂量掂量這裡面的平衡之道？

彼時之計，唯有把這勢頭迅速做大，而在短時間內最有力量，也是最合適的合作者，其實就是睿親王府。

雖然劉忠全對睿親王府的前景並不看好，可正因為不看好，才敢放心大膽地和睿親王府合作。將來睿親王府控制的這些產業究竟會怎麼樣，還不是等打完了仗，皇上一句話的事情？

這道理劉忠全明白，壽光帝更是心裡有數，也正因為如此，他老人家才會答應劉總督的請求，欣欣然當了一回七大香號開業的賀客。

這便是平衡之道！

天下第一忠犬要忠，要替皇上打算，可是並不代表他劉大掌櫃是一個愚忠之人。

這一番未雨綢繆的安排下來，不管將來這局壽光帝、睿親王府、蕭家，乃至文武之爭、北胡戰事等等博弈如何變化，他劉總督都是立於不敗之地。

而那將會被越來越多的人認識和看好的香物之業，總歸有一大塊是要分給他劉家的。

更何況，皇上不是說了嗎？君臣共享佳話！既是派他來辦這個倒楣差事，萬歲爺多少也得幫忙背點責任不是？事後就算是這話捅到了萬歲爺那裡，也沒什麼，壽光帝頂多是一笑置之，小小權宜之計無傷大雅，畢竟自己這個大掌櫃是為他老人家做事呢！

總之，劉忠全在臨來之前，就打定了什麼都往皇上身上推的主意，而安清悠聽了幾句安撫的話，臉色果然平順了不少。有些事情她和蕭洛辰倒不是沒研究過，索性裝糊塗算了。

之前的過程如何並不重要，重要的是現在的事情已經變成壽光帝的意願，你非得在已經過去的事情上和皇上較真，何必呢？

當然，該擺的姿態還得擺，蕭洛辰自然不會真的非要選在劉總督光臨的時候，才去胡鬧耍性子，履行什麼鑽床底下的賭約，總不能顯得自己夫妻一點脾氣也沒有不是？

安清悠倒是對這位劉總督頗為佩服，自己那份商業計畫書中點明這香物之業的發展前景，劉總督卻能從中看出整個產業的潛力，這本事和眼光當真了得。

如今這局面若是真要來個香業大發展，清洛香號也不可能一家獨攬了全天下的市場去，如何在下一步中爭取對自家最有利的態勢，那才是最重要的。

「劉大人，我們夫妻您是知道的，皇上也是知道的，之所以會在這裡做個小買賣，還不是為了皇上和四方樓的那筆爛帳？如今好不容易上了軌道，對面那七家商號又成了合圍之勢，這讓人怎麼活啊？」安清悠幽幽地嘆了一口氣，不著痕跡地示弱。

劉忠全終於鬆了一口氣，這小倆口果然還是有分寸的。

「你們夫妻二人這份忠心，皇上自然是明白的。之前老夫臨來之時，陛下還在念叨，如今不過是不夠方便，可是你們夫妻做了什麼，有多大的功勞，他老人家心裡當真是像明鏡一般。若要這香物之道成為天下大業，還要你們小倆口再鼓餘勇，迎難而上啊！」劉忠全何等人物，大家各自該擺的姿態擺完了，便把事情引到了正題上。

「皇上這是要我們夫妻把這場戲演下去，和對面的七大香號打擂臺？」安清悠自然也不是笨人，立刻想到了其中的意思。

「好個聰明的女娃娃！」劉忠全讚許地看了安清悠一眼，正色道：「擂臺要打，但不是演戲，這次可是玩真的。對面那七大香號的後臺是睿親王府，對付你們自然會不遺餘力，而皇上和老夫則是兩不相幫。劉忠全那邊算是到此為止，不會再有資財注入或是皇上過去露面這種事情，當然，同樣也不會幫你們。若是清洛香號在這場對臺戲中倒了，那便是真的倒了。」

「那便真是倒了？」安清悠低聲念叨了一句，卻聽得一個叫聲陡然在屋內響起：「這也叫兩不相幫？」

蕭洛辰不知道什麼時候從床底下竄了出來，此刻叫得雖響，臉上卻再沒有什麼不著調的神色，什麼時候能鬧騰，什麼時候不能鬧騰，他清楚得很。

劉忠全這時候卻是已經用一個很舒服的姿勢靠在椅子背上，悠悠地道：「我還沒說完呢！兩不相幫便是兩不相幫，如今距離北胡之戰越來越近，之前放在你們手裡那二百多萬兩銀子也該到動用的時候了，頂多能在你們這裡再充上十天半個月的門面。往下的事情，皇上不會插手，老夫也不會插手，倒是你這小子總算肯出來了，如今要不要聽聽皇上的密旨了？」

「吾皇萬歲萬歲萬萬歲！」蕭洛辰立刻山呼。

「密旨便在這裡，你們兩口子自己看吧！」劉忠全此刻卻是一臉淡然，遞了個黃紙捲過來，又加了一句道：「記得看後即焚，便如當年你在四方樓裡的規矩一樣。」

夫妻二人接過那道密旨，只見上面的字體貴氣中略帶蒼勁之感，正是壽光帝親筆所書。只是，那內容可就有些不正經了。

「徒兒，原本朕琢磨著讓你在出征北胡之前好好休息，陪陪媳婦兒，沒想到你這小子閒不住，到底還是弄出了這許多事來。不過，幹得挺好，這麼一個小小的香粉鋪子都能搞得風生水起，朕很喜歡。你很好，你媳婦也很好。」

「朕知道你們兩口子辛苦，這些日子裡幫著朕還帳，幫著宮裡和四方樓還帳，這份情朕領了。如今朕還要跑到你們對手那裡去撐場，還要停了劉大人對你們的援助，說實話，朕心裡也窩火啊！」

「可是，朕還就得這麼做。香物之業不僅僅是一筆買賣，更是天下大利之業。為朝廷計，為大梁江山計，這事情就算有多麻煩，你們也得給朕扛著。響鼓須用重錘，朕知道你們兩夫妻還遠沒到智窮力竭的時候，把這個事情做大做好，做到天下人都往裡頭扎吧。放心，朕既是師父又是義父，這兩重的身分可不是白做的，你這小子給朕打起精神來，這也是打仗！」

蕭洛辰沒詞兒了，壽光帝這道密旨裡，讚許嘉勉有，也有警告之意，連打仗的話都說出來了，自己還有什麼話說？嘆了一口氣，將那黃紙拿到蠟燭上燒毀，低頭恭敬道：「吾皇萬歲萬歲萬萬歲！」

「其實你也無須擔心，如今你們以一對七，對方身後又是有睿親王府撐腰，能保個僵持的局面，便已經是了不起的成就。別的不說，單憑清洛香號在這京城中已經闖下的名聲，單憑你夫人那一手獨步京城的手藝，這段時間裡只求個獨樹一幟不難吧？等回頭蕩平了北胡，想要怎麼做，還不是由著你們小倆口？」

劉忠全見蕭洛辰似有疲憊之色，連忙掉過頭來出言安慰。他也知道未來一段時間裡，清洛香號肯定是要面對前所未有的巨大壓力，事先倒是先幫著把穩守反擊之道想好了。

劉總督好人啊！這位天下第一總督，當真是到哪裡都是好人啊！

只是安清悠心中，想的卻非如此。

壽光帝若是真看中了此業，那這種種舉措倒也是在情理之中。斷了劉總督對清洛香號的幫助，不過是想看看自己夫妻究竟能夠做到什麼程度罷了。

競爭從來都是刺激產業快速發展的最有力手段之一，問題是，在一個行業高速發展的朝陽階段，同樣也代表競爭最為無序和殘酷的階段，塵埃落定之後，留下來的又是誰？

市場格局一旦形成，最後存活下來的，往往是少數幾家巨頭，沒有什麼偏安一隅的可能。

更何況，要麼不做，要做就做好！

「劉大人不用多想，這事情既是皇上交代下來的，我夫婦自然是一心為君，只是這中間有幾件事情，還望皇上和劉大人周全。」

安清悠忽然插話，劉忠全見她竟是目光炯炯，不由得心中詫異。雖說早知道這女子不好惹，可從來沒見過她這般模樣，那一雙素來平和的眸子裡，此刻竟隱隱有幾分戰意。

「劉大人，您還是多替那七大香號擔心吧，我夫人……她也認真起來了！」蕭洛辰沒頭沒腦地來了這麼一句。

「賢侄女說說？」劉總督眉頭微皺。

「第一，既是兩不相幫，那便真的是兩不相幫。我們這裡也是在替萬歲爺出力，若是那睿親王府以勢壓人，做些生意場之外的事情，我清洛香號又該如何？」

「你這是怕七大商號走官路施壓？放心，皇上既要大興香業，斷不容有人在這個行當沒發展起來之前，就有人行那倚勢獨霸之舉。之前便是在那睿親王面前不是也說了，堂堂正正做事，大家各憑本事。此事老夫會親自緊盯，清洛香號大可放心。」

安清悠點點頭，又道：「第二，之前劉大人派過來的人手，如今我已經是用慣了。劉大人說兩不相幫亦可，二百多萬兩銀子拿回去也行，只是那些工坊裡的工匠、店面中的夥計、走街串巷的班子，還請劉大人高抬貴手，就讓他們多留在清洛香號一段時間。」

「這就更好說了，人手我有的是，莫說是多留一段時間，便是送給你們小倆口也無妨！還有第三嗎？」

劉忠全微微一笑，安清悠卻是順水推舟地行禮，「那晚輩就多謝劉大人厚贈了。」

只是，當然還是有第三條。

「第三，這清洛香號乃是我夫妻二人的私產，以後若要被那七大香號擠倒了自然無話可說，可既是皇上和劉大人定了兩不相幫的調子，若是我們把這清洛香號做將起來，那可與皇上和劉大人無關，所有相關資財錢物，均為我夫妻二人所有，與旁人無涉。」

「哈哈哈……」

劉忠全聽到這第三條，忍不住笑出了聲，「妳這孩子當真是小心眼，這清洛香號本就是你們夫妻二人的。皇上坐擁天下，我這個劉大掌櫃雖說也就是馬馬虎虎，但這資財錢物卻是不缺，難不成還真當將來誰會占了妳的產業不成？」

「您劉大人那可不是馬馬虎虎，用富可敵國這四個字來形容您都嫌小了。皇上他老人家英明，當然也不會打我們這小門小戶的主意。」

安清悠笑著捧了壽光帝和劉總督一道，又拿出一副紙筆來，緊跟而上地道：「立字據！」

劉忠全又好氣又好笑，但看安清悠催得緊，到底還是提起筆來，打趣了一句：「你們小倆口這字據是要跟誰立？跟老夫，還是跟皇上？」

◉　◉　◉

「有趣有趣！這兩個小傢伙還真是有趣！」西苑之中，壽光帝看著那張字據，笑呵呵地道：「又是搞約法三章這一套！朕坐擁天下，難道還會貪圖他們兩個小娃娃的產業不成？為君者這可是金口玉言，還非得要來個立字為據？女人就是女人，天生促狹啊！」

「臣亦是這麼想，不過，陛下這位義女卻無論如何都要和陛下簽這個字據，臣就當個笑話，據實回奏了。」劉忠全笑道。

「朕這個義女精打細算過了頭，膽子也不比她那夫君小，字據居然立到朕的頭上來了？罷罷罷，朕就和她立了這個字據，就當是對他們夫妻的激勵吧！」

說話間，壽光帝提起朱筆，在那字據上寫道：「此事可，朕准之，著清洛香號照此據實而行。」寫完後又覺得不妥，怎麼看怎麼像是在批奏章，童心忽起，又加了一句：「財貨權產之分自歸其屬，口說無憑，立字為證，童叟無欺，各安其分。」

「劉卿，你看這個行不行？差不多的話，回頭就還給那小倆口，不過，有件事情說好，這字據他們存起來可以，可不許像那些欠條銀票一樣，裝裱了掛在大庭廣眾之下，朕丟不起那個人！」

壽光帝全當是個戲謔之舉，劉忠全卻是珍而重之地把那張約法三章的字條收好，口中連稱臣遵旨云云，只是心裡卻是暗自輕嘆：「丫頭，我能幫妳的地方都幫了，往後怎麼做，全憑你們小倆口自己了！」

壽光帝心情大好時，睿親王府中卻是一片肅殺之氣。

自打昨日在七大香號的開業宴上，睿親王提著那張寫滿「呸」字的貨單在眾人面前散發了一把王霸之氣後，他到現在就沒怎麼開過口。

難得說過的兩次話，一次是讓人把出這主意的幕僚半夜活埋在京城外的某個亂葬崗，另一次則是把他寵愛許久的一個婢女叫人活活打死。這卻是沒什麼理由，純屬心情不好。

倒是在通往睿親王府的路上，坐在馬車裡的沈從元極是輕鬆。

此時此刻，他正和湯師爺說著閒話：「心雄萬夫啊！心雄萬夫而好仿效古時賢王，不是什麼大毛病，只是，心雄萬夫而無能，就是大麻煩了。早對王爺說那夫妻倆壓根兒就是一對亡命鴛鴦，偏要搞什麼深入虎穴，行什麼指鹿為馬，那兩口子豈是那麼容易被他這幾記散手攪昏頭的？這次怕是挖坑不成反被人挖，王爺這可是自討苦吃了！」

沈從元的話語之中居然有幾分幸災樂禍之意，湯師爺順口接話地拍了兩句馬屁，有些擔心地道：「只是王爺這性子……大人，咱們這麼一大早就趕去睿親王府，可別正成了王爺的出氣筒！」

「嘖！王爺心情不好，我們這才叫雪中送炭！他若是心情好了，我們做什麼？頂多算是錦上添花！說到底，這也得看人，這平庸之人發起脾氣來，可遠比英明之人更好對付，更何況上頭的人若都是本事那麼大，下面的人又怎麼有機會？師爺，你說呢？」

湯師爺連忙笑著應了，心中卻想，這上位者平庸，下面的人才有機會，自家大人這倒是精明了，自己這自處之道，可真就不好說了。

來到睿親王府，事情還真是如沈從元所言，門房一報名字上去，王爺立刻召見。

沈從元一路進了睿親王的書房，卻見睿親王那張臉黑得像鍋底一般，當下也不說話，兩人便這麼相對無言地沉默下來。

「本王……昨天是不是很丟人？」

最後還是睿親王率先打破僵局，沈從元想起昨日睿親王手持「呸」字向眾人展示的樣子，心中竊笑，只是臉上卻是正色道：「勝敗乃兵家常事，當年漢高祖百戰百敗，最後還不是在垓下逼得霸王自刎？如今王爺節節上升，已到最終成就之時，形勢之佳，更勝古人百倍。若是因這小挫折就一蹶不振，豈不是寒了天下人的心？王爺再不振作，下官也不敢再多說什麼，這便告辭了！」

沈從元還真是擺出一副轉身便要走的樣子，只是剛向門外邁出一步，便聽身後的睿親王喊道：

「沈大人留步！」

沈從元眼中的得意之色一閃而過，轉過身來卻又是那副謙恭之態，卻見睿親王抱拳作揖道：「本王一時心中煩悶，這才有些抑鬱萎靡。沈大人當頭一棒，當真是如醍醐灌頂般讓人警醒。」

沈從元連稱不敢云云，兩人一個扮名士，一個扮賢王，倒是大有主僕相得之感。

只是，這作態了一陣，睿親王到底還是沒壓得住心裡的邪火，說著說著，話題又轉了回來道：「只恨那蕭家夫婦太過可惡，本王明明看見那貨單裝入信封，卻也不知道是怎麼著了他們的道！還需沈大人幫本王籌畫，看看怎麼以其人之道，還治其人之身！咱們如今聲勢正旺，人才濟濟，隨便出什麼手段都行，大不了事後拋幾個人出去頂罪！以本王如今的地位，還怕沒人搶著做替罪羊嗎？」

沈從元自然知道睿親王已經是把蕭洛辰夫妻恨到了極處，但聽到睿親王竟是有不擇手段之意，臉色大變，趕忙勸道：「那蕭家夫婦不過是仗著會些奇技淫巧，專行些拿不上檯面的雞鳴狗盜之舉，可咱們若要也是這般行事，卻是萬萬不能，王爺可是忘了萬歲爺之言？堂堂正正地把這香物之業做成天下大業，才是皇上所看重的，此刻我等若是如此做，只怕瞞不過皇上的耳目。若是為了一時意氣而失了聖心，那才叫得不償失啊，王爺！」

壽光帝耳目眾多是滿朝文武皆知之事，睿親王自然也明白，可是這口氣出不了，實在是心裡難受，一掌重重拍在書案上，恨恨地道：「這也不行，那也不行，難道本王就這麼窩囊地被那對狗男女擺了一道不成？」

「當然不是！」沈從元早有準備，微笑著道：「王爺可曾聽過江南高僧了空大師？」

「了空大師？檀香寺？」睿親王微微一怔，那江南檀香寺的名聲，便是他也有所耳聞。這檀香寺享譽江南近千載，歷史比幾個大梁國還要久遠，寺中僧人素來以調香製香聞名天下。

主持了空大師不僅是一代得道高僧，更是有著「香僧」的雅號，被譽為天下製香第一人。這七大香號中雖然也不乏高手，但是這些人莫說是比較，便是提起了空大師來，也是一臉的崇敬，恨不得以見一面為榮。

「想那清洛香號崛起雖快，論底子、論積澱、論實力、論聲勢背景和有人願意捧場的程度，便是七大香號裡隨便拿出一個，也遠超了它去。所倚仗的不過是那姓安的小婦人弄出來幾個譁眾取寵的新品罷了，咱們便是以堂堂正正之師與之對壘，又有何懼哉？」

沈從元在這一點上看得極準，昨日開張時，睿親王固然出了大醜，可是枝節之敗難撼全局，更別說是有壽光帝親自來露臉，這聲勢大漲之下，自然會有不少官員和商賈前來投效幫襯，雙方的規模根本就不在一個等級上。

清洛香號雖是給己方搗亂，可是他們如今所有的牌面，還不就是之前積累下來的那一點點名聲和安清悠的手藝？

若是手藝再被比下去，那名聲自然也落了下去，看那清洛香號還能剩下什麼？

沈從元將這番道理訴說一遍，睿親王臉上的喜色越來越濃，到最後已是脫口而出，打斷了沈從元的話道：「那了空大師現在何處？」

「便在下官寒舍！」沈從元笑道：「我沈家久居江南，與那檀香寺亦是有些情誼。這次是家父親自出馬，費了好大的力氣才將了空大師請到京城，這幾日下官與這位『香僧』談經論法，相處極為融洽。」

「好好好！」睿親王連說三個好字，仰天大笑，「當真是遇事之時，才知誰是堪用之臣！此事便交給沈大人辦，諸般調度，盡由沈大人一言而決！這次本王要以堂堂正正之師，從正面砸了那清洛香號的牌子！」

睿親王大喜之下痛快放權，沈從元卻是露出一副高僧打禪語般的微笑，「不急，不急……」

沈從元當然不著急。

如今的情勢就如同他所分析的那樣，七大香號雖說是在開業之日吃了個贈品調撥不當的暗虧，可也同樣因此而炒高了人氣。

如今京城百姓誰不知道金街多了一段路，全是知名香號，你要買香物之類的東西，直奔那裡去就是了。

更何況，在許多人眼中，這七大香號背後可是有睿親王，甚至還有當今聖上。很多人過去並不單純是為了買貨賣貨，他們的目的各異，可也同樣造成了七大香號從開業之初就有的繁榮。

而原本熱鬧非凡的清洛香號，如今卻是門庭寥落。

睿親王固然是在眾人面前出了大醜，可清洛香號的立場也變得眾人皆知，他們和睿親王府之間是絕對沒有緩和餘地的。

昨兒個許多人看到了睿親王的醜態，今兒個登門到他的對頭家裡？誰也不想在這風口浪尖拈那虎鬚，這不是明擺著不給睿親王面子嗎？

便是那些終日來要貨之人也沒了蹤影，雖然在大街小巷的老百姓眼中，清洛香號出來的貨品依舊是好貨是硬貨，可如今的清洛香號卻是門可羅雀。

「偷得浮生半日閒啊！本來整天被人圍著，這一閒下來，還真是有點不習慣！」

蕭洛辰靠在一張躺椅上，連櫃上都沒去，悠哉悠哉地品著茶水。

安清悠倒是一直都在忙活，只不過她也不是在忙店裡的事，而是在收拾東西準備回府。原本便答應了婆婆要回府住幾天的，結果還沒怎麼地，便出了這七大香號開業的事情。昨天跑到這金街上忙了一天不說，又聽林氏說蕭老夫人讓自己幫著管教楓兒，是該回去看看老夫人了！

兩口子各自忙各自的，卻聽得門外有人叫道：「大姊、姊夫，你們在不在？我進來了啊！」

來人正是安子良，此刻他一腦門的汗，顯然是緊著慢著趕過來的，一進門看見兩口子各自忙活，不禁驚訝地道：「我說姊姊、姊夫，你們怎麼還這麼悠哉？外面七大香號開業，聽說皇上也出面了？今兒我一路趕來，沒見有客人往咱們清洛香號來，你們兩個倒好，一點都不著急呀？」

「著急有用嗎？昨兒咱們剛往死裡得罪睿親王，今兒誰沒事往那虎鬚上拈，當真是不要命了嗎？便是有客來，也不會揀這個時候！」

說話的人正是蕭洛辰，他一邊懶洋洋地品著茶水，一邊看著安子良道：「舅子，你也不是這麼沉不住氣的人啊，難道你那位師父劉大掌櫃沒跟你說明些什麼？至於急成這樣嗎？」

「師父？師父什麼也沒說啊，就跟我說咱們清洛香號遇上大麻煩了！我想連他老人家都說是大麻煩，肯定這形勢已經是糟到了極處，我這便一大早就從城外趕了過來……」安子良不明所以，不過他本就是聰明人，看到安清悠和蕭洛辰的樣子，也知道事情只怕是另有因果。

倒是安清悠和蕭洛辰對望了一眼，這劉總督果然是說得出做得到，以他的手段，要讓安子良急上一急實在是易如反掌，這是讓徒弟告訴自己二人，約法三章皇上落契是最後一件事，往後真不會再從他那裡得到什麼支援了。

「多大點兒事？看把你急得……」安清悠拿過了一副繡花綢子，笑著對安子良道：「你看，如今天氣轉暖，也該是做些新夏衫了。大姊尋思著要給我那婆婆選上兩副好綢緞，不知道弟弟要不要也弄上一件？」

「哦……哦……好……」安子良應了幾聲，放鬆了下來，逕自坐到旁邊的一把椅子上，等著大姊的下文。

安清悠一直等到弟弟落淨了汗，這才把事情，包括劉總督昨夜來訪之事等等的前因後果，詳詳細細說了一遍。

安子良本就是局內人，所知內幕遠比其他人多，這時越聽越是點頭，臨到最後，安清悠又問道：「之前大姊交代弟弟的那些新品，咱們工坊那邊準備得如何？」

自從清洛香號開業以來，橫掃京城便是靠著香露、香膏、香胰子這三大利器，可是安清悠並沒有放鬆對新產品的開發。

一直沒有著急擴充工坊大量出貨，固然是有惜售炒名聲的考量，但那只是第一步，這個行業裡有一個幾乎是必須遵守的遊戲規則，那就是，誰占據了最高端的品牌地位，誰才真正擁有了新產品的持續發布能力。

七大香號的規模是大，背景是強，但是看看那些迎來送往的熱鬧場面，他們在開業的初期果然是把精力放在了大量出貨上。送上門來的買賣誰都知道好做，可是如何做強做大，做成天下大利之業，卻不是靠著一群各懷目的，想抱睿親王粗腿之人能夠精通的。

安清悠當初從劉總督那裡圈錢、圈人、圈場地的時候，直接拍出了一百零八張香方，如今這香露、香膏、香胰子，不過是用了其中三張而已。

「那些新品倒是都做出來了，只不過量還不大。品種太多了，每一樣的產量也就下來了。大姊又說不急著擴充工坊……」安子良提起新品來，精神一振，只不過轉眼又有些遲疑。工坊的生產能力顯然是安公子心中之痛，還要保證這三大香物相對固定的產量，能夠分派到新產品上的力量顯然還不多。

「每樣都有一批也就夠了！」安清悠微微一笑，「弟弟難道是喜歡當那工坊頭兒？一味添人招工擴場地，其實意義並不大。咱們若和那七大香號拚規模，人家已經是經營了不知道多少年，客商分號遍布天下，這哪裡是一朝一夕所能趕得上的？要做，便做更上一層的事情。」

「更上一層？」安子良微怔。

安清悠說到這裡，便不肯再往下說了，這不是對身邊人的不信任，而是做事該有的節奏。

姊弟倆說了一會兒家中瑣事，看東西收拾得差不多了，安子良到底還是沒能按捺住，臨送安清悠出門之時，問道：「大姊，那我們現在要做什麼？」

「等！」

「等？等什麼？」

「等那些該來的人上門唄！」

安清悠笑著輕聲道：「你姊夫剛剛不是說了嗎？昨兒咱們剛往死裡得罪了睿親王府，今兒誰沒事往那虎鬚上拈，當真是不要命了嗎？便是有客商來，也不會揀這個時候！這幾日，你既是來了，索性好好幫姊姊看著這清洛香號。若是有人私下找上門來，那便既不漲價也不落價，一個個保持聯絡，就說下個月咱們的訂貨大會照常開。」

「這事倒是不難，弟弟我定將把找上門來之人都招呼好了，只是……」安子良撓了撓腦袋，又看了一眼門口冷落的樣子，苦笑道：「大姊覺得過兩天真的會有人找上門來嗎？對面那可是睿親王府，連皇上都給睿親王抬了臉面，難不成誰還敢逆流而動不成？」

安清悠搖了搖頭，嘆了口氣道：「弟弟素來精明，此刻事情沾上了皇上，怎麼倒有些身在此山中了？那賣鹽有鹽引，冶鐵有鐵票，做桑絲有絲憑，這可都是朝廷有命令法度專營專稅，私下亂搞可是要殺頭的，但歷朝歷代，哪裡還少了鋌而走險的私鹽販子、私鐵販子？不過是怕惹怒了睿親王而已，至少來咱們清洛香號買貨，還不算是觸犯了王法吧？」

話說到這裡，已經是足夠了。只要有足夠的利潤，商人們永遠是敢於最早放火拆屋的一群，更別說什麼睿親王的威勢所駭了。

至於怎麼神不知，鬼不覺和清洛香號偷偷聯絡，便是安清悠自己也想像不到他們會想出多少種法子。

光憑現在清洛香號仍在出貨的那三大香物，總有人會想法子找上門來的。清靜兩天不是壞事，讓消費力把市面上的流轉貨物消化一下。

安清悠抬起頭來，見安子良已經是目光炯炯，那不著調的表情又回到了他那張胖臉上。

「聖人都幹不過銀子？」安子良笑嘻嘻地說。

安清悠噗哧一笑，想起昔日自己忽悠弟弟為了銀子讀四書五經的事來，搖了搖道：「這話可是你說的，我可沒說。聖人便是聖人，銀子便是銀子，你非要混為一談，傳到父親和祖父耳朵裡，小心他們打斷了你的肥腿。」

安子良吐了吐舌頭，安清悠卻已經上了馬車，「走，回府！」

蕭府。

「妳說妳想把楓兒過繼給五媳婦？糊塗啊！老五家的剛嫁過來多久，便是有幫襯妳的心，那也是萬萬不肯收的。傳了出去，還讓人以為是她自己生不出來，叫她怎麼做人？」

蕭老夫人嘆了一口氣，對著林氏慢慢地道：「妳這人心善，看見老五家的有些手段，便想給自己的兒子找個依靠，可是也不是這麼個找法，妳啊，想得太多了！」

林氏一臉尷尬，「媳婦的確是想得太多了，您當初說讓五弟妹幫著管教一下楓兒，媳婦卻是……卻是想到了別處，不過，五弟妹已經說了，幫著管教楓兒的她義不容辭。」

「唉，這楓兒的事情她自然是要應著的，她既是拒絕了妳過繼的請求，又焉能把這幫襯管教之事再拒絕？那豈不是太不近人情了？五媳婦沒有那麼不會做人，只是，這樣也好，看看她如何待楓兒這孩子便知……」

蕭老夫人皺著眉頭喃喃自語，卻聽蕭達匆匆來報：「老夫人，五爺和五奶奶回來了，五爺自去了後面的練武場練武，五奶奶卻是正在院子外面，等著求見您老人家！」

「他們兩口子回來了？」蕭老夫人和林氏都是微微一怔，金街上七大香號開業，皇帝親臨，這等大事不光是林氏身在現場，蕭家的下人們亦是對蕭老夫人早有回報，原本都以為這等關頭，小倆口必是在清洛香號忙活，誰料想他們竟是回來了。

「讓老五媳婦進來……」蕭老夫人話說到一半，又停了下來，微一沉吟，又加了一句道：「等等，讓二房、三房、四房幾個媳婦也過來，如今這外面的局面棘手得很，大家湊在一起吃個飯，有些事得一塊兒說道說道。」

「兒媳給老夫人請安！」蕭達領命而去，安清悠卻是邁步進了老夫人房中，規規矩矩地行禮，率先開口言道：「老夫人，眼瞅著天氣一天比一天熱了，家裡也該添置些夏裝。兒媳昨兒去金街的店面上，打發人進了幾匹上好的綢緞，不知老夫人喜歡什麼樣子的，還請老夫人示下，回頭也好尋人做了，就當是兒媳的一點孝心！」

「夏裝？」蕭老夫人一下子沒反應過來，原想著五媳婦主動來見自己，不是和那金街上的事情

有關，便是要說說自己讓帶管楓兒的事，沒想到卻是先提什麼夏裝。不過，她很快又反應過來，

「先送點東西墊墊場嗎？」

蕭老夫人心裡暗自念叨了一句，臉上卻是不動聲色，點了點頭道：「虧得妳有心了，我老婆子一大把年紀，這衣服樣子還有什麼喜歡不喜歡的，穿著合適舒坦便好。倒是這年紀大了，記性不好，若是要做夏衣，那可得現量尺寸了。」

林氏在旁邊一聽，連忙喚過丫鬟拿過了皮尺，上前便要幫老夫人量身，卻見蕭老夫人搖了搖頭道：「妳莫動手，既是五媳婦說要給我做衣服，這量身的活計也該她來！」

林氏退到一邊，有些埋怨老夫人這性子硬得有些不近人情。不管五弟妹是出於什麼緣由，人家終究是想著天氣熱了，要給家裡人添置衣物，伸手還不打送禮人呢，何苦要這麼當面使喚人家？

安清悠倒是泰然自若，從林氏手中接過皮尺，仔仔細細開始為老夫人量身。

蕭老夫人見她量身手法甚是熟練，不由得問道：「都聽說妳這香調得不錯，沒料想這量身的手腳倒也使得，以前練過？」

「進宮選秀的時候，女紅也是其中一項。兒媳當日在刺繡上下過不少功夫，只是，這量身的本領只能說是一般，老夫人可是覺得哪裡有不妥？」

「那倒沒有……」蕭老夫人苦笑著搖了搖頭，量身的本領是不是一般，那得看是跟誰比。

蕭家從上到下都是軍中出身，若說舞刀弄棒，自然是連女人們也能來得兩下，可若說這平日裡衣食住行的細緻功夫，可是和選秀的標準差了十萬八千里了。

不過，蕭老夫人的心思自然不在這個地方，看著安清悠言行滴水不漏，心裡更是迷糊。清洛香號那邊出了這麼大的事情，這五媳婦到來之時卻隻字不提。自己當面以言語刺之，她依舊毫無表

示，這墊場過後究竟是要說什麼？

誰知安清悠量過身後，並沒有借題發揮，倒是接著又道：「聽夫君說，老夫人肩膀兩側逢陰雨天便酸疼，前些日子有人去我們鋪子調貨，送來一些關外的鹿筋虎骨，熬膏外貼最是合適。兒媳這邊也用不了，這次去店裡便順手帶了回來，這便送到您房裡。」

蕭老夫人兩側的肩膀酸疼是陳年舊病，兒媳送禮，回刺她一次是試探，刺兩次就沒必要了，更何況，安清悠想得周全，她這做婆婆的也得有些氣度，當下客氣了幾句才收下，心中更是確定，墊場墊了兩輪，總沒必要老是這麼墊著，便看下面老五媳婦吐出什麼話頭來。

哪知安清悠卻是拿出了一袋香葉，客客氣氣地交給老夫人房裡的丫鬟道：「那虎骨鹿筋雖是好物，但兒媳曾聽人說，肩膀酸痛不光是因為筋骨須補，時常鬆弛一下亦有事半功倍之效。這香葉是兒媳親自薰製而成，老夫人沐浴之時，將其放入熱水中……」

無論金街上又有什麼變數，但這香物之道上，安清悠的確已經是名震京城。

若單以價錢論，這位蕭家五奶奶親手所製之物可又高多了。此刻安清悠在這裡不厭其煩地說著香葉的用法，蕭老夫人瞅著這東西一件接一件地送了過來，心裡也有些遲疑了。

若是一會兒這五媳婦說的事情不過分，盡數許了她便是。壓了她那麼久，今日大家不妨輕鬆些，她怎麼也是五郎的媳婦……

蕭老夫人算來算去，忽然發現，其實安清悠好像也沒什麼要求自己的事，如果要說一定有，那十有八九倒是眼下金街那頭的壓力太大，她這是擔心家裡再鬧騰出些什麼來。

一想到金街，難免就想到了蕭洛辰。蕭老夫人暗自思忖的結果，居然是給自己找到了一個非常合適的理由：五郎在金街那邊以一對七，還要捎上睿親王府和皇上，已經很不容易了，沒必要在這個時候還搞那套家裡事！這兩個孩子也是，如今壓力大，我這做親娘的不給你們撐著，還有誰來？這家裡頭亂不了！

蕭老夫人出神許久，猛然回神，卻發現安清悠在送了一堆東西後，竟完全沒有下文。

安清悠就這麼安安靜靜地站著，見老夫人終於看向自己，才微微一笑道：「老夫人可是還有吩咐，若是無事，兒媳這便告退了。」

「嗯……嗯？妳要走？」蕭老夫人差點下意識答應下來，等了半天，揣測了半天，盤算了半天，卻沒想到五媳婦壓根兒就沒有什麼下文。

「妳……沒什麼別的事要跟我說？比如幫著妳大嫂管教楓兒什麼的……」蕭老夫人也覺得自己是在沒話找話。

「幫大嫂帶帶孩子，那是做弟妹的本分，就好像孝敬婆婆，也是做媳婦的本分一樣，這有什麼可說的？我和大嫂已經說好了，難道老夫人不知？這不是您提起的嗎？莫非老夫人還有什麼別的提點？您說，兒媳一定做好！」安清悠一臉訝異。

蕭老夫人沒詞兒了，碰上這麼個無欲無求的媳婦，還真是不知道怎麼說才好。

不得不說安清悠這時機拿捏得極好，這個時候回家，自然可以有無數的話頭可以拿出來說道。蕭老夫人不是一味只鬧宅中事的婆婆，就算衝著他們小倆口在金街對抗睿親王府，那也是什麼都應了。

可更重要的是心正。

安清悠不是沒想過藉機弄些什麼名堂出來，說句不客氣的，在這個節骨眼上，若以家事論，想要借老夫人的手收拾那些曾經給自己下過絆子之人，比如二奶奶、三奶奶，以她的口才手段，當真是易如反掌。

可她終究放棄了這個念頭，當初這些人就算衝著自己下絆子也沒落過什麼好去，反倒是她們自己一個個鬧了個灰頭土臉。

人，不應該是在一種狹隘的報復心思裡活著。

自己嫁給了蕭洛辰，嫁入了蕭家，又不是來和那些妯娌們爭些什麼，鬥些什麼，此時此刻，她所想的其實簡單得很，不過是這段日子裡清洛香號有事要忙，家裡也不能不管不顧。婆婆便是婆婆，逢到換季之時，做媳婦的該想著忙活的事情，就要做好。

蕭老夫人深深地看了安清悠一眼。

她忽然覺得，自己以前看這媳婦的眼光，是不是也多加了些別的東西？

安清悠的眼神澄淨而坦然，這樣一雙清澈的眼睛，只有不懷私心的人才能擁有。演一次、演兩次或許可以演得出來，但若是次次如此，那只能說明這個人本就沒有半點心虛。

蕭老夫人忽然嘆了口氣，「妳這孩子其實不錯！」

安清悠笑了，老夫人是明白人。

便在此時，忽然聽得丫鬟來報，說是二奶奶、三奶奶、四奶奶已經在門外候著了。

「讓她們都進來吧！五媳婦也別走了，告訴廚下準備著，今兒咱們婆媳幾個一起吃頓飯！」蕭老夫人微一遲疑，到底還是下了令，只是，看了安清悠一眼，不知怎麼著，又加了一句：「就是吃飯，不是立規矩。」

安清悠噗哧笑了出來，連著旁邊的林氏也跟著笑。

蕭老夫人卻是瞪了眼，「怎麼著？難道妳們喜歡立規矩？」

一頓普普通通的午飯，蕭老夫人並沒有像平日裡那樣一本正經地要求媳婦們立規矩伺候，可是幾位奶奶們卻是一個個安靜地低下頭細嚼慢嚥。

畢竟老夫人積威已久，大家只想老老實實把這頓飯吃完了就好。便是偶爾敢在老夫人面前撒個潑鬧個事的寧氏，這時候也沒什麼動靜。

她脾氣雖爆，但缺心眼，一進屋就覺得氣氛不對，平日裡老夫人雖說對幾個兒媳婦管得緊，對那個她最不待見的老五媳婦也是從來都不假辭色，今兒怎麼……

那種感覺寧氏說不上來，可她就是覺得蕭老夫人似乎對安清悠的態度不同了。

到底還是親生的不一樣……

寧氏倒是很快就給自己找到了一個理由。

「咱們家的男人不是在北疆邊關，便是在忙著做事，今兒叫妳們來，也是和幾房都商量商量，長房的孫子楓兒也是一天天大了，妳們大嫂一個婦道人家也是不易，教孩子是大事，大夥身有力的幫著出力，有主意的幫著出主意，眾人拾柴火焰高，都說說吧！」

最後，反而是蕭老夫人先開了口，只是林氏不禁一愣，這孩子的事情不是都說過了嗎？還是自己帶著，五弟妹沒事的話也多幫忙，怎麼又提了出來？

安清悠笑而不語，老夫人精明著呢，忽然拋出了這事來，只怕是另有緣故。

在座的幾個媳婦裡，只有自己和大嫂明白這已經是落定了的事，若要說裡面有文章，終究也不會對自己有什麼不利。

寧氏長長出了一口氣，原以為這頓飯上說的事情跟老五家的有關係，沒想到說的卻是長房的事。那一對孤兒寡母倒是無所謂，只是瞥眼卻看見安清悠那人畜無害的笑模樣，卻又忍不住氣不打一處來。

這是看我們幾個都不似妳是文官家裡出來的，若要管教個讀書寫字，妳還就覺得穩壓我們一頭了？這裡可是蕭家！

看安清悠不順眼，寧氏便搶著道：「咱們蕭家乃是將門世家，當然是以武藝為先，兵法為主。既是長房的事情，我們幾個做弟妹的誰都義不容辭。明兒我就開始幫著大嫂帶楓兒打熬身體，至於其他……讀書識字什麼的，找個先生學上一學也就罷了，反正文官那一頭把持的不是睿親王府便是李家，斷斷不容我們蕭家在這方面出頭的。」

寧氏雖是搶話，說的倒也並非全無道理。

話一說完，她示威地瞥了安清悠一眼，那意思自然是說，別看妳是從安家出來的，可咱們蕭家不興紙墨文章這套，先把妳擠兌住再說。

只是寧氏想歸想，這擠兌得住擠兌不住可就另說了。

秦氏向來不肯是第一個發言的，此刻冷言旁觀之下，心中想的卻是，若論武藝，五房也未必遜色。蕭洛辰這人名聲是臭了點兒，可一身功夫本事卻是做不得假的，便說二房力主習武，妳就真能比五房更強？

心中雖如此想，秦氏卻是眼珠一轉，圓滑無比地道：「咱們都聽老夫人的，老夫人說這孩子該怎麼教，咱們幾房一起出主意出力氣便是。左右都是咱們蕭家的子弟，教得好了，哪房臉上都有光彩。」

這話說得冠冕堂皇，但說了等於沒說。

烏氏卻又是另一番打算，這老夫人說各房幫襯，那既是有主意出主意，有力的出力，可莫要我們幾房又得替長房掏錢吧？

烏氏便故作無奈地道：「老夫人這話說得自是應當，只是我那孩子還小……能幫襯的當然幫襯，就是怕自己房裡的還忙活不過來……」

烏氏的孩子剛過周歲，若說是自己房裡也須忙活，倒也勉強算是個理由。

可這話一出，林氏免不了一聲輕嘆，寧氏卻是哼了一聲，滿臉的鄙夷之色，秦氏則依舊低頭用飯，紋絲不動，倒是蕭老夫人面上看不出喜怒，轉過頭對著安清悠道：「五媳婦，妳嫂子們都說過了，妳的意思呢？」

這卻是明知故問了，不過，蕭老夫人其實也是有那麼點兒好奇，雖說是私下定下了讓他們夫妻幫襯長房之事，但是這安清悠自己也是個沒當娘的，這孩子到底準備怎麼管教？

安清悠的回答卻是出乎所有人的意料：「我想聽聽楓兒自己的意見，他想學什麼，咱們便培養他什麼。強扭的瓜不甜，總要孩子自己樂意了才好。」

寧氏哈的笑了出來，只是這笑卻是乾笑、嘲笑、皮笑肉不笑，只見她嘲諷地對著安清悠說道：「五弟妹到底是年輕啊，自己沒做過娘，可別把人家的孩子也教壞了！六七歲大的孩子懂得個什麼？讓他自己選？若是真選了個調香之道，難道讓咱們蕭家出來的英武男兒也跟著五弟妹開香粉鋪子去？」

「二嫂，五弟妹也是沒經驗，只怕倒不是有意如何。咱們誰不是從做姑娘慢慢走到了當娘的？五弟妹現在也不過是年幼無知，過兩年自己做了娘，慢慢的也就明白這些事理了。」秦氏見縫插針，表面上看似是幫著勸解，可話裡話外卻是把安清悠往下踩。

「其實五弟妹也是一番好意……」林氏有些看不下去，她是楓兒的親娘，這時候說話當然是最有分量，可她性弱，這話卻是越說聲音越小了。

「都差不多了吧？那我說說。」蕭老夫人掃了幾個媳婦一眼，突然發話道：「妳們都是將門出來的女子，從小應該聽過這麼一句話，將士不和，三軍之亡無日矣。如今咱們蕭家的情形怎麼樣？要我說，不怎麼樣！咱們家的男人要麼被發去了北疆待罪效力，要麼被一抹到底貶為了庶人，可就是在這個時候，為了這麼一個教孩子的事情，咱們這個內宅還吵個不停。」

蕭老夫人說到這裡，嘆了一口氣，「說起來，楓兒的教養，我早就定下讓五媳婦幫襯。今天問問大家，就是想看妳們會怎麼做。妳們一個個心裡都想著什麼？有的想著自家的男人怎麼才能繼承爵位，有的想著藉機會踩人，還有的先把自己摘了乾淨，這是怕掏錢給別人花不成？」

幾人連忙放下碗筷，離席跪下，說道：「媳婦不孝，累得老夫人操心，還請老夫人責罰！」

「都起來吧！」蕭老夫人哼了一聲，卻是出奇的沒有發脾氣，只是搖了搖頭道：「孝與不孝，不是嘴上說的，是心裡怎麼想的，是手底下怎麼做的。老話說，家和萬事興，家衰吵不寧。眼下這個時候，咱們雖是女人，也得知道孰輕孰重，妳們若是爭來鬥去，妳們各自的男人又會怎麼想，又會怎麼做？我也是做媳婦過來的，知道什麼叫枕頭風，什麼叫折騰媳婦，要我說啊，哪一個存著舉家和睦的心，哪一個能夠真正做到各房相敬相愛，那就是真正的孝！」

幾人又是齊聲應道：「謹遵老夫人教誨！」

「謹遵便要真的做到！」蕭老夫人又一次板起了臉，臉上卻是如同罩上了一層寒霜，沉聲喝道：「來人，請祖宗家法！」

莫說是二、三、四房幾位奶奶聞之色變，就是安清悠和林氏也暗暗心驚，剛才還好端端地一起吃飯，這轉眼居然是要請家法了，老夫人這是要做什麼？

隨著蕭老夫人的一聲喝，蕭達親自帶人請了家法來。

與那文官世家裡的家法不同，蕭家的家法竟是一根熟銅棍。

這根熟銅棍雖是兵器中常見的齊眉高度，卻足有臂膀粗細，通體光滑，更隱隱透著一故青氣，顯是不知道傳了多少了年了。

這還是安清悠第一次見到蕭家的家法，心裡也暗暗咋舌。這等沉重的家法若是真用得實了，還不把人打得骨斷筋折？便是一棍就將人打死，也不是什麼新鮮事！

蕭老夫人再次喝道：「既是妳們都這麼說了，我今兒便再立下一條規矩，往後誰若是在內宅之中挑事，誰若是尋其他房的岔子，下其他房的絆子，一律家法伺候！妳們一個個的誰也不用存什麼僥倖的念頭，哪一個自忖能夠瞞得過我這雙老眼，盡可以試試！有好日子不好過的，不動家法還什麼？」

蕭老夫人掌家數十年，做事向來是說一不二。此時此刻，便是脾氣最大的寧氏也不敢再有什麼亂來的舉動。

幾人再次低頭諾諾，蕭老夫人才點了點頭，淡淡地道：「那就這樣，回去都好好想想我剛剛立下的規矩、請出的家法，老五媳婦留下，其他人都散了吧！」

蕭老夫人這一頓飯一個規矩一請家法，讓幾個媳婦真是有些摸不著頭緒，只是這時候誰也不敢多說，當下各自低眉順眼地離去。

只是寧氏心裡還是有些不服，臨走時又偷瞧了一下站在老夫人身邊的安清悠，心裡憤憤地補上了一句：五房到底還是親生的……

待眾人散去，安清悠卻是不等蕭老夫人發話，逕自上前行禮道：「兒媳謝謝老夫人周全！」

「謝什麼？妳若是對其他幾房下黑手，我也一樣讓人拿著家法打下來，便是五郎也攔不住。妳們這些文官家裡出來的大家閨秀，沒見過這等駭人的物事吧？」

蕭老夫人隨口警告，可是安清悠心裡明白，今天這所謂的立規矩請家法，自己實是占了便宜。眼下清洛香號和那七大香號聯盟在金街之上鬥得正歡，莫說自己無心，就算是有這心思，怕也是沒時間沒精力和內宅裡的妯娌搞那些爭來鬥去之事。

安清悠笑道：「這等嚇人的家法倒是真沒見過，今兒也算是開了眼！若是兒媳真對其他幾房使絆子，老夫人儘管用那嚇人的家法處置便是了！」

兩人都是明白人，有些話不用非得挑明了說，蕭老夫人眼中的讚許之色一閃而過，旋即又搖了搖頭道：「家法再嚇人，畢竟也是死物，歸根究底，還是敵不過人心。若是請個嚇人的家法，立個嚴厲的規矩，就能讓闔家和睦友愛，世間哪來那麼多內宅相鬥之事？不過，今兒這番做態多少還是有震懾之效，最起碼那幾個不安分的，一段時間裡不會讓妳兩頭折騰，只是時間長了就說不準了，待事兒一涼，各種心思該有的還會有，各種事情該出的還會出。妳和五郎在金街店裡好好撐住了，讓人都看看，咱們蕭家如今雖說是被貶，可還是半點不怕他睿親王府。」

安清悠抿嘴一笑，這位婆婆果然是明白人。

「老夫人放心，兒媳定然是和夫君同心，必不給家裡丟半分臉面。」

蕭老夫人那張一貫板著的臉，難得的露出了一絲笑意，下意識又拿出了她那根大煙桿抽了起來，接著又聽她道：「得！今兒咱們娘兒倆也好好地聊聊，自打妳進門，我這做婆婆的就沒給過妳好臉色，心裡有沒有怨氣？」

「怨氣倒是談不上，就是有時候看您總板著臉，心裡也是有點兒小念頭。做婆婆的幹麼老是這麼凶，能不能別總這麼端著？」安清悠到底還是決定說實話。

「哈哈！妳這孩子倒真是個妙人兒，我做媳婦的時候，也是整天心裡念叨這婆婆怎麼老是端著架著，如今這媳婦熬成了婆，自己卻又做了個被媳婦念叨著的凶婆婆，這不是一代的媳婦一代的婆，真是沒了沒完了嗎？」

安清悠陪著又說了幾句閒話，見蕭老夫人說著說著話，忽然沉寂了下去，似是心中有什麼事情翻騰上來，良久良久，才又輕輕地嘆道：「這女人年紀一大，最惦記的就是自己的孩子。有時候我也在想，想著五郎會不會有了媳婦就忘了娘？對妳這孩子屢次試探，說是試妳，倒不如是試我自己。今兒妳說要問楓兒自己喜歡什麼，我卻是感慨得很。五郎小時候聰穎過人，那些四書五經之類的東西一看便懂，一看便能記下來，後來棄文習武的時候，也很拚命，他就是想為我這做娘的爭一口氣……」

「可是，我……我總是把他當作孩子，逼著他做這做那，結果，逢年過節的時候，他總是推說皇上有差遣，四方樓有事做，可這做兒子的心思哪裡瞞得過娘去？便是天家有命，也沒有次次過年都不放人的道理不是？他是不願意回家，不願意被我逼著去和家裡的哥哥嫂子們爭這爭那！」

「只是，誰又知道我的苦處？我不光是五郎的娘，也是老侯爺的夫人，是這蕭家的主母！咱們家裡老大死得早，五郎那幾個哥哥跟著他爹出去打仗或許是好手，可若要撐起這蕭家來……這官場裡朝堂中的明刀暗劍，可是跟那戰場完全不同，我的五郎便是不靠祖上之蔭，也是一代名將的料子！真當我這做娘的那麼稀罕讓親生兒子去搞什麼家鬥，接什麼爵位嗎？」

蕭老夫人說到這裡，原本已經有些佝僂的腰猛然挺得筆直，一雙炯炯有神的眼睛裡，竟是頗有顧盼自豪之意。蕭洛辰這個兒子在她心裡是永遠的驕傲，甚至超越了她自己。

安清悠就這麼看著蕭老夫人，忽然覺得這位看似強硬的一品誥命，其實和旁人沒什麼不同。她是一位妻子，一位母親，古代社會的大家族特性卻註定了她必須站在整個蕭家的角度上來思考事情。她疼愛蕭洛辰，卻又不得不親手把這個年近四旬才拚死拚活生下來的兒子推到頂門的位置上。

可正如婆婆方才所說，她心裡的苦，又有誰知道？

剛剛這番話，或許已經在她心裡壓抑了許久吧？可是這話又能向誰去說？不能是自己的丈夫，這很容易就被人誤解為在替親兒子說話讒害別人，也不可能是林氏這個沒主意的大嫂，更不可能是那幾位各懷心思的各房奶奶。

甚至不可能是蕭洛辰，這娘兒倆的脾氣簡直就是一個模子裡刻出來的，蕭老夫人便是有再多的苦水，也只會往自己肚子裡嚥，不可能讓那個全心全意疼愛著的兒子替自己扛些什麼。

自己的出現，卻是正好補上了這個空位。

說到底，能夠聽她老人家嘮嗑這些的，還真就只有自己了。

安清悠嘆了一口氣，卻是笑著對蕭老夫人柔聲道：「老夫人，您繼續說，兒媳在這兒聽著呢！您放心，夫君和我就算到了七老八十，也永遠都是您的孩子！」

「孩子……」蕭老夫人念叨著這兩個字，一時間有些出神。

好一陣，蕭老夫人才回過神來，心裡竟是有些輕鬆之感。今兒本是想把某些事情跟五媳婦說道說道，只是不知怎地，那該說的說了，不該說的也說了，連壓在心裡好多年的東西，就這麼一不留神，控制不住般的說了出來。

「妳這孩子說話倒是討喜，只是等到你們都七老八十的時候，我這個做婆婆的只怕是早就入了土嘍！五郎那孩子脾氣不好，有什麼事情妳多讓著點兒。女人嘛，還是要緊著丈夫不是？我看得出來，妳這孩子也是個倔脾氣，我年輕的時候就是因為這股倔勁兒，不知道多吃了多少苦頭……」

「老夫人，您放心，我一定會做個好媳婦的！」安清悠溫婉地應下，可後面卻是又加了一句話：「只是，這男人也不能光由著他，有些事情，該說的還是得說！」

「什麼事該說還是得說？」蕭老夫人皺眉，這孩子怎麼這麼倔？莫不是自己剛才的話她沒聽進去，非得頂著自己再爭上兩句不成？

「逢年過節的總是找由頭不回家，這是不是該說的？這一聽說媳婦要來見婆婆，自己卻是跑到了後院去練那勞什子的武，回了家裡也不知道來向母親請安說說話兒，見了家事就躲，這算不算是該說的呢？」

「妳是說……」蕭老夫人陡然睜大了眼睛，母子之間的種種問題，早就成了她的一塊心病，如今聽這五媳婦話裡話外，難不成是有主動請纓之意？

「剛才兒媳不是說了嗎？我一定會做個好媳婦的！」安清悠微微一笑。

（未完待續）

漾小說 129

鬥芳華 ⑤

國家圖書館出版品預行編目資料

鬥芳華 / 十二弦琴著. -- 初版. -- 臺北市：
麥田, 城邦文化出版：家庭傳媒城邦分公司發行,
2014.08
冊； 公分. --（漾小說；129）
ISBN 978-986-344-135-9（第5冊：平裝）

857.7 103009426

作者	十二弦琴
封面繪圖	晝措
責任編輯	施雅棠
副總編輯	林秀梅
編輯總監	劉麗真
總經理	陳逸瑛
發行人	凃玉雲
出版	麥田出版 城邦文化事業股份有限公司 104台北市中山區民生東路二段141號5樓 電話：（886）2-25007696 傳真：（886）2-25001966
發行	英屬蓋曼群島商家庭傳媒股份有限公司城邦分公司 104台北市中山區民生東路二段141號2樓 客服服務專線：（886）2-25007718；25007719 24小時傳真專線：（886）2-25001990；25001991 服務時間：週一至週五上午09:00~12:00；下午13:00~17:00 劃撥帳號：19863813；戶名：書虫股份有限公司 讀者服務信箱：service@readingclub.com.tw
麥田部落格	http://blog.pixnet.net/ryefield
香港發行所	城邦（香港）出版集團有限公司 香港灣仔駱克道193號東超商業中心1樓 電話：852-25086231 傳真：852-25789337 E-mail：hkcite@biznetvigator.com
馬新發行所	城邦（馬新）出版集團【Cite (M) Sdn Bhd】 41, Jalan Radin Anum, Bandar Baru Sri Petaling, 57000 Kuala Lumpur, Malaysia. 電話：(603) 90578822 傳真：(603) 90576622 Email：cite@cite.com.my
美術設計	洸譜創意設計股份有限公司
印刷	鴻霖印刷傳媒股份有限公司
初版一刷	2014年08月14日
定價	250元
ISBN	978-986-344-135-9